LEFRANCQ EN POCHE

- Anthologie : VAMPIRE, La Mascarade, tome 1
- Charteris L. : Le Saint et le dernier héros
- Charteris L. : Le Saint et l'héroïque aventure
- Duchâteau A.-P. : Sherlock Holmes revient
- Gardner J. : Permis renouvelé (James Bond)
- Gardner J. : Mission particulière (James Bond)
- Heinrich D.J. : Le cycle de Penhaligon, tome 1
- Johns W.E. : Biggles agent secret
- Johns W.E. : Biggles dans la jungle
- Johns W.E. : Biggles et Cie
- Owen Th. : Les chemins étranges
- Owen Th. : Cérémonial nocturne
- Ray J. : Les contes du whisky
- Ray J. : Les contes noirs du golf
- Robeson K. : L'Homme de Bronze (Doc Savage)
- Robeson K. : Le pays de l'épouvante (Doc Savage)
- Robeson K. : Le mystère dans la neige (Doc Savage- Inédit)
- Seaquest DSV - Duane D.- Horwood P. : Police des mers
- Seaquest DSV - Costello M.J. : Mer en feu
- Van Hamme J. : Le groupe W (Largo Winch)
- Van Hamme J. : La cyclope (Largo Winch)

À PARAÎTRE

- Anthologie : VAMPIRE, La Mascarade, tome 2
- Asimov I. : Les poisons de Mars (David Starr)
- Asimov I. : Les pirates des Astéroïdes (David Starr)
- Charteris L. : Le Saint et les anges des ténèbres
- Charteris L. : Le Saint et l'Archiduc
- Cussler C. : Mayday! (Dirk Pitt)
- Cussler C. : Iceberg (Dirk Pitt)
- Gardner J. : Goldeneye (James Bond)
- Gardner J. : Opération brise-glace (James Bond)
- Goldsborough R. : Meurtre en mi mineur (Nero Wolfe)
- Goldsborough R. : Meurtre programmé (Nero Wolfe)
- Harrison H. : Bill, le héros galactique
- Harrison H. : Bill, le héros galactique sur la planète des esclaves robots
- Heinrich D.J. : Le Cycle de Penhaligon, tome 2, 3, 4, 5 et 6
- Johns W.E. : Biggles s'en va-t'en guerre
- Murdock M.S. : Buck Rogers - Rebellion en 2456
- Murdock M.S. : Buck Rogers - Les marteaux de Mars
- Ray J. : Les contes de la Biloque (inédit)
- Seaquest DSV - Bischoff D. : L'Ancien

JEAN VAN HAMME

LARGO WINCH
ET LA CYCLOPE

CLAUDE LEFRANCQ ÉDITEUR

Titre original : **LARGO WINCH ET LA CYCLOPE**

Pour la présente édition :

386, chaussée d'Alsemberg - 1180 Bruxelles

Mise en page : Steve Pollet
Correction : Éric De Muynck

Imprimé en France par Brodard et Taupin
en septembre 1996

ISBN : 2-87153-312-1
Dépôt légal : D/1996/4411/062

“ Quand le tigre s’accroupit,
ne dis pas qu’il te salue. ”

PROVERBE INDIEN

PROLOGUE

Vlieland

VLIELAND
(FRISE OCCIDENTALE)

Jeudi 14 octobre, 05 h 40
(heure locale)

Sa casquette de toile bleue vissée sur la tête, Wim ‘t Hof pédalait joyeusement. Il n’y avait presque pas de vent, et les premiers rayons de l’aube auréolaient les hautes dunes hérissées d’oyats. Comme les 987 autres habitants de Vlieland, Wim aimait et détestait son île.

Il aimait son paysage tourmenté, qui contrastait tant avec l’infinie platitude de la Frise continentale. Il aimait ses bois de pins inattendus et ses vallons de bruyère sauvage enserrés entre des dunes aux reliefs désespérés. Et il aimait ses plages immenses sous le vol des oiseaux de mer, où les phoques venaient parfois, à la saison des amours, s’échouer par centaines. Mais il détestait cette île-prison, à deux heures de bateau de la côte hollandaise. Cette île au village unique, sans voitures, sans cinémas, sans dancings, dont l’écrasante monotonie d’existence était à peine rompue, entre mai et

Et ce soir, un deuxième billet rejoindrait le premier.

Si tout allait bien...

Mais pourquoi tout n'irait-il pas bien ? C'était si simple...

Wim 't Hof appuya plus fort sur les pédales. Enfin, au détour du premier bois de pins, le mur lui parut, impressionnant, affreux, barrant l'île dans toute sa largeur. Deux kilomètres de béton militaire, sur trois mètres de hauteur, le tout hérissé de vieux barbelés rouillés. De quoi faire trépasser d'infarctus tout un congrès d'écologistes.

Mais Wim n'avait jamais entendu parler d'écologie. Et pour lui, ce mur était devenu le plus bel endroit de Vlieland.

Beau comme une nappe de pétrole.

Il descendit de son vélo qu'il cala contre un arbre. Les derniers trois cents mètres, en terrain marécageux, ne pouvaient se faire qu'à pied. Wim n'avait jamais eu de montre, mais il savait d'instinct qu'il n'était pas encore 6 heures.

Il arrivait juste à temps.

Tout le quart sud de l'île avait été acheté, vers les années 20, par un vieil original, richissime et fou d'aviation. Il s'y était fait construire une énorme villa d'un style plus que douteux, et avait tiré parti des vastes plages en aménageant sur l'une d'elles un terrain d'aviation. Les vieillards de Vlieland parlaient encore en ricanant des invraisemblables machines volantes conçues par le “ ou ”, qui passaient en vrombissant au-dessus de leurs têtes avant d'aller, immanquablement, s'écraser dans les dunes ou dans l'eau grise de la mer du Nord.

L'un de ces prototypes ayant fini par avoir la peau de son inventeur, les héritiers tentèrent sans succès de vendre la propriété. Pendant la Deuxième Guerre mondiale, elle fut septembre, par quelques touristes amateurs d'oiseaux, d'équitation ou de solitude.

Une prison de dix-huit kilomètres sur deux, dont l'essentiel de la superficie n'était accessible qu'à pied, à cheval ou à bicyclette.

Ses habitants vivotaient péniblement de l'élevage de chevaux et de poneys, de la location de vélos aux touristes ou d'un petit commerce occasionnel. Sans les allocations spéciales versées par le gouvernement néerlandais, il y aurait longtemps que Vlieland, perle des îles de Frise occidentale, se serait vidée de son dernier occupant.

À la limite de l'innocence congénitale, Wim 't Hof était sans doute le plus mal loti de cette petite communauté d'isolés. Maigre, courtaud, le cheveu filasse, le regard rougeâtre, la peau grise et sale, à quarante et un ans, il n'était toujours que journalier agricole dans l'unique grosse ferme de l'île. Et le resterait vraisemblablement jusqu'à ce que les rhumatismes articulaires le clouent une fois pour toutes dans un misérable statut de sous-pensionné.

Mais Wim, ce matin, exultait. Aujourd'hui même, dans quelques heures à peine, il allait recevoir un billet de mille florins [1].

Pour la deuxième fois ! Mille florins !

Mille florins en un seul billet ! Wim ne parvenait pas encore à y croire. Depuis qu'il avait reçu le premier, huit jours plus tôt, il passait chaque soir de longues minutes à contempler avidement ce carré de papier qui représentait tant de pouvoir et de rêves jusqu'alors impossibles. Puis, bien vite, il remettait le précieux billet dans sa cachette, sous la paillasse qu'il occupait dans une dépendance de la ferme.

1. Environ 420 dollars U.S .

réquisitionnée par les Allemands, qui y installèrent un état-major de la Kriegsmarine. Ce furent eux qui construisirent le mur, que personne par la suite ne songea à faire abattre. Mais il fallut encore attendre un quart de siècle avant que la propriété ne trouve un acquéreur en la personne, à ce qu'on disait, d'un riche Hollandais de la capitale. Depuis, elle semblait habitée, encore qu'on n'en ait jamais vu les occupants au village.

Mais les Frisons n'ont pas l'habitude de s'occuper des affaires de leurs voisins.

Silencieusement, Wim s'approcha du mur, au même endroit que le jeudi précédent.

Il frissonna.

L'air était doux pourtant, en ce matin d'octobre, mais le côté à la fois simple et mystérieux de sa " mission " le troublait plus qu'il ne voulait se l'avouer. De vieux magazines de bandes dessinées et la télévision de la ferme formant l'essentiel de sa culture générale, il se sentait participer à quelque sombre affaire de gangsters ou d'espionnage.

Mille florins !

Pour mille florins, Wim aurait vendu aux Chinois les secrets de la bombe atomique hollandaise, s'il y en avait eu une. Il toucha de la main le béton rugueux et, timidement, siffla les premières mesures du *Pont de la rivière Kwai.* L'instant d'après, un objet vola par-dessus les barbelés. Wim le ramassa prestement. C'était, comme l'autre fois, un simple étui à cigare, petit tube métallisé, dont l'ouverture était scellée avec de la toile isolante.

Fourrant l'étui dans une poche de sa vareuse, Wim courut vers son vélo.

Tremblant d'excitation, la tête bourdonnante, Wim malmenait son antique bécane. Dans un peu plus de deux heures, le ferry de Harlingen accosterait à l'embarcadère d'OostVlieland. Comme la dernière fois, le hippie débarquerait, avec ses longs cheveux et ses jeans rapiécés. Comme la dernière fois, il plongerait son regard dur dans les yeux de Wim et tendrait la main. Wim lui donnerait l'étui et l'autre, en échange, lui donnerait un nouveau billet de mille florins, avant de repartir vers le continent par le même ferry.

Tout simplement.

Et ce serait encore pareil le jeudi suivant, le hippie l'avait dit.

Et encore le jeudi d'après.

Et encore, et encore...

Des milliers et des milliers de florins...

À la seule condition, bien entendu, de ne parler à personne de ses " missions ". Mais ça, Wim n'en avait aucunement l'intention. Il n'était pas fou. On ne tue pas la poule aux oeufs d'or.

Il arriverait beaucoup trop tôt, bien sûr. Mais il attendrait le ferry en buvant un ou deux verres d'Amstel au *Zee Paard*, juste en face de l'embarcadère. Ce n'était pas que ce bistrot fût le plus confortable des trois cafés du village ni que la bière y fût moins chère, mais on y avait l'inestimable avantage d'être servi par Marijcke, la nièce des propriétaires. Sous un visage ingrat encadré de cheveux tristes, Marijcke arborait superbement la plus fabuleuse paire de seins de Frise occidentale. Ce qui, pour un homme normalement constitué, était un spectacle encore plus revigorant que celui d'un verre plein. Les bonnes langues chuchotaient qu'elle se vendait parfois aux touristes à qui son oncle louait des chambres pendant la saison, et la vision de Marijcke nue sur un lit, en train de faire l'amour, avait bien souvent alimenté les rêveries solitaires du journalier. Mais il s'en moquait bien, à présent. Des Marijcke, il pourrait s'en offrir dix comme elle, à Amsterdam. Et toutes à la fois, s'il le voulait.

Wim fut brutalement arraché à ces alléchantes perspectives. Il roulait trop vite, et sa roue avant avait dérapé sur le sable du sentier, le culbutant dans les bruyères. Wim se secoua en grommelant, puis se remit debout.

Pourquoi se pressait-il à ce point, d'ailleurs ? Le *Zee Paard* n'ouvrait qu'à sept heures, il avait tout son temps.

Un objet brillant à ses pieds attira son attention. L'étui. Il était tombé de sa poche. Pensivement, il le ramassa. Que diable pouvait contenir cet étui qui puisse valoir autant d'argent ? Et si... Et si c'étaient des diamants ? Wim examina attentivement la toile isolante qui fermait le petit tube. Il pourrait facilement l'enlever et la remettre sans qu'on s'aperçoive de quoi que ce soit.

S'il osait...

Précautionneusement, il entreprit de dérouler le ruban de toile collante. Elle venait sans difficulté. Lorsqu'elle fut entièrement déroulée, Wim la posa soigneusement sur le guidon de son vélo.

Puis, dévoré de curiosité, il ouvrit l'étui.

L'explosion dut s'entendre jusqu'à l'île voisine de Terschelling. On récupéra le vélo de Wim à dix mètres de là, littéralement enroulé autour d'un tronc de pin. Quant au malheureux journalier, un simple seau suffit à emporter ce qu'on retrouva de lui.

*

Olenka referma la fenêtre en souriant.

— Voilà qui devrait alimenter les conversations du village pendant un petit moment, ricana-t-elle.

Mal à l'aise, l'homme porta sa tasse de café à ses lèvres. Il constata avec déplaisir que sa main tremblait.

— Vous n'y allez pas de main morte, ma chère. Qu'y avait-il dans ce tube ? De la nitroglycérine ?

Sans prendre la peine de s'asseoir, Olenka saisit un toast qu'elle recouvrit abondamment de confiture.

— Notre époque ne manque pas, Dieu merci, d'explosifs un peu plus sophistiqués que cela, railla-t-elle. Nos chimistes m'ont donc bricolé quelque chose dont j'ignore même le nom. Mais assez efficace, semble-t-il. En tout cas, le bonhomme n'aura même pas eu le temps de regretter d'avoir joué les messagers complaisants.

— La police ?

— Peuh ! gloussa Olenka, la bouche pleine. Pourquoi voulez-vous qu'elle m'inquiète ? Vous êtes bien placé pour savoir que je suis parfaitement en règle ici. Ils penseront que ce type a sauté sur une mine laissée par les Allemands en 44. On en déterre encore de temps en temps, dans le coin. Vous ne mangez plus ?

— Non, merci.

Impeccablement habillé en dépit de l'heure matinale, l'homme se renversa contre le dossier de sa chaise et considéra la grande femme maigre qui, debout, le dominait de toute sa taille... Son pantalon blanc, légèrement bouffant, était enserré à partir du genou dans de hautes bottes noires d'amazone. Son chemisier noir, boutonné jusqu'au cou, ne renfermait qu'une poitrine plate de garçon. Les rares fois où ils s'étaient rencontrés, il n'avait jamais vu Olenka qu'habillée en noir et blanc, exclusivement. Jusqu'au large bandeau noir qui lui couvrait l'oeil gauche. Ce qui rendait plus éclaboussante encore la chevelure rouge sang, teinte au henné, qui auréolait son visage tendu de vieille panthère fatiguée. Quel âge pouvait-elle avoir ? se demanda-t-il. Cinquante, cinquante-cinq ans ? Probablement moins que ne pouvaient le laisser croire ses traits marqués par les épreuves et les excès d'une vie trop tumultueuse.

Avec ses bottes, son bandeau et ses cheveux teints, Olenka avait une allure un peu vulgaire de corsaire d'opérette. Toute autre qu'elle aurait fait rire. Mais nul ne songeait à seulement esquisser un sourire en présence de celle que l'on surnommait la Cyclope.

L'homme se leva à son tour, abandonnant la table où ils avaient pris leur petit déjeuner. S'approchant de l'une des fenêtres de la grande pièce, il regarda pensivement la longue plage grise qui marquait l'extrémité du sud de l'île. En dépit de la fraîcheur de l'air ambiant, il se sentait le corps moite d'une mauvaise sueur.

— J'admire votre calme, fit-il en se retournant lentement. Vous vous rendez compte que ceci signifie la fin de notre association ?

La grande femme maigre eut un rire bref.

— Évidemment, et je n'en serai pas fâchée, figurez-vous. Cela fait trois ans que mes hommes et moi sommes cloîtrés ici. De toute manière, j'en avais assez.

— Bien sûr, bien sûr... Dites-moi, Olenka... Si, malgré tout, la police venait ici...

— Rassurez-vous, cher ami. S'ils viennent, ce ne pourra être que cet après-midi. Ils doivent venir du continent. À ce moment, nous aurons achevé de démonter le laboratoire et vous, vous serez loin. Quant à mes macaques et aux chimistes, ils seront dans les caves avec Karsh. Tout ce que les flics pourront trouver, c'est une femme éprise de calme venue se réfugier avec son amant dans la solitude d'une île frisonne.

Son amant !

Il frémit intérieurement. Ce petit minet bouffi et stupide au sexe avantageux, Rollie ou quelque chose comme ça, aurait pu passer pour son fils. Et encore... en étant indulgent !

Quant à l'autre, Karsh, cet horrible muet albinos, il préférait ne pas y songer. Comment Olenka avait-elle pu passer trois ans ici avec ces affreux individus ? Sans même parler des Mélanésiens, ces petits sauvages noirs et crépus dont les parents se mangeaient encore entre eux.

Enfin, ce n'était pas son problème.

— Et le stock ? demanda-t-il.

— En sécurité, bien entendu.

— Il ne faut surtout pas rater cette dernière opération, Olenka. C'est de loin la plus importante que nous ayons jamais faite. Elle est même colossale, et j'y ai investi beaucoup plus que je ne pouvais me le permettre. Si elle échoue...

— Elle n'échouera pas.

Il se détendit imperceptiblement et, même, esquissa un sourire .

— Je ne me féliciterai jamais assez de vous avoir recrutée, ma chère. Vous avez été parfaite d'un bout à l'autre. Et vous avez bien fait de me prévenir. Vous le voyez, je suis venu aussitôt. Bon, eh bien, je crois que nous avons tout réglé. Si vous pouvez demander à... heu... Rollie de me reconduire à Schiphol[2], j'ai un avion à prendre.

— Vous ne restez pas pour l'exécution de Larsen ?

La voix sèche le fit sursauter. Son sourire s'éteignit.

— Je n'y tiens pas vraiment. Ce n'est... ce n'est pas...

— Pas votre genre, c'est ça ?

L'œil unique de la Cyclope le considéra avec une ironie railleuse.

— Vous êtes le stratège qui dirigez les opérations depuis votre confortable bureau de président-directeur général, hein ? Sans risques inutiles...

— Je finance, Olenka...

—... et vous prenez la plus grosse part des bénéfices. Mais les coups durs, les vrais risques, c'est moi qui les prends.

— Croyez-vous que ce soit le moment de comparer nos mérites réciproques ? fit-il sèchement.

La grande femme haussa les épaules.

— Non, vous avez raison. Et si vous désirez rentrer, à votre guise. C'est vous le patron.

En deux enjambées, elle s'approcha d'un Interphone dont elle poussa un bouton. Presque immédiatement, la porte de la grande pièce s'ouvrit sur un jeune homme de taille moyenne, les traits mous quoique hâlés, le cheveu luisant et la taille prise dans un pantalon léger ridiculement trop étroit.

— Rollie, mon chéri, veux-tu préparer le bateau ? Notre invité désire rentrer.

— Très bien, Olenka.

Une voix de mouton gras.

2. *Aéroport d'Amsterdam*

— Où en est Karsh ?

— Il a presque fini, Olenka. Les hommes sont déjà là.

— Parfait. J'y serai dans dix minutes.

Elle attira Rollie contre elle. Docile, il se laissa faire.

— Dommage que tu doives t'en aller, mon chéri, lui souffla-t-elle à l'oreille. Tu vas manquer un spectacle qui va énormément m'exciter.

Et de sa main libre, elle effleura le renflement que le pantalon trop serré rendait d'autant plus considérable. Le jeune homme lui adressa un sourire humide et soumis.

— Va, maintenant.

Vaguement écoeuré, l'homme s'était détourné. Cette femme n'avait-elle donc aucun complexe, aucune retenue ? Au claquement de la porte, son regard revint vers Olenka. L'oeil de la Cyclope brillait de sa perpétuelle lueur d'ironie méchante.

— Qu'est-ce qui ne va pas ? ricana-t-elle. Vous avez l'air d'un séminariste qui trouve un préservatif dans son potage. Vous êtes pressé de repartir ?

— Franchement oui. Cette affaire Larsen m'inquiète, s'empressa-t-il d'ajouter.

— De quoi vous plaignez-vous ? Si Larsen avait travaillé pour les flics, et c'eût été fort possible, nous aurions déjà eu depuis longtemps une escouade de gendarmerie sur le dos. N'oubliez pas qu'il a quand même réussi à faire passer un premier rapport il y a huit jours.

— Justement ! Le temps presse... J'ai hâte que tout ceci soit terminé.

— Vous craignez donc ce petit Winch à ce point ? Que peut-il faire, même avec toute sa fortune ? Une guerre privée ?

— Je n'en sais rien, et c'est ce qui me rend nerveux. Ce petit Winch, comme vous dites, a déjà prouvé qu'il était capable de se battre. Et de se battre jusqu'au bout.

La bouche de la grande femme s'ouvrit en un large sourire. Elle avait des dents éblouissantes.

— Pas mal, en effet, pour un garçon devenu l'homme le plus riche du monde. J'aime ceux qui ont assez de tripes pour risquer ce qu'ils ont et qui ont à coeur de régler eux-mêmes leurs affaires. Mais rassurez-vous, cher ami, nous allons lui casser les reins d'entrée de jeu.

L'homme grimaça.

— J'espère que vous en serez capable, Olenka. Du moins, le temps nécessaire à ce que nous réussissions cette dernière opération. Après, il ne pourra plus rien faire.

La Cyclope le prit par le bras.

— Venez, je vais vous reconduire jusqu'au bateau. Il y a pourtant quelque chose que je ne comprends pas, ajouta-t-elle. Si Winch veut à ce point détruire notre organisation, pourquoi ne s'est-il pas adressé à la police ? À la D.E.A. américaine ou à la Brigade antidrogue de la police néerlandaise ? Pourquoi veut-il mener son petit combat tout seul ? Zorro, c'est un peu dépassé, non ?

L'homme, imperceptiblement, se troubla.

— Je ne crois pas que notre organisation l'intéresse fondamentalement, marmonna-t-il comme pour lui-même. Elle ne représente pour lui qu'une étape vers le but qu'il s'est fixé. Et ce but, il ne peut charger aucune police du monde de l'atteindre à sa place.

Un peu surprise par la note d'abattement qui perçait dans cette voix étouffée, Olenka dévisagea l'homme, un léger sourire sur ses lèvres dures.

— Tiens, tiens... Il me semble que vous en savez un peu plus que vous n'avez bien voulu me le dire. Et quel est le but véritable de Winch, selon vous ? Que veut-il réellement ?

Il lui rendit un regard chargé de toute la lassitude du monde.

— Me tuer, répondit-il à voix basse.

*

Lorsque les mains de Karsh effleurèrent son corps nu, Sveig Larsen ne put réprimer un frisson de dégoût. Sans prêter attention à la réaction du Norvégien, le muet acheva d'ajuster la lourde ceinture dont le fermoir à cadenas se boucla avec un claquement sec. En technicien consciencieux, Karsh recula de deux pas et vérifia d'un bref regard si tout était en ordre. Machinalement, Larsen tenta de faire jouer le carcan qui lui enserrait la taille.

En vain, bien entendu.

Cet assemblage de plaques de plomb reliées entre elles par une double chaîne d'acier, façon ceinture de plongée mais en plus costaud, devait peser une douzaine de kilos au moins. Et le muet l'avait serrée à un point tel que Larsen parvenait tout juste à respirer.

Relevant la tête, il tenta d'accrocher le regard de Karsh. Après tout, aussi répugnant que puisse être son aspect, le muet serait sans doute le dernier être vivant que Larsen aurait l'occasion de voir en face. Mais les yeux pâles glissèrent sur le Norvégien comme si celui-ci avait été transparent. Normal.

Depuis deux mois qu'il était sur l'île, Larsen n'avait jamais vu cet homme exprimer le moindre semblant d'émotion. Pour autant qu'on puisse appeler “ homme ”obot albinos sans poils ni cheveux, privé de parole et d'âme, véritable machine à exécuter les ordres du seul être qu'il semblait craindre.

C'était la Cyclope, bien sûr, qui lui avait trouvé ce nom en claquement de fouet : Karsh !

Satisfait des efforts inutiles de Larsen, sans un regard pour cet homme qui allait mourir, le muet se détourna et escalada avec souplesse l'échelle que deux Mélanésiens s'empressèrent ensuite de retirer.

Et Sveig Larsen resta nu et seul au fond de la piscine vide.

Très, très seul.

Il frissonna.

Son ventre le brûlait encore de l'abominable torture que lui avait infligée Olenka. Il avait parlé, bien sûr. Il avait tout dit, tout raconté. N'importe quoi, pour que s'arrête l'effrayante douleur. Il s'en était voulu, après. Mais qui à sa place aurait tenu le coup ?

Du fond de la piscine il entendait les cris des oiseaux de mer déchirer l'air comme des appels de détresse. Fermant les yeux, il s'efforça de résister au désir fou de crier avec eux. Crier sa peur, son impuissance, son besoin éperdu de vivre encore, son refus terrifié du néant.

Comment accepter la mort avec indifférence quand on a trente-cinq ans et qu'il reste tant de choses belles à voir, à faire, à découvrir ? Pourtant, comme tous les hommes qui ont choisi de vivre dans la jungle des sentiers non battus, en marge des lois et des routines, Sveig Larsen avait souvent pensé à la mort. Et, plus exactement, à son attitude devant la mort.

Mourir en homme. Accueillir sa fin avec un haussement d'épaules dédaigneux, avec un sourire de mépris aux lèvres.

Courage et dignité. Fierté et force d'âme. Tous les poncifs en la matière, il les avait recréés en imagination à son usage.

Et aujourd'hui, ça y était. Il allait mourir.

Et il crevait de peur !

Mais il fallait essayer. Il *devait* essayer. Il ne savait pas sous quelle forme la mort allait surgir, mais douze paires d'yeux, là-haut, autour de la piscine, allaient suivre sa fin avec un intérêt morbide. Douze hommes qui, pour l'instant, retenaient leur souffle.

Sans compter Olenka.

Fierté et force d'âme. Dignité et courage. Des mots...

Réprimant le tremblement de ses jambes, Sveig Larsen recula de quelques pas, jusqu'à ce que son dos heurte la paroi carrelée de la piscine. Là, luttant contre l'envie de lever les yeux, il croisa les bras sur sa poitrine et força ses lèvres trop sèches à s'étirer en un sourire qu'il espéra désinvolte.

Et il attendit.

D'une profondeur uniforme de trois mètres, la piscine en avait quinze de long sur huit de large. Ses dimensions, Larsen les connaissait bien, il y avait nagé tous les jours.

Mais aujourd'hui, elle était à sec. Pour le moment, tout au moins. Ce qui en modifiait considérablement les perspectives, la transformant en une sorte d'arène dérisoire. Larsen avait vu du premier coup d'oeil que la bonde d'écoulement avait été scellée. Quant aux échelons d'aluminium qui, aux quatre coins, permettaient aux nageurs de se hisser hors de l'eau, ils étaient aussi hors de portée que la planète Mars. Lorsque l'eau emplirait la piscine, avec ses douze kilos de plomb autour des reins, Larsen resterait cloué au fond aussi sûrement qu'un bloc de béton. Et le fermoir à serrure de cette damnée ceinture était manifestement de taille à résister à des mains bien plus puissantes que les siennes.

Donc on allait le noyer.

Tout bêtement.

Ce qui l'étonnait un peu. D'habitude, la Cyclope faisait preuve de plus d'imagination.

— Mais non, mon petit Larsen. Ce ne sera pas si simple... La voix sèche, métallique d'Olenka l'arracha à ses tristes conjectures. Cette fois, il ne put se retenir de lever les yeux.

Elle était là, à l'extrême bord de la piscine, avec ses grandes bottes noires et sa chevelure rouge qui flottait doucement dans le vent de la mer du Nord. Et son oeil unique, enveloppant le corps nu du Norvégien, semblait briller d'une étrange et cruelle délectation amoureuse.

La grande femme maigre sourit. Un sourire éblouissant.

— La course est terminée pour toi, mon mignon. Tu le sais, c'est le jeu. Tu as joué, tu as perdu. Mais tu as eu du courage. Alors, je t'ai préparé une belle mort. Ou plutôt, je t'en ai préparé deux : jusqu'au bout tu auras le choix entre l'une ou l'autre. Avec même une petite, une toute petite chance de t'en sortir. Tu verras, ce sera très amusant.

Une invisible main de fer tordit les entrailles de Larsen. La peur. Il faillit uriner involontairement et se retint de justesse. Pourquoi toute cette mise en scène ? Qu'on le tue et que ce soit fini. Une nouvelle fois, la réponse vint d'Olenka. Comme si, en entomologiste passionnée des émotions extrêmes, la terrible femme avait suivi avec précision le processus mental de celui qu'elle avait condamné.

— Que veux-tu, Larsen... Il faut bien que je donne un peu de distraction à ces braves garçons. Ils s'ennuient, sur cette île...

Couverts d'oripeaux variés, les " braves garçons " s'étaient répartis autour de la piscine. Gris de froid. Misérables. Pour ces insulaires de la mer de Corail, quinze degrés au-dessus de zéro c'était le pôle Nord.

Ils n'étaient plus que huit. Tout ce qui restait des vingt-cinq Mélanésiens que la Cyclope avait " importés " trois ans plus tôt. Les autres étaient morts de pneumonie ou avaient été " punis " pour quelque faute mineure. Larsen balaya du regard les têtes sombres et crépues. Ils existaient à peine. Ces malheureux arrachés sans transition à leurs îles du bout du monde, abrutis de drogue, transformés en zombies, menaient ici une existence d'esclaves terrorisés.

Le regard du Norvégien revint à cet oeil unique qui le magnétisait. Mais il réussit à s'en arracher aussitôt.

De part et d'autre d'Olenka, Karsh et Daong le considéraient avec une égale indifférence. Le Malais dépassait l'albinos d'une bonne tête. Le rôle dévolu par la Cyclope à ce colosse au regard bovin se fondait sur une saine notion des principes élémentaires d'organisation : quand le besoin s'en faisait sentir, Daong doublait Karsh dans sa fonction de garde du corps et Rollie dans celle d'étalon.

Il n'y a pas que les équipes sportives qui ont des joueurs de réserve.

Enfin, les yeux de Larsen s'arrêtèrent sur les deux " chimistes ", deux vieux Corses furtifs qui s'empressèrent de détourner la tête.

C'étaient eux qui avaient dénoncé Larsen, après l'avoir surpris en train de rédiger son second rapport. Ces pauvres minables ! Il aurait voulu leur dire... Mais quelle importance cela avait-il encore ? La Cyclope avait raison, il avait joué, il avait perdu.

Dommage !

Un murmure parcourut le groupe des Mélanésiens. L'instant d'après, sombre et gigantesque, un homme surgit à l'extrême bord de la piscine.

Un véritable géant.

D'un noir d'ébène, il dépassait les petits insulaires de plusieurs têtes. Instinctivement, Larsen se plaqua contre le mur derrière lui. Sans hésiter, le géant, d'un seul bond, sauta. À la seconde même où il se recevait souplement sur le fond carrelé de la piscine, l'eau jaillit d'un conduit latéral.

Éperdu, Larsen eut un hoquet de surprise.

Le géant était une femme !

Et quelle femme...

Une jeune Noire superbe, moulée dans un short court, le torse et les jambes nus. Elle avait une taille d'au moins 2 m 10, le corps en proportion, une carrure de débardeur, des cuisses interminables, une poitrine de fantasme, des mains à s'y coller la peau.

Ces mains étaient serrées sur le manche d'un long fouet. La peau de la géante luisait de l'huile dont elle s'était recouvert le corps. En dépit de ses proportions monstrueuses, la femme était incroyablement belle. Elle dégageait un violent parfum de sensualité primitive, et Larsen sentit son corps réagir malgré lui.

Une onde de feu lui laboura le ventre.

Mais il s'efforça d'arracher son regard du corps fabuleux pour remonter jusqu'aux yeux.

Et là, il eut un choc.

Plus encore que le fouet qu'elle tenait à deux mains, l'insoutenable regard de folle de la Noire suffit à dissiper l'explosion d'érotisme pur qui avait saisi le Norvégien. Folle ou droguée à mort. La différence était sans intérêt pour Larsen.

Et brutalement, tout aussi animale, il n'y eut plus que la peur pour lui brûler le ventre. Muscles tendus à se rompre les tendons, il se prépara à subir l'assaut de la géante.

Le silence était revenu. Total. Seulement rompu par le grondement de l'eau qui se déversait dans la piscine.

Larsen sentit sa raison vaciller.

C'était dingue.

Il se trouvait dans l'un des pays les plus peuplés et les plus policés du monde. À cent kilomètres au sud, Amsterdam bruissait de sa vie organisée de métropole occidentale. À moins de dix kilomètres au nord, dans l'unique village de l'île, des enfants blonds apprenaient sagement la géographie et l'orthographe, les cyclistes se croisaient avec des saluts aimables, les ménagères faisaient leurs courses en papotant de coût de la vie et d'embarras gastriques...

Complètement dingue !

La géante le fixait sans bouger.

Larsen cessa de comprendre. Pourquoi ne l'attaquait-elle pas ? C'était bien cela qu'ils voulaient là-haut, non ? Un beau combat, comme dans les arènes de Rome. Avec du sang, des râles et des bruits d'os brisés. Alors, qu'est-ce que son adversaire attendait ? Et cette eau qui continuait à couler, à remplir la piscine, à monter, à monter...

L'eau.

La ceinture de plomb.

C'était donc bien ça : ils voulaient le noyer. Eh bien, il n'acceptait pas de mourir sans lutter. Au diable la dignité, le mépris de la mort et autres fariboles édifiantes. Sveig Larsen n'acceptait pas de mourir. Il ne voulait pas que cette ceinture le cloue au sol tandis que l'eau recouvrirait ses épaules, sa bouche, son nez, sa vie...

Agrippant des deux mains les chaînes d'acier, il tenta frénétiquement de disjoindre le fermoir. Mais il ne réussit qu'à s'arracher les ongles. Seule la clé de ce cadenas pourrait...

La clé !

C'était si simple qu'il n'y avait pas pensé.

Il regarda la géante.

Quelque chose l'avait frappé, tout à l'heure, lorsque la femme avait sauté dans la piscine. Quelque chose qui avait impressionné son subconscient sans qu'il s'y arrête au moment même.

Il regarda plus attentivement.

Une petite tache brillante entre les deux seins énormes et noirs. La clé, bien sûr. Accrochée à un fil de Nylon entourant le cou de ce splendide et dangereux animal, la clé du fermoir de cette maudite ceinture. Voilà qui était bien dans la ligne de l'imagination perverse d'Olenka : elle lui avait opposé un adversaire hors série, mais qui n'allait pas se jeter sur lui.

C'était à lui d'attaquer. Ou d'attendre passivement la mort. La décision, comme le lui avait dit la Cyclope, dépendait entièrement de lui. La géante avait suivi son regard. Un large sourire barra son visage sombre.

Elle leva son fouet.

Au-dessus de Larsen, dominant le bruit de l'eau, le rire d'Olenka retentit. L'eau, maintenant, atteignait les genoux du Norvégien.

Lourdement, il avança.

Un sifflement, et Larsen sentit un trait de feu qui lui coupa la poitrine.

Serrant les dents, il continua.

La Noire releva le bras, le fouet claqua et un éclair atroce déchira la joue droite du Norvégien. Il ne put cette fois retenir un cri de douleur. Haletant, il s'arrêta et fixa avec haine son adversaire.

Les cuisses dans l'eau, la bouche entrouverte, la géante l'observait de ses yeux fixes. De la main gauche, elle caressait son énorme poitrine, comme sous l'influx d'un plaisir à venir.

L'eau montait rapidement. L'instinct de conservation de Larsen était déchiré entre la peur du fouet, immédiate, et celle de la noyade, toute proche. Mais quelque chose de plus élémentaire encore se réveillait en lui : venue du fond des âges, la saveur du combat primitif.

Une chance, une toute petite chance de s'en tirer !

D'un seul coup, il oublia Olenka, sa mission manquée, Karsh et les Mélanésiens qui l'observaient passionnément. Une seule chose comptait : l'adversaire en face de lui, qu'il fallait vaincre pour sauver sa vie.

Pataugeant, Larsen se remit en marche.

Posément, la géante noire leva le bras. Mais juste avant que la longue mèche ne l'atteigne, Larsen se laissa tomber à plat ventre. Le poids de la ceinture de plomb le plaqua sur le sol carrelé et l'eau le recouvrit assez pour amortir l'impact du coup.

L'instant d'après, il était debout.

Deux bonds, un plongeon. Une nouvelle fois, l'eau fit office de bouclier. Deux bonds encore, et il fut sur elle.

Larsen n'avait aucune expérience du combat à mains nues. En outre cette femme monstrueuse était un adversaire qui devait être impossible à vaincre par des moyens ordinaires. D'autant plus qu'il était sérieusement handicapé par les douze kilos qui lui emprisonnaient la taille. Il devait donc la faire tomber. Une fois la géante au sol, il avait peut-être une chance.

Échappant aux deux bras qui cherchaient à l'atteindre, Larsen plongea aux jambes.

Ces jambes étaient des arbres.

Retenant son souffle, le Norvégien tenta de les ébranler. La géante ne plia même pas les genoux. Il sentit une main énorme empoigner la ceinture et l'attirer hors de l'eau. Il s'accrocha désespérément au short de la femme, lui griffant les cuisses et le ventre. Le tissu se déchira et Larsen se sentit soulevé hors de l'eau, le corps prisonnier de deux bras immenses et incroyablement musclés.

Et ces bras commencèrent à serrer, serrer, serrer...

À la limite de l'étouffement, le Norvégien entendit l'affreux craquement de ses propres côtes qui se brisaient une à une.

Quelque chose explosa dans sa tête.

La panique.

Ses mains glissaient sur la peau noire et luisante. Sa tête oscillait frénétiquement, se heurtant de part et d'autre à la chair ferme des deux seins qui l'enserraient. Sa bouche s'ouvrit pour un dernier cri et heurta la pointe dressée d'un mamelon durci par le froid et l'excitation du combat.

Sans réfléchir, il mordit. Férocement. De toutes ses forces. La géante poussa un hurlement de chambre de torture. Son étreinte se relâcha d'un seul coup tandis qu'elle faisait un pas en arrière, oscillant lourdement.

Aspirant l'air dans ses poumons libérés, Larsen retomba dans l'eau. À demi fou de douleur et de peur, il se redressa et recula.

L'eau, maintenant, lui venait à la taille. Il se retourna et eut un hoquet de peur et de dégoût.

Titubante, l'immense Noire étreignait en gémissant son sein gauche, duquel s'échappait un jet de sang. Elle releva la tête et le fixa, une hallucinante lueur de folie meurtrière dans le regard.

Larsen sentit la panique le submerger.

Incapable de penser, insensible à la douleur de ses côtes brisées, il se précipita lourdement vers l'autre bout de la piscine dont il griffa la paroi dans un dérisoire effort pour se hisser hors de l'atteinte de celle qu'il avait transformée en fauve avide de carnage.

Il leva la tête.

Juste au-dessus de lui, souriante, Olenka le regardait. Le Norvégien voulut hurler, l'insulter. Mais il ne réussit qu'à émettre un vague coassement rauque, presque un râle. Pour toute réponse, sans cesser de sourire, elle laissa descendre sa main vers son pantalon.

Sans souci des hommes qui l'entouraient, Olenka s'apprêtait à jouir.

Le plus calmement du monde.

Avec un cri sauvage, la géante noire se rua à l'attaque.

Éperdu, Larsen se laissa glisser sous l'eau. Mieux valait mourir noyé que des mains de ce fauve. Avidement, presque avec délectation, il aspira. Il sentit l'eau envahir sa trachée et un hoquet convulsif lui tordit le ventre.

Mais c'était trop tard.

Il sentit les deux mains terrifiantes le saisir et le hisser d'un seul effort. L'une de ces mains l'avait empoigné par l'entrejambe, l'autre par les cheveux. Il sentit ses reins retomber durement sur un genou raidi.

Le hurlement d'agonie du Norvégien s'interrompit net.

Avec un synchronisme parfait, la géante venait de lui broyer les testicules et de lui briser la colonne vertébrale.

Lorsque jaillit le cri de plaisir d'Olenka, Sveig Larsen avait cessé de vivre.

PREMIER ACTE

Londres

LONDRES

Vendredi 15 octobre, 19 h
(heure locale)

—... et nous ne saurons jamais assez exprimer notre reconnaissance à celui dont le discernement et la générosité ont permis à ce trésor de notre patrimoine national de retrouver le chemin de ses origines. Symbole des liens qui unissent depuis tant d'années nos deux grands pays, ce geste amical...

Plus britannique qu'une caricature de *Punch*, le conservateur en chef de la Tate Gallery[3] ne croyait manifestement pas un mot de ce qu'il disait.

Largo Winch non plus.

Assis au premier rang, entre un représentant de Buckingham Palace dont il avait oublié le titre et le nom et la rondelette épouse de l'ambassadeur des États-Unis à Londres, il s'ennuyait à mourir.

Sur un chevalet juste en face de lui, violemment éclairé par

3. Célèbre musée d'art londonien

les lustres du grand salon de l'ambassade, le duc de Worcestershire le fixait de ses yeux glauques. Entouré de chiens braques qui jappaient, enrubanné des mollets jusqu'au chapeau trop large, le noble personnage s'appuyait sur un long mousquet de chasse dans une attitude censée être virile et conquérante.

Largo appréciait, d'habitude, la luminosité et les visages de porcelaine si caractéristiques de Gainsborough. Mais le pauvre duc était d'une si pitoyable laideur, avec son menton en galoche, son nez tombant et son regard de batracien, que même le talent du grand peintre anglais du XVIIIème siècle n'avait pu réussir à atténuer la tristesse du sujet.

Largo en était encore à se demander comment il avait pu payer 650 000 $ pour acquérir le portrait de ce morne personnage au nom de sauce.

À quatre chaises de Largo, une digne douairière, couverte de perles et de titres, luttait contre la somnolence. Derrière lui s'élevait un léger ronflement. Quelques têtes dodelinaient. L'orateur semblait décidé à pulvériser le record national des généralités lénifiantes.

Largo se déconnecta.

" Procédure annulée - Contacter toute urgence - Duif. " Duif, en néerlandais, veut dire pigeon. Et "Pigeon", c'était Andy. C'était hier que, normalement, Andy avait dû se rendre à Vlieland pour prendre livraison du second rapport de Larsen.

Le télégramme trouvé ce matin à son hôtel le tracassait. Quelque chose avait dû foirer. Ou alors, le rapport de Larsen contenait un point particulièrement capital. Largo regarda sa montre. Andy ne serait pas dans sa péniche du Singelgracht avant 10 heures du soir. D'ici là, ce sinistre cocktail serait terminé et Largo aurait regagné son hôtel, d'où il pourrait téléphoner en paix. Et même, si nécessaire, il pourrait faire un saut, demain, à Amsterdam. Sullivan n'aurait qu'à se débrouiller seul avec les différentes personnalités avec lesquelles il avait jugé bon de prendre rendez-vous pour le samedi. Les deux hommes ne devaient regagner New York que le dimanche.

Largo se sentit soudain très fatigué. La partie était engagée. Il ne pouvait plus reculer. Et c'était une partie mortelle. Au véritable sens du mot.

Mais ce qui l'épuisait le plus, c'était indiscutablement le double jeu auquel il se contraignait depuis quatre mois. Personne, et surtout pas Sullivan, ne devait avoir le moindre soupçon. Largo avait donc pris à bras-le-corps les affaires du Groupe W, visitant les présidents des Main Divisions dans leurs fiefs aux quatre coins du monde, animant les conseils d'administration, participant aux assemblées générales, prenant les décisions et les orientations qui s'imposaient, sacrifiant même à ce que Sullivan appelait sans sourire les obligations de sa position sociale et financière.

Comme aujourd'hui, par exemple.

Et le temps avait passé si vite... Un fugitif sentiment de nostalgie l'envahit. Comme souvent dans ces cas-là, trop souvent, Largo évoqua l'eau tendre de deux grands yeux gris.

Aricia.

Après, quand tout serait terminé, il pourrait enfin tenter de la retrouver. Pour autant qu'elle l'attende encore...

Un bruissement étouffé l'arracha à sa rêverie. L'orateur avait terminé sa péroraison mais c'était lui, le généreux donateur, que la centaine de personnes présentes applaudissaient avec une retenue de bon ton. Un sourire contraint à la bouche, Largo se leva et inclina sa haute taille de gauche et de droite, maudissant une fois de plus le smoking qui l'engonçait et le noeud papillon qui lui comprimait la gorge. Puis il se rassit, saisi du naïf espoir de voir les discours en rester là. À sa grande horreur, l'ambassadeur présenta un nouvel orateur, un sous-secrétaire au ministère des Beaux-Arts. Lui aussi allait remercier. Au nom du gouvernement britannique, cette fois.

Des fourmis dans les jambes, l'oeil sombre, Largo constata soudain qu'il avait une furieuse envie de pisser.

*

L'ambassadeur des États-Unis, le cheveu rare, la cinquantaine sportive et le sourire politicien, se rassit et se pencha vers son voisin de gauche.

— Ma parole, John, souffla-t-il, il est parfait, votre petit Largo.

John Sullivan, Managing Executive du Groupe W, tourna sa grosse tête auréolée de cheveux roux vers le diplomate, le fixant de ses yeux bleus apparemment candides.

— Que voulez-vous dire ?

L'ambassadeur se pencha un peu plus.

— Mais... avec son passé, j'avais craint... Enfin, John, vous savez comme moi que les milieux d'affaires tolèrent mal les excentriques. Beaucoup de gens étaient inquiets, il y a quelques mois, lorsque ce garçon a succédé à son père dans des circonstances... heu... peu habituelles.

La voix de l'orateur, haut perchée, résonnait contre les murs de la salle.

— Eh bien, ils ont eu tort, rétorqua sèchement Sullivan à voix basse. Largo a compris qu'il y avait un temps pour chaque chose. En quatre mois il a beaucoup changé, Larry. Et il a *vraiment* pris le Groupe à coeur.

— Tant mieux, tant mieux... Ce que j'en disais, vous savez...

L'Executive eut un sourire ironique.

— Ce que vous en disiez ne vous a pas empêché de me demander de lui faire acheter ce sacré tableau, n'est-ce pas ? Si vous craigniez tant les excentriques, vous n'aviez qu'à chercher une autre poire.

— Voyons, John se récria l'ambassadeur, l'air plus innocent qu'un accusé du procès de Nuremberg, il s'agissait de l'intérêt de votre Groupe. Cette donation est pour vous une excellente publicité.

Le sourire de Sullivan s'accentua.

— Une publicité de 650 000 $, ricana-t-il. Vous êtes un fameux hypocrite, Larry. Depuis l'entrée de l'Angleterre en parent pauvre dans le Marché commun, la position diplomatique américaine a sérieusement besoin d'être renforcée dans certains milieux londoniens. Vous êtes bien placé pour le savoir, puisque c'est votre boulot d'y parvenir. Et un " geste " comme celui-ci n'est rien d'autre qu'une bonne giclée d'eau à votre moulin.

— Il n'empêche que...

— Il n'empêche rien du tout, Larry. Nous nous connaissons depuis trop longtemps pour que vous me débitiez des sornettes auxquelles vous ne croyez plus vous-même depuis un sacré bout de temps. Vous savez fort bien que si Largo a accepté de racheter ce tableau chez Park-Bennet pour l'offrir à la Tate Gallery, trop fauchée pour l'acquérir elle-même, c'est uniquement pour améliorer nos relations avec le State Department. Et pas du tout pour nous attirer les bonnes grâces des Britanniques. Parce que vous savez tout aussi bien que ces dignes gentlemen sont prêts à bouffer leurs chapeaux melons pour qu'un Groupe comme le nôtre augmente ses investissements dans leur île plus rongée d'inflation qu'un os dans un chenil.

L'ambassadeur sursauta et regarda vivement autour de lui. Quelques têtes courroucées se tournaient vers les deux hommes.

— Moins fort, John, chuchota-t-il. Ce ne sont pas des choses à dire ici. Nous en reparlerons tout à l'heure...

Et il se renfonça dans le dossier de sa chaise, un léger sourire aux lèvres.

Il savait que Sullivan avait parfaitement raison. Et il savait que l'autre savait qu'il le savait.

Ce serait, en effet, un bon point à son crédit s'il parvenait à décider ce petit Winch à investir un peu plus dans ce pays. Si possible, sur le plan industriel. Le chômage, en Angleterre, prenait des allures d'épidémie moyenâgeuse. Et ce ne serait pas la venue au pouvoir des Travaillistes qui y changerait grand-chose. Il avait déjà tenté d'en discuter avec le jeune milliardaire cet après-midi, mais Winch avait esquivé les points fondamentaux. Ce qui prouvait d'ailleurs que le gamin n'était pas complètement idiot. À sa place, le diplomate ne placerait pas un quart de cent sur les chances économiques à court terme de l'ex-métropole fatiguée du défunt Empire. Mais son rôle était de persuader les Britanniques que ses compatriotes mouraient d'envie du contraire.

Quel métier !

Il soupira intérieurement, se rappelant avec émotion le bon temps de son premier poste d'ambassadeur, douze ans plus tôt, à Haïti... Le soleil, la mer, un bon dictateur solidement anticommuniste et l'instruction formelle du State Department de ne jamais se mêler des affaires intérieures du pays. La belle vie !...

Enfin, ce soir, tout le gratin était là ; et demain, les journalistes présents au fond de la salle pondraient quelques articles élogieux sur cette nouvelle manifestation de générosité américaine. Ça ferait toujours quelque chose de positif à glisser dans son rapport hebdomadaire...

*

L'ambassadeur lui-même avait pris la parole, succédant au sous-secrétaire. Au nom de M. Winch et des États-Unis en général, il remerciait pour les remerciements.

Quel cirque ! songea sombrement Largo.

Pour se changer les idées, il essaya d'imaginer le diplomate en fixe-chaussettes et sous-vêtements fleuris en train de faire l'amour à sa femme dans un hamac. Le résultat dépassa ses espérances et il retint de justesse une quinte de rire. Sa voisine, l'ambassadrice précisément, se tourna vers lui, le sourcil froncé, ce qui acheva de le mettre en joie. Il ne put résister à lui décocher un clin d'oeil appuyé. Le rouge au front, l'ambassadrice se détourna, reportant son attention vers son mari. Celui-ci, qui n'avait rien perdu du manège, s'embrouilla dans une phrase et fusilla les coupables du regard. Ravi, le jeune homme lui rendit un large sourire.

Un couple de retardataires entra par la porte latérale et gagna les derniers rangs. Tout le monde, naturellement, tourna la tête vers eux.

Des malins, se dit Largo en les suivant du coin de l'oeil. Ils évitent les discours mais arrivent à temps pour le buffet.

Mais quelque chose dans ce couple força soudain son attention, sans qu'il pût dire au juste quoi sur le moment. L'homme, de taille moyenne, très droit, sec comme un bois mort, portait sur le visage une expression étrange, indéfinissable. Quant à sa compagne, aussi grande que lui, elle avait ce qu'il serait convenu d'appeler un port de reine si les reines n'avaient pris l'habitude de ressembler à des femmes de ménage endimanchées. Largo eut le temps d'apercevoir l'éclair blanc d'un cou parfait et le feu fugitif d'un intense regard pervenche.

Un regard posé droit sur lui.

Puis le couple disparut de son champ de vision. Troublé, il reporta son attention vers l'orateur.

L'ambassadeur en rajoutait. Largo eut un nouveau regard plus ou moins discret à son bracelet-montre. 19 h 45. Avec le décalage horaire, il n'était que midi dans l'Idaho. Normalement, Simon devait se trouver à la Chahalonga River, fort occupé à se laisser bronzer dans la montagne. Largo aurait volontiers donné une douzaine de Gainsborough pour être à la place de l'Israélien.

Une nouvelle vague de bruissements étouffés le ramena à une réalité devenue soudain plus agréable : les discours étaient enfin terminés.

*

Une volée de serveurs hâtifs retiraient les chaises et dressaient le buffet. Largo vit l'ambassadeur foncer dans sa direction. Le diplomate était flanqué d'un robuste gaillard d'une trentaine d'années aux cheveux noirs coupés en brosse, ainsi que du conservateur en chef de la Tate Gallery. Ce dernier n'aurait pas eu l'air plus consterné s'il avait appris à l'instant que sa Très Gracieuse Majesté venait d'être surprise par un photographe de presse dans le lit d'un Rolling Stone.

— Ah ! monsieur Winch, je suis désolé, si profondément désolé...

— Que se passe-t-il ? sourit aimablement Largo. Le tableau est un faux ?

Rigoureusement imperméable à un humour aussi sacrilège, le vénérable fonctionnaire balaya la réplique du geste. Derrière lui, l'ambassadeur s'efforçait de garder son sérieux.

— Ce n'est pas ça, monsieur Winch. J'ai oublié votre cadeau.

— Mon cadeau ?

— Oui, heu... le musée... c'est la moindre des choses, n'est-ce pas... Nous avions pensé, nous avions décidé de vous offrir un présent. Oh, pas grand-chose... pour vous remercier... votre geste... Mais, dans ma précipitation, j'ai... je l'ai oublié chez moi.

— C'était fort gentil de votre part, monsieur le conservateur. Je suis très touché. Mais ne vous mettez pas en peine pour cela. Vous me l'enverrez demain à mon hôtel, voilà tout.

Le Britannique se cabra.

— Vous n'y pensez pas, monsieur Winch ! Que penseraient ces gens ?... Et la presse ?... Non, non, il n'en est pas question. Je cours le chercher. Je vous demande simplement d'avoir la patience d'attendre mon retour. Je ne serai pas long, une heure tout au plus...

Largo eut envie de hurler. Une heure !

— Pourquoi vous déranger ? grinça-t-il, poli jusqu'au bout des ongles. Envoyez donc votre chauffeur.

Le conservateur eut un sourire triste et digne.

— Nous sommes en Angleterre, monsieur Winch. Depuis le vote du dernier budget, seuls nos ministres ont droit à un chauffeur. Et encore... à mi-temps !

Tandis que le vieux gentleman se hâtait vers la sortie, l'ambassadeur frappa sur l'épaule de Largo.

— Eh bien, mon garçon, on dirait que vous voilà condamné à passer encore un moment avec nous. Ça tombe bien, d'ailleurs, nos invités meurent d'envie de vous examiner d'un peu plus près. J'espère que vous n'allez pas les décevoir.

Largo balaya du regard la centaine de personnes qui, debout dans le grand salon, attendaient patiemment que s'achève la mise en place du buffet. Smokings, robes du soir, bijoux, uniformes, décorations, embonpoints, cigares, lavande, rimmel, cheveux blancs et brouhaha. De nombreuses têtes étaient tournées dans sa direction avec une curiosité évidente.

Il frémit.

— Allons, mon cher Winch, ne faites pas cette tête-là, voyons. Ce n'est pas si terrible que ça... Nous autres diplomates, nous faisons ça presque tous les jours. À propos, vous connaissez James Donahue, notre attaché culturel ?

Le grand Américain aux cheveux en brosse, l'allure plus

culturiste que culturelle, broya avec enthousiasme les phalanges de Largo.

— Enchanté de vous connaître, monsieur Winch. Je crois comprendre que vous n'aimez pas les mondanités ?

Largo le regarda bien en face. Le regard inquisiteur de l'attaché culturel contrastait avec la bonhomie de son physique d'ours malhabile.

— Les mondanités, passe encore, répliqua-t-il doucement. Ce que je ne suis pas sûr d'aimer, c'est le rôle de guignol que l'on m'y fait jouer au service d'une politique qui ne m'intéresse pas.

Donahue leva un sourcil intrigué, tandis que le sourire de l'ambassadeur s'effaçait, gommé net.

— Le mot est peut-être fort, objecta le diplomate, un peu sèchement. Mais il est exact que vous ne pourrez plus échapper aux feux de la rampe, mon garçon. Vous y êtes condamné à perpétuité. Voyons, réfléchissez, Winch... Vous êtes, à vingt-huit ans, considéré comme l'homme le plus riche du monde, à la tête d'un empire économique de huit milliards de dollars dont vous possédez personnellement les deux tiers. Ce qui fait de vous le représentant par excellence du capitalisme américain dont nous avons mission de propager les vertus. Que vous le vouliez ou non, quoi que vous fassiez, votre rôle sera toujours politique. Aussi, ayez toujours présent à l'esprit qu'à travers vos actes c'est une certaine image de notre pays qui sera constamment jugée.

Largo, né yougoslave, fils adoptif de Nerio Winch, européen d'éducation, américain depuis cinq mois à peine, propriétaire d'un groupe de 420 000 salariés dont plus de 80 % travaillaient hors des États-Unis, faillit répliquer qu'il se souciait de l'image de marque américaine comme de l'influence des vents alizés sur l'activité sexuelle du phylloxéra adulte.

Mais il se contint.

À quoi bon...

Un léger sourire aux lèvres, il s'inclina.

— Je vous remercie pour cette leçon de civisme, monsieur l'ambassadeur. Je m'efforcerai de ne pas l'oublier. Aussi, si vous me le permettez, je vais accomplir du mieux que je le pourrai la tâche que vous attendez de moi.

Et, tournant les talons, il marcha vers le centre du salon. La foule, telle une pieuvre avide, se referma sur lui.

CHAHALONGA RIVER
(IDAHO)

Vendredi 15 octobre, 11 h 30
(heure locale)

Du revers de la main, Simon Ben Chaïm chassa la sueur qui l'aveuglait. Ses poumons ronflaient comme un vieux poêle. Plus de souffle. Plus de force. Mais il devait courir encore.

Le jeune Israélien n'essaya même pas de repérer ses poursuivants au son. Il les savait derrière lui. Implacablement.

Courir.

Piétinant la terre meuble du sous-bois, il fonça. Les basses branches et les ronces lui griffaient le visage, mais il y avait longtemps qu'il ne les sentait plus. Le terrain montait de plus en plus. Il trébucha, faillit tomber, repartit.

D'un seul coup, le soleil l'inonda. Plus d'arbres, mais des rochers tachés de mousse. Les yeux plissés sous la vive lumière de midi, Simon courut encore une vingtaine de mètres et s'arrêta net. Dégoulinant, incrédule, il regarda la Chahalonga River qui bouillonnait juste en dessous de lui, quinze mètres plus bas. Il comprit pourquoi ceux qui le traquaient n'avaient pas tenté de le rattraper plus tôt : sur cette étroite plate-forme en à-pic, il s'était laissé coincer comme un bleu.

Haletant, il se retourna.

Il embrassa d'un coup d'oeil la beauté flamboyante des montagnes de l'Idaho dans les pleins feux de l'automne. Des dizaines et des dizaines de milliers d'hectares de forêts encore sauvages... Mais il n'eut ni le coeur ni le temps de s'abandonner à ce grandiose paysage. Un craquement de bois brisé fit pivoter son regard vers la lisière d'où il venait d'émerger. Les deux hommes en sortirent. Au petit trot. Calmement. Ils portaient les mêmes jeans délavés, les mêmes chaussures de basket, les mêmes tee-shirts à peine salis par leur course en forêt. Jeunes. Bronzés. Les cheveux ras. Souriants, ils marchèrent sur Simon. Côte à côte. Sans autres armes qu'un walkie-talkie à la ceinture.

L'Israélien savait qu'il n'avait aucune chance. Costaud, oui, avec ses vingt-quatre ans, son physique de boxeur poids moyen, son passé de kibboutznik dans les hauteurs du Golan... Costaud, mais pas, comme ces deux types, un technicien de la chasse à l'homme et du combat à mains nues.

Une flambée d'orgueil rageur le secoua.

— Okay, mon gars, nasilla l'homme de droite. Tu peux mettre les pouces. C'est cuit pour toi.

Les yeux violets de Simon fulgurèrent.

— Cuit mon cul ! cracha-t-il.

Et, sans réfléchir, il pivota et plongea vers l'eau scintillante.

Il n'eut même pas le temps d'avoir peur, ni de se dire que la rivière à cet endroit pouvait fort bien n'être qu'un ruban d'eau à fleur de cailloux. Le choc glacé l'assomma presque. La seconde d'après, il battait follement des bras dans le courant qui l'entraînait.

Simon avait horreur de l'eau. Et il nageait comme un tisonnier.

Un peu plus loin, il ne savait plus exactement à quelle distance, la Chahalonga s'incurvait en une superbe chute de vingt-cinq mètres. Superbe, vue de la rive, évidemment. La bouche pleine d'eau, paniqué, Simon se démenait avec rage. Dans un brouillard d'écume, il vit que la rivière faisait un coude assez brutal. Se trémoussant comme un furieux, il réussit à agripper l'herbe de la berge. Puis, faisant appel à ses dernières forces, il se hissa et roula sur le dos, épuisé.

Un sourire de loup barra son visage bronzé. Il les avait bien eus, ces enfoirés !

Grognant, soufflant, il se mit debout. Même s'il avait regagné une bonne heure d'avance, il valait mieux ne pas trop s'attarder. Question piste, ces types auraient fait la pige à Oeil-de-Perdrix en personne.

— Bien joué, mon pote ! lança une voix. Mais ça aussi, tu vois, c'était prévu.

Et deux autres hommes, frères jumeaux des précédents, émergèrent des buissons. Écoeuré, Simon faillit pleurer de rage. Serrant les poings, il fit face.

Tandis que l'un des deux hommes lançait quelques coordonnées brèves dans son walkie-talkie, l'autre contourna rapidement l'Israélien, lui coupant l'accès à la rivière. Précaution purement tactique, Simon n'avait pas l'intention d'aller s'éclater en petits morceaux dans les chutes de la Chahalonga. L'homme au walkie-talkie raccrocha son instrument à sa ceinture et sourit.

— Bon, fit-il. Je suppose qu'on peut considérer l'affaire comme terminée.

— Des clous ! grogna Simon. Ce sera terminé quand vous m'aurez. Pas avant.

Une lueur amusée papillonna dans le regard de l'homme.

— Une vraie bourrique, hein ? Très bien, mon vieux, comme tu voudras.

Simon fonça et lança son poing droit. L'autre, sans cesser de sourire, esquiva avec l'aisance d'un danseur étoile. Puis, sa main droite parut voleter devant les yeux de l'Israélien. Celui-ci ressentit quelque chose sous l'oreille gauche, à peine une douleur... et son corps lui devint subitement étranger. Mou comme un édredon, il se sentit glisser. De son oeil ironique, l'homme le regarda s'écraser dans l'herbe.

— Deux heures cinquante-sept ! Vous trouvez ça brillant ?

Une voix de clairon militaire. La voix de Quinn.

— On l'avait sous-estimé, chef. Il s'est rudement bien défendu, le Simon.

— Ouais, grogna Quinn. J'ai connu des tas de gars qui sont morts d'avoir sous-estimé ceux d'en face... On verra ça au débriefing tout à l'heure.

Simon sentit plutôt qu'il ne vit l'ex-sergent-chef se pencher sur lui.

— Alors, vous vous êtes bien amusé ? Satisfait de l'entraînement de mes hommes, j'espère ?

En dépit de toute sa volonté, Simon ne réussit pas à ouvrir les yeux.

— Un bon... général... toujours se rendre compte... par lui-même, souffla-t-il. Vos boy-scouts... bien failli... les avoir...

Et il se laissa glisser dans une béate inconscience.

*

C'étaient lui et Quinn qui, trois mois plus tôt, avaient trouvé l'endroit. L'énorme chalet, super-équipé, avait appartenu à un pétrolier du Texas, amoureux forcené de montagnes et de solitude : l'habitation la plus proche était à quarante kilomètres.

À deux cents kilomètres au nord-est de Boise, la capitale de l'État, la région de la Chahalonga River était évitée même par les amateurs de chasse ou de camping. Trop isolée. Trop sauvage. Mais le climat était sain et il y avait de l'eau en abondance.

Détail non négligeable : le chalet était relié par radiotélégraphe au central téléphonique de Boise. Amateur de solitude, le Texan n'en avait pas voulu pour autant se couper du monde et de ses affaires.

Quinn s'était occupé du reste. Achat et acheminement du matériel et des vivres. Achat des armes, bien sûr. Et surtout, recrutement de la matière première de base : les quinze hommes qu'il entraînait impitoyablement depuis six semaines. Ex-soldats, mercenaires, têtes brûlées... Simon ne savait pas où Quinn les avait dénichés. Et il ne s'en souciait pas, pour autant que la condition de base ait été respectée : pas de casiers judiciaires, pas de truands.

Quinn connaissait son boulot. Ancien sergent-chef des Marines, ex-instructeur " spécial " des Bérets Verts, il n'en était pas à son coup d'essai. Professionnel du recrutement, de l'entraînement et de l'exécution " toutes missions ", à plus de cinquante ans, il était toujours en vie.

Une référence.

*

Carré dans un fauteuil de toile ridiculement trop petit pour sa masse, Quinn, goguenard, regardait Simon, assis en face de lui, se masser l'oreille. Les deux hommes s'étaient isolés dans la petite pièce du chalet qui servait de bureau à l'ex-sergent.

— Alors, mon “ général ”, on se remet ?

— Plutôt engourdi, mais ça va. Qu'est-ce qu'il m'a fait, votre gus ? Je me suis senti décrocher comme une vraie jeune fille devant son premier satyre.

— Normal. Juste sous l'oreille passent la branche maxillaire du nerf facial et l'un des principaux nerfs cervicaux. En frappant ces deux nerfs simultanément, on déclenche une sorte de court-circuit dans les neurones contrôlant la conscience. Sommeil garanti. Sans danger. Pas comme la manchette dans la nuque, qui risque de briser les vertèbres cervicales ; ou dans la gorge, qui peut écraser l'artère aorte.

— Charmant, grimaça Simon. Vous avez encore beaucoup de petits trucs aussi marrants dans votre pochette-surprise ?

— Des tas, admit Quinn en souriant. Et nettement moins inoffensifs. Vous auriez dû passer ces six semaines avec nous, Simon. Ça vous aurait remis en forme.

En dépit de son âge, l'ancien sergent était resté un colosse impressionnant de muscles et d'énergie. Ses cheveux et sa toison prématurément blanchis tranchaient sur sa peau recuite de soleil, lui donnant des allures de mercenaire médiéval. Simon admit qu'un peu d'entraînement lui aurait fait du bien.

Le petit jeu de la matinée lui avait désagréablement indiqué ses limites physiques.

Quinn redevint soudain sérieux.

— Venons-en aux faits, Simon. Depuis six semaines, j'entraîne mes gars comme si on allait prendre le Kremlin d'assaut. Ils sont fin prêts. Et nous en avons tous marre de rester coincés dans ce bled. Alors, une seule question en quatre : où ? quoi ? quand ? comment ?

— Où, nous le savons depuis quelques jours. C'est pour vous en parler que je suis venu. Pour le reste, je n'en sais pas plus que vous. Largo est à Londres où il doit recevoir de nouveaux éléments aujourd'hui ou demain. Il télégraphiera directement ici. Je resterai avec vous jusque-là.

— Plutôt vaseuse, votre opération, ricana l'ex-sergent. Rester le cul dans le brouillard, comme ça, ça me rappelle un peu trop l'armée.

— Je vous avais prévenu, Quinn. Il est même fort possible qu'il n'y ait pas d'opération du tout et que vos bonshommes rentrent tranquillement chez eux. Ils auront été payés comme des sénateurs pour se dérouiller les muscles au soleil. Et vous pareil.

— Okay, grommela le mercenaire. J'espère que Winch sait à quoi il claque son pognon. Voyons toujours cet objectif, puisque c'est tout ce que nous avons à nous mettre sous la dent.

Se penchant, Simon attrapa un porte-documents glissé sous la table.

— J'ai eu du mal à dénicher une carte détaillée à New York, mais j'en ai quand même trouvé une. C'est une île, Quinn.

— Chouette ! Les cocotiers sur la plage, ça me changera de

la jungle et des rizières.

Les dents de Simon brillèrent dans un large sourire.

— Pour la plage, ça ira. Mais les cocotiers ne sont pas garantis, mon vieux. L'île est en Europe. Aux Pays-Bas, pour être précis.

Les sourcils broussailleux de l'ex-sergent s'élevèrent de deux bons centimètres.

— C'est une blague ?

— Sérieux cent pour cent.

— Et pourquoi pas l'île de la Cité à Paris, tant que vous y êtes ! Vous êtes givrés, ou quoi ?! Les Pays-Bas ! Il y a autant d'habitants au mètre carré qu'à Manhattan pendant les heures de bureau. Et qui dit habitants dit flics, armée, pompiers, trains, chevaux, vélos et j'en passe. Et c'est là-dedans que vous voulez aller jouer à la guéguerre ?

— Si vous me laissiez terminer, Quinn ?

— Allez-y. Mais je vous préviens que...

Un coup violent à la porte l'interrompit. L'ex-sergent n'eut même pas le temps de répondre. La porte s'ouvrit à la volée sur l'un de ses hommes, plutôt essoufflé.

— Chef ! Y a du monde !

Quinn se dressa d'un bond.

— Du monde ! Quel monde ?

— Sais pas, chef. Deux Jeeps. Bourrées. Seront ici dans trois minutes.

— Tous dans la grande salle ! aboya le vieux mercenaire. Armes prêtes mais sous la table. Exécution !

L'autre salua et se rua dehors. Quinn se tourna vers l'Israélien, l'oeil furieux.

— Les cachotteries, c'est très joli, Ben Chaïm. Jusqu'au

moment où il y a un coup fourré. Si vous m'avez caché quelque chose, vous me le paierez. Qui sont ces gens ? Que veulent-ils ?

Simon, toujours assis, haussa les épaules.

— Comment voulez-vous que je le sache ? Mais vous vous plaigniez de vous emmerder dans ce bled... Un peu de distraction, ça devrait vous faire plaisir, non ?

LONDRES

Vendredi 15 octobre, 20 h
(heure locale)

— Les Anglais sont les gens les plus introvertis et les plus orgueilleux du monde. Pour nous Américains, le contact est loin d'être facile.

— Vraiment ? demanda poliment Largo.

Après son bain de foule, il s'était réfugié dans le calme approximatif d'un coin du grand salon, où Donahue s'était empressé de le rejoindre.

— Et comment, ricana le grand Américain à voix couverte. Regardez-les. Sous tous ces smokings il y a plus de chemises trouées que vous ne pourriez l'imaginer. Ce qui ne les empêche pas d'être plus snobs que des paons de concours et de nous traiter comme si nous sortions tout juste de l'étable.

— Mais vous sortez tout juste de l'étable, Donahue. Et que vous portiez une chemise neuve n'y change rien, mon pauvre ami.

La voix était douce mais le timbre ferme. Largo se retourna et reçut le choc délicieux de deux yeux pervenche et d'un sourire railleur. Donahue s'empourpra.

— Lady Stephanie... Excusez-moi, je ne vous avais pas vue...

— Si c'est une excuse, ce n'est guère un compliment. Et si c'est l'inverse, c'est encore pis. Présentez-moi donc, au lieu de déblatérer contre mes malheureux compatriotes.

Largo la trouvait encore plus séduisante que lorsqu'il l'avait vue entrer pendant les discours. Pas seulement séduisante.

Attirante. Terriblement attirante. Les cheveux cendrés remontés à la mode des années d'avant-guerre, elle avait la beauté lumineuse des femmes de quarante ans qui en paraissent dix de moins. D'irrésistibles petites pattes d'oie, à peine visibles, rehaussaient les yeux pervenche dont l'apparente candeur était démentie par la moue ironique des lèvres. Grande et souple dans la robe à manches longues qui épousait son corps sans le mouler, elle dégageait ce charme troublant que donne la fragilité physique alliée à la force de caractère.

Donahue se racla la gorge.

— Heu... lady Stephanie, permettez-moi de vous présenter notre invité d'honneur, M. Largo Winch. Mon cher Winch, je vous présente lady Stephanie Killian-Vaughn.

Largo prit la main qu'elle lui tendait.

— Sir Benedict Killian-Vaughn est l'un des plus brillants entrepreneurs industriels du Royaume-Uni, s'empressa d'ajouter l'attaché culturel. D'importants chantiers dans tout le Commonwealth. Une réussite exceptionnelle...

— D'autant plus exceptionnelle qu'elle se produit dans un pays en pleine décomposition économique, coupa sèchement la jeune femme. Donc suspecte. Nous savons tout cela,

Donahue. Si vous alliez me chercher quelque chose à boire, au lieu de rester planté là comme un ours privé de son arbre.

Un afflux de sang sauta au visage du grand Américain. Serrant les mâchoires, il faillit répliquer mais il se contint. Après s'être légèrement incliné, il partit à la recherche d'un serveur.

Un peu interloqué, Largo eut un sourire en coin.

— Pauvre Donahue. Vous ne le ménagez pas.

Elle haussa les épaules.

— Tant pis, je n'aime pas ce fouineur ; en outre c'est un casse-pieds. Venez, ajouta-t-elle en glissant un bras sous celui du jeune homme, profitons-en.

Amusé, il se laissa entraîner. Accrochés l'un à l'autre, ils fendirent quelques groupes d'invités. Sur leur passage, les conversations s'interrompaient, les têtes se tournaient. La belle Anglaise n'en avait cure.

— Pourquoi traitez-vous Donahue de fouineur ?

— Franchement, vous trouvez qu'il a une tête à avoir fait les Beaux-Arts ? Ce grand lourdaud serait incapable de distinguer une statue de Giacometti d'une pince à sucre.

Largo ne put s'empêcher de sourire.

— Évidemment, c'est un peu gênant pour un attaché culturel.

— En réalité, Donahue travaille pour l'un de ces départements d'investigation dont les Américains semblent avoir toute une collection.

— C.I.A. ?

— Ça ou autre chose.

— Comment le savez-vous ?

— Oh, mon cher, tout finit par se savoir, dans notre petit monde...

Ils avaient atteint la relative intimité de l'une des portes-fenêtres donnant sur le jardin de l'ambassade. Du coin de l'œil, Largo distingua dans la pénombre un Marine en faction devant la grille.

— Et maintenant, monsieur Winch, dites-moi ce qui ne va pas.

— Que voulez-vous dire ? sursauta-t-il.

Lady Stephanie sourit, d'un sourire calme et chaud.

— Ne me menez pas en bateau, voulez-vous ? Voilà un moment que je vous observe et je vous trouve la tête d'un jeune homme qui découvre, le soir de ses noces, que sa femme a de faux seins. Seriez-vous déjà blasé de votre vie de super-milliardaire, monsieur Winch ?

Les yeux fauves de Largo pétillèrent.

— Blasé ? Je ne crois pas. Mais il est exact, pour être sincère, que ce genre de réunion m'ennuie prodigieusement. Faux seins, faux sourires, faux-semblants... Depuis cinq mois, j'ai l'impression de ne voir que ça.

Le sourire de la belle Anglaise s'élargit.

— Mais, très cher, il serait grand temps de vous y faire. C'est précisément cette hypocrisie qui peut rendre la vie mondaine si amusante.

— Vous trouvez ?

— Bien sûr. L'humour, monsieur Winch, l'humour... Ce n'est pas pour rien que l'humour a été inventé par le peuple le plus guindé du monde.

— Je suis serbe, lady Stephanie. Les Serbes manquent d'humour, je le crains.

— Eh oui, ils n'ont que des passions. Ce qui n'est déjà pas si mal, ajouta-t-elle plus gravement en le regardant droit dans les yeux.

La nuit, dehors, était tout à fait tombée. Et Largo, soudain, eut l'irrésistible envie de s'en aller. De laisser là cette femme trop élégante et trop belle, cette foule trop brillante, ce salon trop chargé de cristaux et de tentures...

S'en aller.

Arracher sa cravate et marcher au hasard dans les rues de Londres. Comme autrefois, le nez au vent, quand il s'appelait encore Largo Winczlav et qu'il n'avait d'autres soucis que le plaisir du rêve et de l'imprévu.

Où étaient-ils, ses amis d'avant ? Les joyeuses bandes de Chelsea et de King's Road, les réunions improvisées, la musique, le vin râpeux, le fou rire et les grandes jupes à fleurs... Qu'étaient-elles devenues, ces filles rieuses qui lui ouvraient leurs bras et leurs lits, sans autres arrière-pensées que la joie du moment ? Et les copains de partout, qui partageaient avec insouciance leur dernier billet, leur dernière bouteille, leur dernière cigarette, où étaient-ils passés ?

Nulle part. Ils étaient toujours là.

C'était lui qui était parti.

Largo se reprit. Le regard de lady Stephanie était resté posé sur lui, rêveusement.

— Vous êtes un homme déconcertant, murmura-t-elle. Vous vous en rendez compte, j'espère ?

La voix baissa d'un ton.

— Vous êtes grand, vos cheveux semblent sans cesse balayés par le vent du large, vous êtes beau. Avec vos yeux d'automne qui se brident, votre nez de corsaire, votre air de gitan farouche, vous sentez l'aventure, la passion, les îles... Sans un sou, vous auriez déjà toutes les femmes à vos pieds. Mais, en plus, vous vous payez le luxe, à moins de trente ans, d'être l'homme le plus riche du monde. Vous pourriez vous offrir les caprices les plus impensables, le train de vie le plus fastueux. Gorgé de tant d'atouts, vous devriez être plus fat, plus insupportable que les snobs les plus fats et les plus insupportables qui hantent ce qu'on appelle le " jet set " international. Et au lieu de cela... au lieu de cela... Connaissez-vous ce conte de Kipling, *Le chat qui s'en va tout seul ?...*

— Non.

— Lisez-le. Vous êtes ce chat qui s'en va tout seul, monsieur Winch. Un chat sauvage que l'on veut domestiquer et qui rêve de la forêt qu'il a quittée.

Brusquement, la jeune femme parut se secouer. Son éclatant sourire réapparut. Trop vite.

— Ma parole, je vous faisais presque une déclaration, monsieur Winch. Ne prenez pas cela au sérieux.

— C'était un jeu ?

Il s'était senti ému. Plus qu'il ne l'aurait voulu.

— Oui... je veux dire non... enfin...

Elle se troublait. Amusé, Largo lui rendit son sourire.

— Vous aimez jouer, constata-t-il.

— Non, pas toujours. Mais c'est parfois nécessaire. Souvent même.

— Vous le croyez vraiment ?

— Oui, je le crois. C'est ce monde, monsieur Winch. Ce monde où je vis, où j'ai toujours vécu, et que vous êtes en train de découvrir malgré vous. C'est un monde où il faut choisir entre jouer ou craquer. Il n'y a pas de milieu.

— Je ne joue pas très bien, dit-il doucement. En fait je n'aime pas jouer.

— Je sais, Largo.

Plus encore que par l'emploi inattendu de son prénom, il fut frappé par l'éclair de tristesse qu'il venait de lire au fond des deux grands yeux pervenche.

D'un geste vif, à peine esquissé, elle lui toucha le bras.

— Prenez garde à vous, chat sauvage, murmura-t-elle très vite et d'une voix si basse que Largo eut de la peine à l'entendre. Prenez bien garde...

Quelque chose dans l'accent de la jeune femme mit instantanément tous les sens de Largo en alerte. Était-ce un avertissement ? Ou bien...

Mais il n'eut pas le temps de s'interroger davantage. Une voix retentit dans son dos.

Une voix d'homme, rauque, presque voilée.

— J'espère que vous n'allez pas laisser mon épouse vous accaparer toute la soirée, monsieur Winch ?

La métamorphose de Stephanie fut instantanée. Sans transition, elle redevint l'élégante lady, mondaine et enjouée. Comme Largo se retournait pour faire face au nouvel arrivant, elle s'empressa de prendre affectueusement celui-ci par le bras.

— Benedict, s'exclama-t-elle en riant. C'est merveilleux. Seriez-vous enfin jaloux ?

— Hélas ! non, sourit l'homme, et vous le savez fort bien, ma chère. Puis, se tournant vers Largo. Je me présente :

Killian-Vaughn.

Il avait une tête de moins que Largo, et son regard scrutateur fulgurait d'intelligence. Cet homme maigre et sec débordait manifestement d'énergie et de personnalité. Mais en lui serrant la main, Largo retrouva l'impression d'étrangeté qu'il avait ressentie lorsque l'industriel était entré pendant le discours.

Sous les cheveux clairsemés, quelque chose ne collait pas.

Le visage de Killian-Vaughn était trop lisse, le nez trop droit, la peau trop uniformément rose, le menton trop symétrique.

L'Anglais eut un sourire bref.

— Cela se remarque tout de suite, n'est-ce pas ? Autant commencer par vous expliquer ce que n'importe qui aurait pu déjà vous dire. J'ai eu le visage complètement brûlé pendant la guerre, en 44. On m'en a donc refait un tout neuf, avec la peau de mon dos. Et, tant qu'à faire, on a essayé de m'en fabriquer un beau. L'ennui c'est qu'il ne vieillit pas avec le reste.

— Je... je suis désolé, bredouilla Largo, ne sachant que dire.

L'autre haussa les épaules.

— Rassurez-vous, Winch. En trente-deux ans, j'ai eu le temps de m'y faire. Et comme une bombe a complètement détruit la maison que j'occupais avant-guerre à Londres, et que d'autre part mes papiers personnels ont brûlé en même temps que mon visage, ne possédant plus la moindre photo de ma jeunesse, j'ai même le privilège d'avoir complètement oublié la tête que j'avais avant. Mais parlons d'autre chose, poursuivit l'Anglais. Combien de temps restez-vous à Londres, jeune homme ?

— Sullivan et moi repartons dimanche pour New York. Nous avons un Big Board, lundi.

— Ah oui, vos fameux Big Boards[4] trimestriels. J'en ai entendu parler. Donc, vous serez là demain. Votre emploi du temps est très chargé ?

— Assez, oui.

— Pourriez-vous essayer d'en dégager quelques instants ? J'aimerais bavarder un peu avec vous.

— Je crains que cela me soit difficile, monsieur Killian-Vaughn.

4. *Grand Conseil*

— Faites donc comme tout le monde, Winch, appelez-moi sir Benedict. Je n'ai été anobli qu'il y a une dizaine d'années, et comme tous les nobles de fraîche date je tiens beaucoup au titre.

Il se moquait visiblement de lui-même.

— Vous ne pourriez pas faire un effort ? Pour notre entretien, je veux dire...

Largo réfléchit.

— Demain, ce sera impossible, sir Benedict. Mais je dois revenir en Europe dans une dizaine de jours, pour le vol inaugural Amsterdam-New York de la Winchair. Notre première liaison régulière au-dessus de l'Atlantique Nord. Nous pourrions peut-être arranger quelque chose pour cette date ? Vous pensez à un point précis ?

— Non, Winch, rien de précis. Je connais quelques-uns des présidents de votre Groupe ; Van Dreema, Wallenstein, Scarpa... J'ai même eu le plaisir de rencontrer votre père. Et j'ai beaucoup admiré la manière dont il avait structuré son empire en divisions indépendantes. J'aurais donc grand plaisir à discuter quelques heures avec vous ; mon garçon... En affaires, même si les miennes sont infiniment plus modestes que les vôtres, on ne sait jamais très bien d'avance qui peut être utile à l'autre.

Du coin de l'oeil, Largo vit l'ambassadeur se diriger vers eux, accompagné par Sullivan. Le diplomate avait retrouvé son large sourire habituel.

— Désolé de vous interrompre, messieurs, lança-t-il joyeusement. Sorry, old boy, ajouta-t-il à l'adresse de Largo. Il semble qu'une dernière petite corvée vous attende ; le cadeau du conservateur vient d'arriver. Sans le conservateur d'ailleurs. Le pauvre a envoyé quelqu'un avec un petit mot pour s'excuser : il s'est foulé la cheville en grimpant les escaliers de son perron.

— Vous êtes sûr qu'il est indispensable de... ? commença Largo, sans grand espoir.

— Indispensable ! Vous ne pouvez décevoir tous ces braves gens qui attendent la manifestation tangible de la reconnaissance de leur chère vieille Gallery.

Ni les journalistes que tu as réussi à retenir, gros malin, songea Largo. Mais il préféra s'abstenir de commentaires, se contentant de lancer un regard résigné à Sullivan. L'Executive lui grimaça un sourire d'encouragement.

— Alors, je fais un petit laïus, vous déballez votre cadeau, tout le monde applaudit et vous serez enfin libre de rentrer à votre hôtel, si vous le désirez. Ah... voilà l'objet.

Un peu ahuri, Largo vit deux serveurs pénétrer dans le salon, portant un énorme paquet cubique magnifiquement enrubanné. Il se tourna vers le diplomate qui se frottait les mains d'un air de maquignon ravi.

— Dites, qu'est-ce que c'est que ce truc ? Une armoire victorienne ?

— Comment voulez-vous que je le sache, répliqua l'ambassadeur avec entrain.

— C'est peut-être une bombe ? suggéra sir Benedict d'une voix douce.

Le large sourire du diplomate disparut net, englouti dans une vision d'horreur. Le teint soudain crayeux, il pivota d'un bloc vers l'industriel.

— Vous... vous voulez plaisanter, bien entendu ?...

— Bien entendu, répondit l'Anglais, imperturbable.

L'énorme colis avait été déposé au centre du buffet, hâtivement débarrassé. Après les quelques mots de l'ambassadeur, le silence s'était rétabli. Tous les invités tournés vers lui, Largo déchira le papier, libérant une grande caisse en carton. Intrigué malgré lui, amusé même, il ouvrit la caisse et extirpa un de ces grands containers isothermes dont se servent en pique-nique les familles nombreuses.

Un murmure d'étonnement parcourut le grand salon.

Le container regorgeait de glaçons. Plutôt surpris, Largo les déversa dans un large plat qu'un serveur s'était empressé de lui passer. Au fond du panier, il vit un objet rond, de la taille d'un ballon de football, abondamment enveloppé dans du papier de soie.

Jouant le jeu, Largo saisit l'objet et le leva à deux mains.

La foule fit " Aaaaaah... "

Après avoir écarté le panier, Largo ôta le papier de soie crissant de gel.

Un silence de nécropole s'abattit sur l'assistance.

Largo faillit vomir.

Il tenait entre ses mains une tête d'homme coupée au ras du cou.

La lueur d'un flash rompit l'immobilisme absolu. Largo ne put contrôler ses mains soudain tremblantes. Elles s'ouvrirent. L'horrible tête tomba sur la table, glissa et, telle une boule de bowling, roula sur le parquet bien ciré du grand salon de l'ambassade.

Ce fut la panique.

Une femme poussa un hurlement strident, qui acheva de briser les nerfs de l'assistance. D'autres cris répondirent, quelques sanglots convulsifs et, en contrepoint, les voix mâles de l'indignation masculine.

Tous les regards, horrifiés, allaient sans cesse de Largo à l'abominable chose immobilisée au centre de la grande pièce.

L'ambassadeur, décomposé, les yeux hors de la tête, s'efforçait vainement de remonter sa mâchoire inférieure. À côté de lui, son épouse poussait, sans plus pouvoir s'arrêter, des petits cris de souris écrasée. John Sullivan fermait les yeux, essayant sans grand espoir de se persuader qu'il avait trop bu. La douairière chargée de perles s'évanouit dans les bras d'un major général abondamment décoré qu'elle entraîna dans sa chute. James Donahue se battait avec le photographe qui avait pris la photo, s'efforçant de lui arracher son appareil. Pomona Grindle, l'échotière du *Sunday Times*, remerciait en silence le Seigneur de lui avoir permis d'assister au scandale le plus juteux de ces dix dernières années. Lady Stephanie, horrifiée, avait les larmes aux yeux, mais aucune émotion ne se lisait sur le visage trop lisse de son mari. Quant au représentant de Buckingham Palace, heureusement pour lui, il était déjà parti depuis longtemps.

Hébété, incrédule, Largo ne pouvait détourner son regard de cette tête à la bouche ricanante figée par la mort et le gel. Cette tête coupée dont les yeux grands ouverts semblaient s'écarquiller en un dernier message d'angoisse et de reproche.

Il venait de reconnaître la tête de Sveig Larsen.

CHAHALONGA RIVER
(IDAHO)

Vendredi 15 octobre, 13 h
(heure locale)

Avec sa lourde carrure et sa bedaine de fonctionnaire, le shérif du comté n'avait rien d'un poids plume. Mais à côté de Quinn il faisait presque rachitique.

L'ex-Marine écumait.

— Bon sang de bonsoir de saloperie de merde, shérif, qu'est-ce que ce bordel ? C'est une propriété privée, ici.

— Je sais, répliqua patiemment le policier.

— Et vous savez aussi que les armes que je vous ai montrées sont on ne peut plus légales. J'ai tous les permis. nécessaires. Et j'ai parfaitement le droit d'entraîner des gars ici si ça m'amuse.

— Exact, monsieur Quinn.

— Alors, putain de bonsoir ?

— Adressez-vous à ces messieurs, fit le shérif en indiquant les deux civils adossés à l'une des Jeeps en compagnie de ses deux adjoints. Moi, je me suis borné à les conduire jusqu'ici.

— Borné, c'est le mot !

Rangés devant le chalet les quinze hommes de l'ex-sergent observaient l'altercation sans chercher à comprendre. Près d'eux Simon, lui, se posait des tas de questions.

Sans résultat, d'ailleurs.

L'un des civils se détacha de la Jeep et s'approcha.

— Cela suffit, monsieur Quinn. Le shérif vous a montré notre mandat. Suivez-nous sans faire d'histoire.

Quinn tourna vers lui sa crinière de lion furieux.

— Vous n'avez pas le droit de m'arrêter.

L'autre haussa les épaules.

— Je vous l'ai déjà dit : il ne s'agit pas d'arrestation mais d'interrogatoire.

— À quel sujet ?

— Je n'en sais rien. Mes chefs vous le diront à Washington.

— À Washington ??? Parce que vous allez m'emmener à Washington ?!

— Nous pouvons encore attraper l'avion de Boise qui décolle à 16 heures. Ce soir même, nous serons à Washington. Demain soir, en principe, vous pouvez être de retour ici. Un simple petit voyage aux frais du F.B.I. !...

L'ex-Marine leva les bras au ciel.

— Un simple petit voyage aux frais du F.B.I. !... Et mes gars, qu'est-ce qu'ils vont devenir ?

L'agent du F.B.I. eut un sourire en coin.

— Ils n'ont pas précisément l'air d'enfants de choeur. Je suppose qu'ils pourront se passer de nounou pendant un jour ou deux.

— Vous en faites pas, Quinn, lança Simon, je les soignerai

en votre absence.

Le civil tourna vivement la tête vers lui.

— Cela m'étonnerait, monsieur Ben Chaïm.

— Vraiment ?

— Vraiment. Car vous nous accompagnez. Nous avons également un mandat vous concernant.

— Mais...

— Voulez-vous aller chercher vos affaires, monsieur Ben Chaïm ? Le temps presse.

*

Les deux Jeeps fonçaient sur la piste de terre. Cahoté à l'arrière du premier véhicule, Simon grinçait des dents. Il se pencha vers l'ex-sergent, qui occupait les trois quarts de la banquette à côté de lui.

— Quinn, souffla-t-il, il faut que je me tire de ce guêpier.

— À votre aise, mon vieux, ricana l'autre en indiquant la forêt. Sautez. Ils mettront bien trois jours à vous retrouver.

— N'essayez pas d'être drôle. Je dois rejoindre New York le plus vite possible. Il y a sûrement un os quelque part.

— Ça, vous pouvez le dire, grogna amèrement Quinn.

— Il faut que vous m'aidiez, Quinn. Que vous créiez une diversion, à Boise ou à Washington. N'importe quoi qui me permette de filer.

— Vous êtes givré, Simon, vous allez vous mettre le F.B.I. vraiment à dos.

— C'est mon affaire.

— Et un peu la mienne figurez-vous. Désolé, je ne marche pas.

— Quinn !...

Le colosse pencha vers Simon son visage contracté.

— Des clous, je vous dis. C'était ma condition de base, Ben Chaïm : rien d'illégal aux States. Pas d'emmerdes avec les flics de mon pays. Alors, je ne sais pas ce que votre milliardaire de copain a trafiqué, mais à cause de lui j'ai déjà un pied dans la merde. Et la merde, quand on a un pied dedans, c'est vite fait d'y glisser jusqu'au cou. Débrouillez-vous tout seul.

Et se détournant, Quinn regarda ostensiblement la piste qui défilait à côté d'eux.

LONDRES

Samedi 16 octobre 9 h 30
(heure locale)

Il pleuvait.

Une sale petite pluie d'octobre, fine et têtue, qui tombait d'un ciel uniformément gris.

Largo soupira.

Il n'avait pas fermé l'oeil de la nuit, et cette pluie n'arrangeait pas son moral. Un dernier coup d'oeil au miroir en pied de la chambre le fit malgré tout sourire.

En smoking à 9 heures du matin !

C'était tout ce qu'il avait à se mettre. Farfouillant dans un placard, il dénicha un foulard qu'il inséra dans le col de sa chemise. Ce serait toujours plus agréable qu'un noeud papillon. Quittant la chambre, il s'engagea dans l'escalier menant au rez-de-chaussée de la luxueuse villa.

Dominant celle de vieux bois ciré, une bonne odeur de bacon frit planait dans l'air.

Sir Benedict et un homme que Largo ne connaissait pas prenaient leur petit déjeuner dans une loggia vitrée donnant sur le jardin.

— Hello, mon garçon ! Vous avez pu dormir un peu, j'espère ? Du lait ou du citron dans votre thé ?

— Bonjour, sir Benedict. Vous n'auriez pas du café, par hasard ?

— Nous allons voir ça...

L'industriel agita une petite sonnette en argent. La tête blanchie du butler apparut.

— Voudriez-vous faire un peu de café pour notre invité, Larkin.

Le vieux serviteur haussa un sourcil franchement désapprobateur.

— Du café, sir ? Well... très bien, sir.

Avec le même enthousiasme que si son maître lui avait demandé d'aller nourrir les cochons du fermier voisin. On était en Angleterre, oui ou non ?

L'inconnu s'était levé à l'approche de Largo. La quarantaine soignée, la coiffure poivre et sel nette comme un trottoir suisse, le complet fil à fil impeccable, l'attaché-case luisant aux pieds de sa chaise, il donnait l'impression de sortir tout droit d'un catalogue de Savile Row [5].

— Mon cher Winch, je vous présente Me Percival Griffiths, mon meilleur avocat. Et un excellent ami.

La gravure de mode serra la main du jeune homme.

— Enchanté, monsieur Winch. J'ai cru comprendre que vous avez eu votre part d'émotion, hier soir.

— Vous pouvez le dire, souffla Largo. Il indiqua la pile de quotidiens déposés sur un coin de la table. On en parle ?

5. Célèbre quartier des tailleurs londoniens.

— Si on en parle ? s'exclama sir Benedict. Mais on ne parle que de ça, mon cher. Votre ambassadeur doit perdre ses derniers cheveux : lui qui espérait tant que son cocktail aurait un écho dans la presse, le voilà servi. Mais asseyez-vous donc. Vous voudrez bien excuser Stephanie, elle se sent encore assez secouée, elle a préféré rester au lit.

Largo le regretta. Déjà, hier soir, la belle lady était montée aussitôt après le dîner, le laissant en tête à tête avec son mari dans la bibliothèque.

Il saisit quelques-uns des journaux et fit la grimace. Sa photo s'étalait partout en première page, avec des titres et des légendes aux goûts divers. " Farce macabre à l'ambassade U.S. ", " Largo Winch Hamlet moderne d'un royaume pourri ? " ou " Sinistre soirée de têtes chez les Américains... "

Écoeuré, il rejeta les quotidiens, Sir Benedict le fixa, sérieux.

— Et encore, Winch, vous avez de la chance. Si Donahue n'avait pas réussi à s'emparer de l'appareil du reporter qui vous avait photographié, l'impact de ces articles eût été bien pire.

— Et même en temps que victime de cette affreuse plaisanterie vous n'auriez eu aucun recours, précisa Griffiths.

Largo dévisagea l'avocat, se demandant si sa présence ici avait un quelconque rapport avec lui.

— Soit, fit-il amèrement. Considérons que j'ai eu de la chance.

Il songea au Big Board trimestriel qu'il devait présider le surlendemain. Il voyait d'ici, autour de la grande table, les regards réprobateurs des honorables présidents des douze Main Divisions du groupe.

Cela promettait d'être aussi amusant que de batifoler tout nu dans les cactus.

— Allons, old boy, ne vous laissez pas abattre. Voici vos oeufs et votre café.

D'un air dégoûté, Larkin déposa une petite cafetière près de Largo. Le jeune homme lui sourit.

— Merci, Larkin.

Méprisant, le butler quitta la pièce.

Les trois hommes beurrèrent leurs toasts en silence. À travers les vitres de la loggia, le regard de Largo se perdait dans le jardin noyé de pluie. Un de ces jardins à l'ordonnance parfaite comme savent l'être les jardins anglais dont le propriétaire a beaucoup de temps ou beaucoup d'argent.

Dans ce cas-ci, il s'agissait d'argent.

Il se tourna vers Killian-Vaughn. Il restait fasciné par ce visage trop régulier, qui contrastait avec la vivacité du regard. L'homme au masque de cire, songea Largo. Soudain, entre ces deux hommes croquant leurs toasts avec onction, il éprouva une furtive et indéfinissable impression de malaise. Se sentant observé, l'industriel leva les yeux Largo lui sourit.

— Vous m'avez tiré d'un fameux pétrin hier soir, sir Benedict. Je me suis permis de téléphoner à Sullivan de ma chambre ce matin. Il paraît que le hall du *Prince Edward* est noir de journalistes. Et que le trottoir d'en face commence à ressembler à une kermesse de village. Ce pauvre John en est à se demander s'il pourra se risquer hors de sa chambre avec une chance raisonnable de ne pas se retrouver en caleçon.

Sir Benedict eut un ricanement bref.

— Le public est comme ça, Winch. Assoiffé de scandale. Mais vous le savez comme moi. Il était bien naturel de ma part de vous proposer de venir loger chez moi au lieu de regagner votre hôtel. Vous pouvez rester aussi longtemps que vous le désirez. Bien entendu, ajouta-t-il en louchant vers la veste de smoking ; Larkin pourra aller chercher discrètement vos bagages au *Prince Edward.* À moins que vous ne préfériez acheter vous-même quelques vêtements lorsque vous en aurez fini avec Scotland Yard.

Largo sursauta.

— Scotland Yard ?

— Bien sûr, Scotland Yard. J'aurais dû vous en parler immédiatement, excusez-moi. C'est d'ailleurs la raison de la présence ici de Me Griffiths.

Le regard du jeune homme alla de l'impeccable avocat à son hôte. Celui-ci eut un large sourire.

— Vous vous doutez bien, mon garçon, que la police désirerait avoir quelques éclaircissements sur ce... hem... pénible incident. Pour autant que vous puissiez leur en fournir d'ailleurs. J'ai donc téléphoné hier soir à mon vieil ami le surintendant Rawlings pour le prévenir que vous logiez chez moi. Il était déjà au courant de l'affaire et m'a promis de s'en occuper lui-même. Il m'a retéléphoné ce matin pour me signaler qu'il envoyait un inspecteur vous chercher.

— Le tapis rouge, quoi ! ironisa Largo.

— Si vous voulez. Mais surtout, la discrétion. N'oubliez pas que les trois quarts des journalistes de Londres vendraient leur belle-mère pour vous mettre la main dessus, aujourd'hui. J'espère qu'ainsi votre convocation et votre déposition à Scotland Yard auront une chance raisonnable de passer inaperçues de la presse.

Largo se força à sourire. Il n'aimait pas cela du tout.

— Je vous remercie, sir Benedict. Mais je ne vois pas en quoi Me Griffiths... Après tout, comme vous l'avez dit vous-même, il ne s'agit que d'une simple déposition.

L'industriel se versa une tasse de thé puis se renversa sur le dossier de sa chaise.

— J'ai beau être conseiller économique au Foreign Office et faire partie du même club que Rawlings, et vous avez beau être multi-milliardaire en dollars, cela n'empêchera pas Rawlings de se montrer tatillon. La police britannique est la plus intransigeante du monde, Winch. La plus efficace aussi, souvent. Je ne voudrais pas que, par maladresse ou ignorance de nos lois, vous vous mettiez dans un mauvais cas. Aussi, comme j'ai supposé que vous ne connaissiez pas d'avocats à Londres, je me suis permis de demander à Me Griffiths de vous assister.

— Mais...

— On ne sait jamais, mon garçon.

— Une simple formalité, intervint la gravure de mode. Vous verrez, monsieur Winch, tout se passera sans problème.

Après tout, se dit Largo, ce Brummel du barreau pourrait peut-être m'être utile.

— Eh bien, j'accepte avec plaisir, sir Benedict. Et avec reconnaissance. Je...

L'industriel le coupa du geste.

— N'en parlons plus. Vous m'êtes sympathique, Winch. Très sympathique. Et votre position à la tête du Groupe W n'est certainement pas une sinécure, j'en sais quelque chose. Cela m'a fait plaisir de pouvoir vous donner un coup de main.

D'autant plus que nos chemins se recroiseront sûrement. En affaires, n'est-ce pas, tout est possible...

Du coin de l'oeil, Largo vit une voiture noire s'engager dans l'allée menant au cottage. Sir Benedict l'avait vue aussi.

— Voilà votre ange gardien, je suppose. Bonne chance, Winch. Et n'oubliez pas de remettre mon bonjour au surintendant Rawlings.

*

La pluie avait cessé, mais l'asphalte luisait encore.

La Wolseley de service se traînait à dix mètres de hauteur sur l'interminable viaduc de Western Avenue. C'était samedi, jour sacré du shopping, et tous les habitants de la périphérie convergeaient vers le centre de Londres. Mais pas un coup de klaxon ne retentissait dans la double file bien disciplinée qui s'étirait aussi loin que la vue de Largo pouvait porter. Par endroits, la masse imposante d'un bus rouge vif à deux étages tranchait sur la monotonie de ce spectacle si tristement familier de toute grande ville moderne.

Le chauffeur en uniforme se laissait porter par le flot lent avec un flegme tout national. À côté de lui, l'inspecteur en civil n'avait pas prononcé une parole depuis leur départ du cottage. Largo lui trouvait la nuque raide et rasée d'un officier prussien.

Assis à côté de lui sur la banquette arrière, Me Griffiths, son chapeau sur la tête, les deux mains bien à plat sur son attaché-case, se perdait dans la contemplation des immeubles grisâtres longés par le viaduc. Les automobilistes étaient légèrement au-dessus du niveau du deuxième étage.

Tristes faubourgs.

Enfoncé dans son dossier, Largo essayait de mettre un peu

d'ordre dans ses idées.

D'abord, en priorité, télégraphier dans l'Idaho. Il fallait que Simon, Quinn et ses hommes soient à New York en même temps que lui, demain soir. Déclencher immédiatement l'opération ? Largo ne voyait pas d'autre solution. Son adversaire avait ouvert le feu.

Et de quelle macabre façon !

Il s'était creusé la tête toute la nuit. Pourquoi cette atroce farce de Grand Guignol ? Ce scandale apparemment si gratuit ? Pour le compromettre aux yeux du public ? Quel intérêt ?... Lui faire peur ?

À moins... à moins que la police ne soit déjà au courant de l'identité du Norvégien. Ça, ce serait plus grave. Il y avait peu de chance que la tête du malheureux ait été reconnue, Larsen avait quitté l'Europe depuis plus de cinq ans. Mais que quelqu'un ait soufflé son nom à Scotland Yard... En 71, le Norvégien était l'un des hommes les plus recherchés par les quatre plus grandes polices du monde et son dossier, dans les archives, devait encore avoir l'épaisseur d'un annuaire de téléphone...

Largo grimaça.

Si c'était le cas, il ne s'en tirerait pas si facilement. Était-ce ça, le plan de son adversaire ? L'immobiliser en le rendant suspect ?

Non, c'était ridicule. Il n'y avait aucune preuve de ses relations antérieures avec le Norvégien. Et, tout de même, il n'était pas n'importe qui. On ne boucle pas sur simple présomption un homme qui “ vaut ” cinq milliards de dollars.

Même en Angleterre.

Alors ?

Une pensée déchira son cerveau.

Et si c'était beaucoup plus simple que cela ? Son adversaire avait déjà prouvé qu'il ne reculait devant rien. Si cette blague sanglante ne servait que de prétexte à... ?

L'atmosphère de la voiture lui parut soudain terriblement oppressante.

— Vous semblez nerveux, monsieur Winch, remarqua l'avocat à mi-voix.

Largo faillit sursauter. L'autre le considérait, placide comme un lac sans vent.

— Mais non, grogna-t-il. Ce n'est rien...

— C'est votre déposition qui vous tracasse ?

La Wolseley venait de s'immobiliser, bloquée dans l'embouteillage.

Largo se décida brusquement. Il ne risquait que le ridicule. Il se pencha vers Griffiths, vérifiant du coin de l'oeil que les deux hommes à l'avant ne pouvaient pas entendre.

— Maître chuchota-t-il, pourriez-vous demander sa carte à cet inspecteur ? Je n'ai pas pensé à le faire tout à l'heure.

Une lueur amusée brilla dans l'oeil de l'avocat.

— Que craignez-vous, monsieur Winch ? s'enquit-il à voix basse. Que ces hommes soient des faux policiers ?

— Je vous en prie, maître, j'ai mes raisons.

Griffiths haussa les épaules, de l'air un peu narquois du praticien habitué aux fantasmes d'une clientèle trop riche. Furieux contre lui-même, Largo se demanda s'il n'allait pas étrangler sur place ce juriste pommadé. S'insinuant entre les deux files de voitures, un motocycliste s'immobilisa à leur hauteur, moteur pétaradant à pleine puissance.

— Ne craignez rien, monsieur Winch, je vais vous prouver

qu'il s'agit bien de véritables policiers.

Avec des gestes précis, l'avocat ouvrit son attaché-case et en sortit une paire de fins gants de soie qu'il enfila sans hâte.

Largo le regardait faire, sans comprendre.

Toujours aussi posément, Me Griffiths rouvrit sa mallette. La seconde d'après, il tenait dans sa main droite un minuscule pistolet que le jeune homme eut la fugitive impression d'avoir déjà vu quelque part.

Mais il n'eut pas le temps de fouiller sa mémoire.

Sans cesser de sourire, son voisin dirigea le canon de l'arme vers la nuque rasée de l'inspecteur et appuya sur la détente. Couvert par les pétarades de la moto, le bruit de la détonation ne s'entendit pas. Le policier bascula brutalement en avant, le cervelet pulvérisé.

Surpris, mais sans encore réaliser, le chauffeur se tourna vers son chef. Griffiths bougea le bras. La tempe éclatée, l'homme s'effondra à son tour.

Pétrifié, Largo croyait voir un mauvais film. La scène captée par ses yeux ne parvenait pas à s'inscrire en termes cohérents dans son cerveau. Avant même qu'il n'ait eu le réflexe d'esquisser un seul geste, Griffiths avait déposé le pistolet sur la banquette, saisi son attaché-case, ouvert la portière et bondi hors de la voiture. Se penchant, l'élégant quadragénaire souleva ironiquement son chapeau.

— C'étaient de véritables policiers. Bonne chance, monsieur Winch. Vous en aurez besoin.

Et il enfourcha la selle arrière de la moto qui démarra aussitôt.

La scène n'avait pas duré plus de six ou sept secondes.

S'arrachant d'un seul coup à sa léthargie, Largo se rua hors de la voiture. Dix mètres devant lui, la moto se dégageait lentement des voitures immobilisées. Largo s'aperçut alors qu'il avait d'instinct raflé le petit pistolet au passage. Il leva l'arme et, sans réfléchir, visa le dos de Griffiths. avant de presser la détente.

Il n'entendit même pas le claquement à vide du percuteur. Le pistolet était désarmé.

Loin, maintenant, débordant l'embouteillage par la droite, sans souci des véhicules venant en sens inverse, la moto fonçait vers le centre de Londres.

Le cerveau en ébullition, Largo se retourna. Juste derrière lui un couple le fixait, les yeux exorbités derrière un pare-brise. Largo s'empressa de glisser le pistolet dans la poche de sa veste de smoking.

Un hurlement suraigu lui congela le sang.

— Hiiiiii... un meurtre ! UN MEURTRE... !

À trois pas de là, une femme hagarde avait ouvert sa portière et tendait un bras frémissant vers la Wolseley. Largo baissa les yeux et eut un haut-le-coeur. Effondré sur le tableau de bord, les yeux révulsés, la nuque en bouillie, le malheureux inspecteur n'était pas joli à voir.

Des têtes émergeaient de toutes les voitures.

— C'EST LUI ! L'ASSASSIN ! C'ÉTAIENT DES POLICIERS ! IL A TUÉ DES POLICIERS ! C'EST LUI ! C'EST LUI ! À L'ASSASSIN !!!

La femme hurlait comme une possédée du vaudou. Mais c'était Largo, maintenant, que son bras désignait.

Le chauffeur d'un poids lourd proche descendit de sa cabine. Lino Ventura à la puissance deux. Il aperçut les cadavres, se pencha sous son siège et réapparut, un cric à la main. Son convoyeur, à peine plus fluet, le rejoignit ; le visage fermé, roulant les épaules, ils s'approchèrent lentement de Largo.

La discussion se présentait mal.

Dans un élan de championnat du monde, Largo prit sa course en direction de Londres.

Les véhicules venant d'en face le frôlaient, klaxonnant furieusement. Des têtes surprises apparaissaient aux portières des voitures immobilisées qu'il dépassait. Il entendait encore, derrière lui, les cris hystériques de la femme. Avec une telle puissance vocale, elle devait être au minimum chanteuse au National Opera. Largo jeta un coup d'œil par-dessus son épaule. Une demi-douzaine d'hommes s'étaient joints aux deux routiers qui lui donnaient la chasse.

Tap-tap, tap-tap...

Ses escarpins frappaient l'asphalte mouillé du viaduc avec la régularité d'un métronome. Il s'efforça de contrôler sa respiration. Quelle longueur pouvait avoir ce satané viaduc ? Deux kilomètres ? Trois ? Il n'en savait rien.

Tap-tap, tap-tap...

Courir.

Largo savait de quoi peuvent être capables les gens civilisés lorsqu'il y a une odeur de lynchage dans l'air. Il se souvint fugitivement d'une scène atroce à laquelle il avait assisté un jour, à Milan...

Il pourrait facilement distancer ses poursuivants, malgré ses souliers trop étroits. Il était en pleine forme et avait une résistance à toute épreuve. Mais quelqu'un penserait peut-être à lui barrer le passage. Ou il pouvait se faire accrocher par une voiture en sens inverse. Et, de toute manière, il finirait par tomber sur un motard ou une voiture de police.

Tap-tap, tap-tap...

Sauter ?

Il n'y a qu'au cinéma qu'on peut sauter d'une hauteur de dix mètres sans se fracturer les jambes ou le bassin. Question : pourquoi les viaducs britanniques sont-ils si hauts ? Réponse : pour que les bus à deux étages puissent passer en dessous. Largo ne voyait qu'une solution : continuer à courir.

Tap-tap, tap-tap...

Il réussirait peut-être à atteindre le bout de ce viaduc et à échapper à la meute qui courait derrière lui. Et après ?...

Tout à coup, absurdement, il se souvint où il avait vu ce petit pistolet qui lui brûlait la poche. C'était un derringer 41 à deux canons superposés. Une arme de gousset de 312 grammes, fabriquée par Remington en 1887. Sir Benedict lui avait même précisé, en le lui montrant la veille dans sa collection d'armes, que ce petit bijou était en parfait état de marche.

“ Vous m'êtes sympathique, Winch. Très sympathique. ” Largo avait été attiré dans le piège comme un renardeau de trois mois.

Et le piège s'était refermé.

Tap-tap, tap-tap...

Il faillit trébucher en entendant les crépitements de moteur. Haletant, il tourna la tête. Trois cents mètres derrière lui, deux motos de petite cylindrée, débordant la file, fonçaient à sa poursuite. Des gamins, sans doute. Mais derrière chacun des gamins, faisant presque plier les petites machines sous leur poids, les deux routiers agitaient les poings.

La partie n'était plus égale.

Coupant froidement le flot inverse des voitures, Largo se

rua vers l'extrême droite du viaduc. Courant le long du garde-fou, il vit que, cent mètres plus loin, le viaduc enjambait l'amorce d'un grand carrefour. Sans doute le croisement de Great Road, la route de l'aéroport, et de l'arrivée de l'autoroute A4.

Bandant ses muscles, il força l'allure. Il y avait peut-être une chance minuscule...

Tap-tap, tap-tap, tap-tap...

Fonce, mon vieux, fonce !

Trop tard. Les deux motos arrivaient à sa hauteur. Heureusement, elles étaient toujours sur la ligne médiane, de l'autre côté de la double voie qui venait du centre de la ville. Les gamins n'osaient pas prendre le risque de percuter de plein fouet un véhicule en sens inverse. Mais déjà l'énorme chauffeur de poids lourd levait son cric. Largo pouvait voir son regard plissé, luisant d'excitation...

Hors d'haleine, il atteignit le début de l'immense carrefour. Il se tendit dans un sprint éperdu. Devant lui les deux routiers, descendus de moto, avaient traversé à leur tour et lui barraient la route. Les poumons en feu, il se pencha.

Et le miracle se produisit.

Juste en dessous de lui, la file des véhicules venant de l'aéroport s'ébranlait, libérée par le feu passé au vert. Et parmi eux un bus dont le toit luisant de pluie émergeait lentement, deux mètres à peine sous le tablier du viaduc.

Sans hésiter, Largo enjamba le garde-fou et sauta.

La tôle se cabossa avec un bruit sourd. Déséquilibré, Largo glissa et manqua de basculer. Il se rattrapa de justesse au conduit d'aération. Le bus prit de la vitesse. Entendant les hurlements rageurs, le jeune homme tourna la tête. Agrippés au garde-fou, les deux routiers, frustrés, braillaient comme des gorilles en rut.

Se retenant fermement au conduit d'aération, Largo s'efforçait d'empêcher les battements de son coeur de lui défoncer la cage thoracique. La pluie, d'un coup, recommença à tomber. Il se doutait bien que les passagers de l'impériale, s'il y en avait, avaient dû se demander ce qui leur était tombé sur la tête. Mais le chauffeur, au premier niveau, n'avait sans doute rien entendu.

Ce n'était pas un bus rouge des services publics. Tant mieux. Venant de l'aéroport, il s'agissait sans doute de l'une des navettes de la B.E.A. Il devait donc se diriger vers l'Air Terminal de Cromwell Road

D'un seul coup, Largo se mit à trembler de tous ses membres.

La réaction...

Quinze minutes plus tard, il reconnut l'entrée de Cromwell Road. Il avait fait assez souvent ce trajet. Au feu rouge de Court's Road, le bus freina. Dernier arrêt avant le Terminal. Glissant vers l'arrière, Largo empoigna la petite échelle d'accès extérieur et se mit à descendre. Comme son visage arrivait à hauteur de la vitre arrière de l'impériale, une petite fille se retourna et lui sourit.

Pas surprise le moins du monde de voir un monsieur en smoking trempé descendre du toit de son bus.

Largo lui rendit son sourire. Au moment où il mettait pied à terre, le bus redémarra. Frissonnant sous la pluie, Largo s'éloigna à grandes enjambées.

*

L'ambassadeur des États-Unis raccrocha si violemment qu'il faillit briser net le téléphone de son bureau.

Il était livide.

— Un pépin, Larry ? demanda John Sullivan.

Le diplomate fusilla du regard l'Executive assis en face de lui.

— Un pépin ?! Bullshit ! Une gigantesque merde, oui.

Sullivan sursauta. L'ambassadeur ne l'avait pas habitué à un tel langage. Il le dévisagea.

Le diplomate semblait vieillir de cinq ans par minute.

— Votre fichu Largo a froidement abattu l'inspecteur et le policier qui le conduisaient à Scotland Yard pour sa déposition.

— C'est... c'est une blague ?

L'ambassadeur vira d'un seul coup du blanc craie au rouge vif et abattit son poing sur son bureau Chippendale. Le vénérable meuble en plia sur ses pattes.

— Une blague ?! tonna-t-il. J'aimerais que ce soit une blague. En pleine circulation, John. Sur le viaduc de Western Avenue. Au moins vingt personnes l'ont reconnu, sa photo s'étalait sur tous les journaux du matin. Il s'est enfui en brandissant le pistolet dont il s'était servi.

Un concert de carillons dodécaphoniques résonnait dans la tête de Sullivan.

— Enfui ? fit-il d'une voix faible.

— Oui, enfui. Disparu. Volatilisé. Le cabinet du ministère de la Justice vient de me prévenir : pas question de droit d'asile ici, à l'ambassade. Tous les effectifs de la police anglaise sont mobilisés. Pas mal pour un garçon qui s'était rangé, ricana-t-il amèrement.

L'Executive se ressaisit.

— Voyons, Larry, réfléchissez... Ça ne tient pas debout.

— Les dossiers criminels sont bourrés d'histoires qui ne tiennent pas debout. Ce garçon est peut-être devenu fou. À moins qu'il ne l'ait toujours été.

— Mais...

— Qu'est-ce que vous en savez ? coupa brutalement le diplomate. Qu'est-ce que vous connaissez du passé de ce gamin ? D'où sort-il ? Dans quels coups tordus s'est-il fourré avant de surgir comme un lapin d'un chapeau à la tête du Groupe W ?

Abasourdi, écrasé, Sullivan ne répliqua pas. L'ambassadeur se leva.

— Tout est possible, John. Et pour moi, cela confirme ce que disent ces messieurs.

Se détournant à demi, Sullivan lança un bref coup d'oeil aux trois hommes qui, assis à l'écart dans de moelleux fauteuils, assistaient sans broncher à l'altercation. Outre James Donahue, l'attaché culturel, il y avait un assez bel homme d'une quarantaine d'années, qui arborait une épaisse moustache noire sur un sourire éclatant. Quant au troisième, plus âgé, il évoquait, par son cou maigre et son crâne dénudé auréolé d'étoupe, un flamant rose empreint de dignité.

L'ambassadeur s'était ostensiblement abstenu de présenter les deux inconnus à Sullivan.

— Pour que je puisse en juger il faudrait que je sache de quoi il s'agit, dit avec douceur celui-ci.

— Ils vous le diront eux-mêmes dès que je serai parti, répliqua le diplomate. Nous sommes samedi, l'ambassade est fermée, et moi je vais jouer au golf. En espérant être assez calme pour ne pas casser la moitié de mes clubs.

Se levant à son tour, le gros homme roux le regarda sans comprendre.

— La réunion que vous allez avoir et pour laquelle je vous avais demandé de venir ici est officieuse, John. À mes yeux, elle n'aura jamais eu lieu. Surtout maintenant. Et je ne veux pas y prendre part.

— Bon sang, Larry, qu'est-ce que c'est que ce mic-mac ?

L'ambassadeur l'attira près des fenêtres. Du coin de l'oeil, Sullivan aperçut les deux Marines de garde assis près de la grille fermée de l'ambassade.

— J'ai passé une partie de la nuit en communication avec Washington, fit le diplomate à mi-voix. À ce moment-là, je savais déjà ce que Donahue va vous expliquer. Et ce... cet assassinat crapuleux que je viens d'apprendre ne pourra que renforcer la position du State Department.

— Eh bien ? grogna impatiemment l'Executive.

— John, que deviendrait le Groupe W si Largo Winch... heu... disparaissait de la circulation ?

— Comment ? Que voulez-vous dire ?

— Répondez à ma question, mon vieux. Sans passion. Techniquement.

— Mais, balbutia Sullivan, subitement décontenancé, la même chose que ce qu'il serait devenu à la mort de Nerio s'il n'avait pas eu un héritier. Le Groupe éclaterait en une multitude de sociétés indépendantes et les différents États où ces sociétés ont leur siège hériteraient des parts majoritaires de Largo. Autrement dit, le Groupe cesserait *ipso facto* d'exister.

— Ça, c'est en cas de décès. Et en cas de... d'internement ?

— D'internement ?

— Ne jouez pas les bourriques irlandaises, John. De prison, si vous préférez.

— Dites donc, Larry, vous allez un peu fort, non ? Vous ne croyez tout de même pas à cette histoire de policiers tués ?

— Ce que je crois n'a rien à voir. Votre Largo est dans la mélasse jusqu'aux oreilles. Même s'il n'a pas tué ces policiers, il risque de se retrouver à l'ombre pour un minimum de quinze ans.

Le massif Executive sentit la sueur lui mouiller le front. Depuis hier soir, il croyait vivre un mauvais rêve. Et apparemment, ça ne faisait que commencer.

— C'est... c'est à ce point, Larry ?

— C'est à ce point. Alors, qu'adviendrait-il du Groupe dans ces conditions ?

— Mais... Bon. Largo étant sans héritiers et ayant la nationalité américaine, ses parts seraient mises sous séquestre et leur gestion confiée à un administrateur choisi par le Département de la Justice U.S.

— Et les différents pays où siègent ces sociétés ? Accepteraient-ils cet administrateur américain ?

— Ce point n'entre pas en ligne de compte puisque Largo n'est pas directement propriétaire de ces parts. Celles-ci sont toutes au nom d'une petite société établie au Liechtenstein, la Zukunft Anstalt, que Largo possède à cent pour cent.

— Oui, j'en avais entendu parler. Le moyen classique qu'avait choisi le vieux Nerio pour éviter les impôts et les droits de succession. Et alors ?

— Alors ? Le Département de la Justice demanderait simplement à l'administration civile du Liechtenstein de ratifier son choix d'un administrateur. C'est une procédure courante, à Vaduz.

— Et le Groupe W resterait intact ?

— Tant que Largo serait en vie, oui.

L'ambassadeur prit une profonde inspiration, puis se pencha vers Sullivan, baissant encore la voix.

— C'est bien ce que nous pensions. John, j'ai été autorisé à vous dire ceci. Officieusement, bien entendu. Si cela devait arriver, et c'est fort probable, ce serait vous qui seriez chargé de la gestion des biens de Winch, donc du Groupe.

Il y eut un silence. Le massif Executive prit un cigare dans son étui et l'alluma sans se presser. Mais ses mains tremblaient. Ce n'est que lorsque le cigare fut bien allumé qu'il redressa la tête vers le diplomate. Toute trace de candeur avait disparu de ses yeux bleus.

— C'est donc cela qu'on vous a chargé de me dire, Larry ? Aidez-nous à fourrer ce trouble-fête de Winch en prison et comme récompense vous recevrez la direction de son Groupe. En d'autres termes vous me demandez, officieusement bien entendu, de trahir mon patron pour prendre sa place. C'est bien ça ?

— Vous avez vraiment la fidélité dans le sang, John, sourit l'ambassadeur, apaisant. Qui vous parle de trahison ? Si par ses activités Winch se met la justice à dos, vous n'y êtes pour rien. Et s'il devait être arrêté, nous... enfin, Washington tient beaucoup à ce que votre Groupe reste intact. Il a beau contourner habilement les lois antitrusts, il n'en reste pas moins l'un des plus beaux fleurons de notre économie.

— On est réaliste, à Washington.

— Toujours. Enfin, mon vieux, vous êtes un homme

raisonnable et nous nous connaissons depuis longtemps. Au niveau de votre Groupe, le monde des affaires rejoint celui de la diplomatie. Et ce n'est pas parce qu'un gamin sorti on ne sait d'où a décidé de jouer les desperados qu'il faut laisser se désagréger l'outil dont le hasard l'a fait hériter.

Sullivan exhala un épais nuage de fumée bleue. Dans leurs fauteuils, à l'autre bout de la pièce, les trois hommes discutaient entre eux.

— Pourquoi moi, Larry ? Le Groupe W ne manque pas d'administrateurs beaucoup plus capables.

— Allons, mon vieux... Vous avez été l'adjoint du vieux Nerio pendant trente-trois ans et vous connaissez à fond les rouages du Groupe. En plus, votre réputation d'intégrité n'est plus à faire. Vous êtes foncièrement honnête et désintéressé. Je n'en dirais pas autant d'un Cochrane ou d'un quelconque autre de vos présidents. Et être à la tête du Groupe W représente une énorme puissance internationale, tant économique que politique. Non, John, mieux que tout autre vous êtes à même de diriger cette puissance au mieux des intérêts de votre pays.

L'Executive ricana.

— Un discours bien ronflant pour définir un mouton docile prêt à obéir aux coups de sifflet du State Department.

— Allons, John...

— Vous êtes dégueulasses, Larry, vous, Washington et toute la clique.

— John...

— Dégueulasses !! Le gamin est dans la merde, Larry et vous voulez que je vous aide à veiller à ce qu'il y reste. Comme ça Washington pourra manipuler son Groupe en toute quiétude. Dégueulasses !

— John, attendez d'entendre ce que Donahue a à vous dire. Moi, je n'ai fait que transmettre un message...

— Bon golf, Larry.

— Et songez-y, mon vieux. La direction du Groupe, c'est une belle fin de carrière, non ? Si nécessaire il y en a d'autres qui seront moins scrupuleux.

*

Le front contre la vitre, John Sullivan regarda la voiture de l'ambassadeur franchir la grille.

Il soupira.

C'est vrai, il avait la fidélité dans le sang. De plus il avait appris à aimer ce grand garçon tour à tour dur et rêveur qui était venu quelques mois plus tôt bousculer l'harmonie feutrée du Groupe.

Dans quel pétrin Largo était-il allé se fourrer ?

— Heu... M. Sullivan, si vous voulez bien...

— Je viens, Donahue, je viens.

Pesamment, l'Executive s'avança vers les trois hommes qui s'étaient levés.

— Permettez-moi de vous présenter le major Malcombe — le flamant rose hocha la tête — et le commissaire Karel — le moustachu sourit brièvement. Le major Malcombe dirige, à Scotland Yard le Département des Stupéfiants. Le commissaire Karel, qui est expressément venu d'Amsterdam pour cette réunion, est en charge de la Brigade antidrogue de la police néerlandaise. Quant à moi, ajouta Donahue, je suis en réalité détaché à Londres par le bureau européen de la

D.E.A. La D.E.A., comme vous le savez sans doute, est la Drug Enforcement Administration qui, depuis février 72, a remplacé notre Bureau of Narcotics and Dangerous Drugs...

Un peu abasourdi, Sullivan se laissa tomber dans le quatrième fauteuil.

— Qu'est-ce que c'est que cette nouvelle salade ? grogna-t-il.

Le pseudo-attaché culturel eut un sourire sans joie.

— Je crains que cette salade-ci n'ait un solide goût de vinaigre, monsieur Sullivan. La journée n'a pas fini d'être dure pour vous...

Sullivan le fusilla du regard.

— Aux faits, voulez-vous !

Le grand Américain aux cheveux en brosse soutint ce regard sans broncher.

— Monsieur Sullivan, la D.E.A. a acquis la certitude que votre patron est impliqué jusqu'aux cheveux dans l'un des plus vastes réseaux de trafic d'héroïne que nous ayons jamais eu à combattre.

LONDRES

Samedi 16 octobre, 13 h 30
(heure locale)

Avec des précautions d'acupuncteur, Arnold Willoughby, troisième du nom, extirpa la bouteille de whisky du papier journal qui l'emballait.

Extatique, il contempla avec ravissement l'étiquette noire.

Il avait économisé penny par penny pour acheter cette bouteille. Acheter. Le code moral d'Arnold Willoughby, très personnel par ailleurs, ne lui eût pas permis de se la procurer autrement. Aujourd'hui, 16 octobre, n'était pas un jour comme les autres : c'était celui de son soixantième anniversaire.

Il balaya du regard le parc noyé de pluie.

L'automne sera en retard cette année, songea-t-il. Sous l'averse fine et pénétrante, quelques passants se hâtaient, col relevé. Arnold Willoughby ricana. Ses pauvres concitoyens ne comprendraient donc jamais ? Toujours à se presser, toujours à courir d'une occupation à une autre, d'un endroit à un autre... Ces malheureux ne se rendaient même pas compte qu'ils passaient à côté de leur vie ; ils n'avaient évidemment pas eu la chance d'être frappés, comme lui, par la révélation de la vraie liberté.

Depuis un peu plus de trente ans, Arnold Willoughby, troisième du nom, dit le " Lord ", jadis licencié d'Oxford en philologie germanique, était clochard par vocation et ivrogne par complaisance.

Quoiqu'on fût samedi, Hyde Park était pratiquement désert. Rien d'étonnant, avec ce fichu temps. Assis très droit sur son banc abrité par un petit auvent, juste à côté de la statue d'Achille, Arnold Willoughby soupira.

À l'occasion de son anniversaire, il eût aimé partager sa bouteille avec quelqu'un. Pas l'un de ces pouilleux de l'East End, bien sûr. Ni une de ces épaves repoussantes qui vivaient sur les trottoirs de Sydney Street. Non, un homme de bien, un ami. Quelqu'un comme Pankovski, par exemple. Comme lui, Pankovski était issu d'une famille honorable. Polonaise soit, mais honorable. Et comme lui, Pankovski avait su choisir de vivre sans entraves. C'était un homme avec qui on pouvait parler. Rien de commun avec ces brutes avinées que son état l'obligeait trop souvent à côtoyer.

Hélas ! depuis quinze jours, ce pauvre Pankovski était à l'hôpital pour indigents de Fulham Road avec un fémur brisé. Une chute stupide dans ce maudit escalier en spirale du *Green Horn's Pub*.

Mélancoliquement, Arnold Willoughby, troisième du nom, déboucha la bouteille et résolut de dédier sa première gorgée à son vieil ami. Mais à mi-hauteur son bras s'arrêta : encore floue dans le rideau de pluie, une mince silhouette noire marchait droit vers l'auvent sous lequel il se trouvait.

Le premier réflexe du " Lord " fut de cacher sa bouteille. Le " bobby " n'accepterait jamais de croire qu'il l'avait acquise honnêtement. Puis, le vieux clochard se détendit. Ce n'était pas un flic. Plissant des yeux pour affiner sa vue, il détailla l'arrivant.

Un grand jeune gars à la démarche souple et aux pommettes un peu saillantes. Même à cette distance, Arnold Willoughby pouvait voir les surprenants reflets de flamme qui dansaient dans les yeux légèrement bridés.

Drôle de type.

Plus drôle encore, à cette heure et par ce temps, était le smoking dont il était vêtu. Un peu fripé, mais un smoking tout de même. C'était là le signe d'un jeune homme respectable.

Quand l'inconnu pénétra sous l'auvent, Arnold Willoughby lui désigna le banc à ses côtés, d'un geste ample.

— Soyez mon hôte, jeune homme. Je vous attendais.

— Vous m'attendiez ??

Surpris, le garçon le dévisageait. Il avait une voix chaude quoique légèrement tendue.

— Je vous attendais, confirma le " Lord ". En fait, j'attendais un gentleman. Et vous me paraissez être un gentleman. Mais asseyez-vous donc.

Sans répondre, le jeune homme s'assit. Avec un léger clin d'oeil, le clochard extirpa la bouteille des replis de son vieux macfarlane troué.

— Accepterez-vous de partager avec moi cette bouteille d'excellent scotch à l'occasion de mon anniversaire ? À propos, permettez-moi de me présenter : Arnold Willoughby.

Troisième du nom, précisa-t-il.

Souriant, le jeune homme saisit la bouteille par le goulot et la leva. Puis, redevenu sérieux, il regarda son voisin droit dans les yeux.

— Arnold Willoughby troisième du nom, prononça-t-il gravement, je vous souhaite du fond du coeur un merveilleux anniversaire.

Le vieux clochard en eut les larmes aux yeux.

Largo se sentait trempé jusqu'aux os, mais le whisky lui avait fait du bien. À côté de lui, son pittoresque amphitryon buvait avec la maestria que donne une longue habitude.

C'était le point zéro. Le zéro absolu.

Une heure plus tôt, il s'était décidé à se risquer dans un bureau de poste pour envoyer un télégramme en exprès dans l'Idaho. Mais, devant la porte vitrée, il avait brusquement réalisé qu'il n'avait pas un sou sur lui.

Pas une livre, pas un penny d'argent liquide. Rien que quelques cartes de crédit, totalement inutilisables en l'occurrence.

Lui, le maître d'un empire de huit milliards de dollars, n'avait même pas de quoi prendre le métro.

Marchant au hasard des rues pluvieuses et désertes, il s'était retrouvé devant l'une des entrées de Hyde Park.

Que faire, bon sang de bonsoir, que faire ?...

Son visage s'étalait en première page de tous les quotidiens. Et à l'instant même, New Scotland Yard devait bourdonner comme une ruche sous l'orage.

Deux policiers tués ! Et un seul nom sur l'avis de recherche qui allait être diffusé en priorité dans tout le Royaume : le sien. Largo frissonna et accepta avec reconnaissance la bouteille que le clochard lui tendait en souriant.

Pas question de contacter Sullivan ou l'ambassadeur des États-Unis. Cela équivaudrait à se jeter droit dans la nasse.

Ses amis d'avant ? Ils ne le dénonceraient pas, bien sûr. Mais, en quelques heures, tout King's Road serait au courant. Commissariat compris.

Non, il devait se débrouiller seul. Mais comment ? Largo avait beau se tordre le cerveau, il ne trouvait pas l'ombre d'une idée. Son voisin lui tapa jovialement sur l'épaule.

— Buvez encore un coup, mon jeune ami. Et ne vous en faites pas, vous vous réconcilierez avec elle. L'amour a toujours été comme ça : des hauts plus clairs que le soleil et des bas plus sombres que les limbes. Buvez, vous dis-je. Rien de tel pour chasser les idées noires.

Largo but. Les yeux tristement perdus dans le ciel gris de Hyde Park, il se demanda ce qu'il y avait à l'étage en dessous des limbes.

*

Sullivan ferma les yeux. La fumée de son cigare passait difficilement. Ce court voyage à Londres, qui devait être par excellence un voyage sans problèmes, se transformait de plus en plus en histoire de fous.

— C'est une histoire de fous, grogna-t-il.

— Je crains que non, répliqua Donahue d'un ton froid. Dans la mesure de nos moyens, nous avons fait une très sérieuse enquête sur toutes les personnes mêlées de près ou de loin à l'affaire Winch. Vous y compris, monsieur Sullivan. Et c'est parce que nous avons acquis la certitude que vous, vous étiez à l'abri de tout soupçon, que nous avons résolu de vous demander votre aide. En tant qu'adjoint direct de Winch vous pouvez nous être fort utile.

— Vous aussi, soupira l'Executive entre ses dents.

— Plaît-il ?

— Rien. Allez-y, Donahue. Démontrez-moi comment un gamin de vingt-huit ans se trouve à la tête d'un réseau de trafiquants d'héroïne.

— Je n'ai pas dit qu'il le dirigeait. J'ai dit qu'il y était impliqué. Et j'avoue que cette histoire de policiers tués ne nous arrange guère. Nous aurions de loin préféré que Winch reste libre de ses mouvements. Il aurait pu ainsi nous amener à découvrir l'ensemble du réseau.

Sortant un mouchoir de sa poche, Sullivan s'épongea le front.

— Depuis hier soir j'ai l'impression de vivre un cauchemar idiot. Voyons, Donahue, pourquoi voulez-vous que Largo...

— Parce qu'il n'est pas exclu qu'il y ait été mêlé par le vieux Nerio lui-même, le coupa sèchement le grand Américain. Largo peut très bien avoir hérité de ce réseau comme du reste.

Le poing massif de l'Executive faillit faire éclater l'accoudoir de son fauteuil.

— Là, vous allez trop loin, Donahue ! rugit-il. Nerio ! Vous... vous rendrez compte de cette accusation absurde.

— Calmez-vous, Sullivan. Je ne rendrai compte de rien du tout. Cette réunion, on vous l'a dit, est officieuse. Si besoin était, l'ambassadeur lui-même nierait qu'elle ait jamais eu lieu. En outre, la participation de Nerio Winch au trafic d'héroïne n'est qu'une hypothèse de notre part. Elle n'a d'ailleurs qu'une importance relative, Nerio étant décédé depuis cinq mois.

— Quelles preuves ?... commença Sullivan.

Mais le pseudo-attaché culturel l'interrompit du geste.

— Que diriez-vous d'un whisky, Sullivan ? Je crois que nous en avons tous besoin.

Et sans attendre de réponse il se dirigea vers le petit bar encastré avec un frigo de table dans un coin du grand bureau.

Trois minutes plus tard, les quatre hommes levèrent machinalement leurs verres, sans prononcer un mot. Sullivan réalisa en cet instant combien sa bouche était sèche. Il but presque avidement.

— J'espère que vous êtes certain de ce que vous avancez, Donahue. Réunion officieuse ou non. Nerio n'était pas n'importe qui. Largo non plus. Une fois élucidée cette ridicule affaire de policiers tués, il pourrait vous casser les reins.

— Votre loyauté naturelle vous égare, rétorqua calmement le grand Américain. Faites un effort d'objectivité, Sullivan. Pendant plus de trente ans vous avez été le plus proche collaborateur de Nerio Winch. Lui aurait-il été possible de diriger une organisation clandestine *à votre insu ?*

— Mais...

— Oui ou non, Sullivan ?

Sourcils froncés, l'Executive se perdit dans la contemplation du glaçon qui flottait dans son verre.

— Oui, bien sûr, admit-il à contrecoeur. C'est toujours possible, évidemment. Mais je suis certain...

— Soit, le coupa Donahue. Mais vous admettez que c'était possible. Or vous étiez son adjoint direct, son homme de confiance, son confident, même. Avez-vous l'impression de jouer le même rôle auprès du fils ?

Les yeux toujours fixés sur son glaçon, Sullivan sentit un énorme sentiment de découragement l'envahir.

— Non, souffla-t-il enfin. Bien sûr que non. Largo me fait entièrement confiance sur le plan des affaires. Je dirais même qu'il se décharge beaucoup plus sur moi que ne le faisait Nerio. Mais nos rapports s'arrêtent là, Donahue. Nous... nous ne sommes pas de la même génération, Largo et moi. Pour lui, je fais figure de vieille barbe qui l'oblige à mettre une cravate pour aller à un dîner officiel.

— Vous voyez ?

L'Executive leva des yeux bleus et tristes.

— Pourquoi ? Pourquoi Largo ferait-il ça ?

— Pour l'argent, dit doucement le commissaire Karel.

C'était la première fois que le Hollandais prenait la parole. Comme la plupart de ses compatriotes, il parlait un excellent anglais. Sullivan se tourna vers lui.

— L'argent ? Mais Largo a tout l'argent qu'il peut désirer. Comme Nerio avant lui.

— Qui peut savoir ce qui se passe dans la tête des gens très riches ? sourit le jeune commissaire. Souvent plus ils ont d'argent plus ils en désirent. J'ajouterai qu'il faut être riche pour se lancer dans la production et le trafic d'héroïne. Si les bénéfices sont énormes, les investissements et les risques le sont aussi.

— Comment cela ?

— Que savez-vous de l'héroïne, monsieur Sullivan ?

— Mais... C'est une drogue à accoutumance tirée du pavot, non ?

Le sourire du Hollandais s'accentua.

— Exact, monsieur Sullivan. Exact, mais un peu court. Je crains qu'un minimum de théorie ne soit nécessaire pour mieux vous faire comprendre ensuite nos argumentations. Si vous et ces messieurs êtes d'accord...

Tout le monde hocha la tête, et Karel se lança.

— L'héroïne, ou chlorhydrate de diacetylmorphine, est obtenue par purifications successives et précipitation cristalline d'un mélange de morphine et d'anhydride acétique. La morphine, elle, n'est autre que le plus puissant des vingt-cinq alcaloïdes contenus dans l'opium. On l'obtient sans grande difficulté par cristallisation à l'aide de soude. Quant à l'opium, comme vous le savez, il est directement extrait du pavot.

La première fois que l'héroïne fit son apparition sur le marché, c'était en 1900, quand la firme pharmaceutique allemande Bayer la commercialisa comme sédatif contre la toux. Mais ce n'est que vers les années 30 qu'elle supplanta la morphine dans la faveur des intoxiqués. Inutile de m'étendre sur les ravages épouvantables causés par l'héroïne de nos jours, vous les connaissez aussi bien que moi.

Parlons plutôt chiffres. Dix kilos d'opium donnent, *grosso modo*, un kilo de morphine. De ce kilo de morphine, dite morphine-base pour la distinguer de la morphine raffinée à usage médical, on peut tirer 850 grammes d'héroïne dont le degré de pureté final varie de 60 à 95 %. Je reviendrai d'ailleurs sur cette question de pureté, elle est importante.

“ La ration quotidienne d'un héroïnomane est une (dose), contenant environ 0, 085 gramme d'héroïne pure et 0, 5 à 0, 6 gramme de lactose ou de bicarbonate. Ceci bien sûr lorsqu'il s'agit d'un trafiquant (honnête), qui ne dilue son héroïne qu'à

12 ou 15 %. Donc, théoriquement, nos 850 grammes obtenus à partir de 10 kilos d'opium représentent la ration quotidienne d'environ 10 000 drogués. Le prix moyen d'une "dose" honnête étant de 50 $, je vous laisse calculer la valeur au prix de détail de mes 850 grammes.

— Bon sang, mais ça fait... 500 000 $?!

— Exact, monsieur Sullivan. Un demi-million de dollars pour 850 grammes, soit 600 000 $ le kilo. En pratique un peu moins, puisque l'héroïne n'est jamais pure à 100 %. Mais pas tellement moins. Or mes dix kilos d'opium de base auront coûté, sur place, un maximum de 500 $. Le rapport de gain est donc de mille pour un. 100 000 %. Comme je vous l'ai dit, les frais et les risques sont énormes, mais vous comprenez maintenant pourquoi certains investisseurs sans scrupules n'hésitent pas à empoisonner la jeunesse d'un pays comme le vôtre ou le mien. Aucune affaire au monde, aucun casino, aucun tiercé ne pourrait offrir un tel rapport de gain. "

— Je comprends, grogna Sullivan. Continuez, commissaire.

— Depuis que la Turquie a limité sa culture du pavot, l'essentiel de la production mondiale d'opium vient du fameux " triangle d'or ", appelé aussi " triangle fertile " ou " triangle des trois frontières ". Ce triangle regroupe la haute région birmane, le nord de la Thaïlande et une partie du Laos. Il s'agit d'une région montagneuse, sans routes, difficilement accessible, dont l'atmosphère des hauts-plateaux convient à merveille à la culture du pavot. La production de cette région est estimée de 3 à 5000 tonnes d'opium par an. C'est énorme, monsieur Sullivan.

Le Hollandais plongea son regard dans les yeux de l'Executive. Il ne souriait plus.

— Faites le calcul de ce que cela représente en quantité potentielle. De quoi intoxiquer, trois cent soixante-cinq jours par an, tous les habitants d'un pays comme les Pays-Bas, vieillards et bébés compris. Heureusement, si j'ose dire, la majeure partie de cet opium reste en Asie où il est consommé tel quel.

" Il faut aussi savoir, monsieur Sullivan, que le commerce de l'opium est entièrement aux mains des Chinois implantés dans toute l'Asie. Depuis un certain temps déjà plusieurs de ces Chinois ont d'ailleurs trouvé beaucoup plus rentable de transformer l'opium en morphine-base sur place. Et depuis le démantèlement de la " French Connection " en 71, certains d'entre eux vont jusqu'à produire eux-mêmes l'héroïne. Une héroïne de basse qualité, soit, mais de l'héroïne quand même. Depuis quelques années, l'Asie du Sud-Est est devenue un centre de production directe de ce terrible poison. "

Sullivan sortit un nouveau cigare de son étui et l'alluma longuement.

— Tout cela est très intéressant, commissaire, grogna-t-il. Mais je ne vois pas en quoi cela nous mène à Largo.

— Avant de succéder à son père, le jeune Winch voyageait beaucoup, n'est-ce pas ? Et principalement en Asie, si nos renseignements sont bons ?

— Si c'est là-dessus que vous vous basez... ricana Sullivan en haussant les épaules. Des millions de touristes vont en Asie chaque année. Et on ne les accuse pas pour autant de faire du trafic de drogue.

— Aussi n'est-ce pas là-dessus seulement que nous nous basons, intervint Donahue. Il y a un autre élément qui, lui, est tout à fait déterminant.

— Quel élément ?

Le grand Américain se pencha vers une serviette et en extirpa un mince dossier qu'il jeta sur la petite table basse entre les quatre fauteuils.

— Un certain Sveig Larsen, dit-il.

*

Largo n'avait pas l'habitude de l'alcool, et une sorte de torpeur l'envahissait. Il accusait aussi le contrecoup de la tension des dernières heures.

Sur le banc à côté de lui, Arnold Willoughby, troisième du nom, chantonnait doucement. L'aimable clochard s'était, bien entendu, octroyé plus des trois quarts de la bouteille de scotch. Après tout, c'était son anniversaire à lui.

La pluie résonnait, inlassable, sur le petit auvent. L'esprit de Largo s'envola. Il revit l'horrible tête coupée, le rictus, les yeux morts...

Pauvre Larsen... Il avait eu, en fin de compte, le sort auquel le curieux destin qu'il s'était choisi le condamnait. Largo avait l'impression amère d'avoir repris d'une main ce qu'il avait donné de l'autre. La première fois qu'il avait vu le Norvégien, deux ans et demi auparavant, il pleuvait comme aujourd'hui.

Mais c'était une pluie de mousson.

*

La pluie noyait tout le pays.

— Encore une pipe, Largo ?

— Non merci, Phaï-Tang. L'opium donne des rêves

agréables mais tue les sens.

— C'est parfois un inconvénient, mais c'est souvent un avantage.

— Pas pour moi, Phaï-Tang.

Le Birman rit doucement, sans cesser de pétrir la petite boulette d'opium qu'il allait ensuite introduire dans le minuscule fourneau de sa pipe.

— Je te comprends, ami. Tu ne dois pas décevoir Meï-Lung.

Largo rougit. En dépit de la pénombre qui régnait dans la pièce, il sentit que Phaï-Tang ne le quittait pas de ses petits yeux ironiques.

— Meï-Lung est charmante, murmura-t-il.

— Charmante, ravissante et... experte, railla le Birman. N'est-elle pas ma fille préférée ?

— Est-ce bien ta fille ? sourit Largo. Tu dis cela de tous les jeunes gens du clan.

Phaï-Tang se redressa avec dignité, sa pipe prête.

— Ils sont tous mes enfants, proféra-t-il sentencieusement. Ne suis-je pas le maître ?

Largo le regarda enflammer avec précaution l'opium. Superbe Phaï-Tang ! Il se prétendait fils d'un seigneur de la guerre chinois et d'une authentique princesse birmane, donc prince lui-même. Mais tous les seigneurs de la Haute-Région du pays Chan n'en disaient-ils pas autant ? Son « palais » se réduisait à une grande cabane mal protégée de la pluie et du vent, son peuple à 300 ou 400 Méos de l'ethnie Mhong répartis dans deux vallées, sa richesse à quelques champs de pavots... Mais il se comportait avec plus de dignité que s'il régnait sur un continent. Et il guerroyait avec autant d'autorité qu'un Clausewitz.

— Pourquoi fais-tu sans cesse la guerre, Phaï-Tang ?

— Pourquoi poses-tu sans cesse des questions, Largo ? Tes semblables, les “ longs-nez ”, posent toujours des questions.

— Parce que, comme eux, j'aime apprendre et comprendre.

— Ne m'avais-tu pas dit qu'un vieux sage, au Tibet, t'avait appris à accepter la roue du destin ?

— Oui, Phaï-Tang, il me l'a enseigné. Mais je ne l'ai pas appris. Je dois être un mauvais élève.

Fermant les yeux, Largo revit l'assaut de la lamaserie secrète par les soldats chinois, la mort de Parlang Khee, la prison de Lhassa, la fuite hors du Tibet, la traversée de l'Assam, l'errance en Birmanie du Nord et son arrivée ici, chez ce “ prince ” birman qui l'avait recueilli à demi mort de fièvre et de faim, le traitant comme un fils, lui donnant son lit et sa fille.

— Non, Phaï-Tang, murmura-t-il encore. Je refuse de me plier à un destin aveugle. La chance va et vient, il faut la saisir. La malchance va et vient, il faut la surmonter. Mais jamais, jamais s'asseoir au bord de la route pour exhiber ses plaies en criant “ c'est le destin ! ”...

Un long moment ils écoutèrent ensemble la lourde pluie verticale qui martelait le toit de la grande cabane. Par la terrasse ouverte, on distinguait encore, à travers le rideau d'eau, le moutonnement infini des montagnes uniformément recouvertes de jungle.

— Je t'aime bien, Largo, dit Phaï-Tang. Tu es un garçon généreux, un peu fou et un peu sage. Mais je ne sais pas si tu seras jamais un homme heureux. Je vais répondre à ta question, poursuivit-il presque abruptement. Sans la guerre, que serais-je ? Un vulgaire producteur d'opium, un simple marchand. Tandis qu'avec la guerre je suis un seigneur, j'exerce le droit de vie et de mort, j'offre ma protection, on me craint, donc on me respecte. De plus, si je ne faisais pas la guerre, mes voisins auraient vite fait de s'emparer de mes champs de pavots. Il y a toujours eu la guerre dans le " Triangle des Trois Frontières ". La guerre fait partie de la tradition de l'opium.

— Les temps ont changé, Phaï-Tang. Nous ne sommes plus au Moyen Âge...

— Vraiment, ricana le Birman. Tu crois que les temps ont changé ?

Il s'interrompit pour vider le " dross " de sa pipe dans la petite cuvette prévue à cet effet. Puis, s'allongeant sur un coude, il considéra le jeune homme de ses yeux plissés.

— J'ai entendu dire qu'à Rangoon, capitale de mon pays, un gouvernement militaire autonomiste avait pris le pouvoir il y a plus de dix ans. Cela a-t-il changé quelque chose pour nous, dans la Haute-Région ? J'ai entendu dire qu'à Bangkok, chez les Thaïs, les Américains règnent en maîtres. Quelle différence cela fait-il pour mes voisins ? Et au Laos, derrière la troisième frontière, ce sont les Rouges qui commandent. Ont-ils mis leur nez dans les montagnes ? Non, Largo, nous sommes dans la jungle, sans routes, sans villes, sans police. Et nous le resterons. Avec nos propres lois : celles de l'opium et celles de la guerre. D'ailleurs, ajouta-t-il d'un ton léger, tu en auras un exemple quand je ferai exécuter les prisonniers pour la " fête de la dernière pluie ".

— Les prisonniers ? sursauta Largo. Tu as des prisonniers ici ?

— C'est vrai, sourit Phaï-Tang. Tu n'étais pas encore là

quand je les ai ramenés. Viens les voir, marcher un peu nous fera du bien.

À six cents mètres du " palais ", un Méo montait la garde devant une minuscule casemate, plus bardé de cartouchières qu'un révolutionnaire mexicain. En pénétrant dans le réduit, Largo faillit suffoquer : l'odeur de pourriture et d'excréments était insoutenable.

Phaï-Tang posa la lampe-tempête sur une grille recouvrant une fosse.

— Regarde, commanda-t-il.

Largo se pencha et blêmit. Au fond de la fosse s'entassaient trois corps à moitié nus, recouverts de déchets et de leurs propres excréments. La lumière arracha les malheureux à leur hébétude. Ils se tortillèrent en gémissant, une main sur les yeux. Deux de ces hommes étaient vraisemblablement des Chinois. Largo s'aperçut avec stupéfaction que le troisième était un Blanc.

— Qui sont ces hommes ? demanda-t-il d'une voix étranglée.

— Ils appartenaient à Tcheng-Tu, répondit négligemment le Birman, ce maudit bâtard que j'ai vaincu, il y a trois semaines, de l'autre côté de la frontière. Ceux-là travaillaient pour lui. C'étaient ses chimistes.

— Chimistes ?

— Tcheng-Tu, que son corps pourrisse, ne se contentait pas de l'honnête commerce de l'opium. Il faisait transformer celui-ci sur place en morphine, puis en héroïne, qu'il acheminait ensuite sur Bangkok. L'opium est un bienfait des dieux, la morphine et l'héroïne sont des cadeaux du diable. Ces hommes ne méritent aucune pitié.

Entendant parler anglais, le Blanc s'agita follement, tentant vainement de distinguer les silhouettes au-dessus de lui, au-delà de cette lumière qui l'aveuglait.

— Help, coassa-t-il. Help me. Whoever you are, get me out of here...

Largo sentit sa gorge se nouer.

— Allons-nous-en, commanda brutalement Phaï-Tang d'une voix sèche. Et sans laisser à Largo la possibilité de protester, il l'entraîna hors de la casemate.

— Que vas-tu leur faire, Phaï-Tang ? risqua Largo.

— Oh ! tout simplement les empaler, répondit gentiment le Birman. Bien sûr, enchaîna-t-il, pour que ça n'aille pas trop vite, on fait quelques entailles dans les pieux. Les échardes empêchent les pals de glisser trop facilement à travers les corps.

Largo ferma les yeux, luttant contre la vision des trois prisonniers hurlant et se tortillant comme des vers sur un hameçon, entourés par les Méos hilares. Implacablement, de sa voix douce, Phaï-Tang poursuivait.

— Après un jour on leur coupe les paupières. Le deuxième jour, on enduit leur sexe de sucre, pour attirer les fourmis et les insectes. Le troisième jour, on leur coupe la langue. Et le quatrième jour, s'ils vivent encore, on enduit la base du pal de résine et on y met le feu.

— Pourquoi ? murmura sourdement Largo.

— Encore un pourquoi, ami ?

La colère rentrée du jeune homme éclata d'un seul coup.

— Oui, cria-t-il presque. Encore un pourquoi. Pourquoi cette cruauté gratuite ? Je t'ai connu bon et généreux, Phaï-Tang. Un grand chef et un juge honnête. Alors pourquoi ce plaisir de faire souffrir inutilement ?

— Oh, ce n'est pas un plaisir, Largo. Ni une inutilité. Mon peuple attend cela comme la démonstration de ma puissance. Si je n'agissais pas ainsi, il le prendrait comme une preuve de faiblesse. Ainsi que mes ennemis, d'ailleurs. Cela fait partie de nos traditions, voilà tout.

— Je vais manquer gravement à la reconnaissance que je te dois, Phaï-Tang, mais je ne peux pas m'empêcher de te dire une chose : si tu acceptes ce genre de pratique comme un état de fait, sans chercher à y changer quoi que ce soit, ce n'est pas toi qui diriges ton peuple, c'est lui qui est ton maître.

Le prince se tenait très droit devant l'ouverture de la terrasse. Derrière lui, dans le noir, la pluie tombait, lourde et serrée. Il regarda Largo droit dans les yeux.

— Largo, toi qui pourrais être mon fils, ne sais-tu pas qu'un roi est toujours l'esclave de son peuple ? Peut-être un jour seras-tu roi, toi aussi... alors, tu comprendras.

Deux jours plus tard, profitant de l'absence de Phaï-Tang parti visiter un champ lointain, Largo assomma le gardien et délivra les prisonniers. Sur quatre chevaux volés, ils s'enfoncèrent dans la jungle, en direction de la Thaïlande. Largo ne sut jamais si Phaï-Tang avait tenté de les poursuivre. Il ne sut jamais, en fait, si le “ prince ” n'avait pas espéré qu'il agirait ainsi.

Leur marche fut un long calvaire. L'un des Chinois mourut d'épuisement. L'autre disparut au nord de la Thaïlande. Au bout de vingt-cinq jours, Largo et Sveig Larsen, rongés de fièvre, atteignirent enfin Bangkok.

*

Une éructation puissante fit sursauter Largo.

— Excusez-moi, s'exclama Arnold Willoughby, troisième du nom. Je suis désolé, profondément désolé. Un gentleman ne devrait pas se laisser aller à ce genre de... burps... d'inconvenances.

Le jeune homme considéra son voisin comme s'il le voyait pour la première fois. Long et maigre vieillard, un chapeau sans forme jusqu'aux oreilles, frileusement engoncé dans un macfarlane pisseux et troué d'où émergeait un pantalon rayé et déchiré aux deux genoux... Quant aux souliers, ils avaient dû déjà participer au défilé pour le jubilé de la reine Victoria en 1887.

— Dites-moi, cher monsieur Willoughby, vous voilà bien tristement vêtu pour affronter l'hiver...

Le “ Lord ” leva les yeux au ciel.

— N'en parlez pas, mon jeune ami ! Surtout quand je pense que la saison théâtrale s'annonce particulièrement brillante cette année. Mais que voulez-vous... Quelques désagréments financiers passagers... Peut-être auriez-vous sur vous une livre ou deux dont vous n'auriez pas l'usage ?

— Je n'ai pas un sou sur moi, sourit Largo. Mais j'ai un beau smoking tout neuf...

LONDRES

Samedi 16 octobre, 15 h30
(heure locale)

— L'un des grands centres mondiaux de production d'héroïne, jusqu'en 1971, était Marseille. À la fin des années 60, la police française estimait à une trentaine au moins le nombre de laboratoires clandestins disséminés autour de la ville.

Le commissaire Karel s'interrompit pour boire une gorgée de whisky. C'était toujours son premier verre. Sullivan, lui, en était à son troisième.

— Il est peut-être bon de vous préciser, reprit le Hollandais, qu'il ne faut pas un matériel très sophistiqué pour obtenir de l'héroïne. Outre de grandes quantités d'anhydride acétique, il vous suffit d'une balance de précision, quelques éprouvettes et bacs en verre, deux réchauds, une étuve, une pompe à vide et une petite provision d'alcool, d'acétone, d'acide tartrique, de noir animal, d'ammoniaque et de cristaux de soude. Tous produits et articles bon marché, couramment vendus dans le commerce. En fait, et c'est un point important, la pureté finale du produit ne dépend nullement du matériel ou du processus de purification choisi, mais bien du tour de main du " chimiste " qui l'opère.

— Tour de main ?...

— Une sorte de doigté, de flair, de fluide indéfinissable qui émane de l'homme chargé de l'opération. C'est irrationnel, inexplicable, mais c'est ainsi. Il y a donc de bons et de mauvais " chimistes ". La différence est capitale pour un trafiquant.

— Comment cela ?

— Une simple question d'arithmétique, monsieur Sullivan. Je vous ai dit tout à l'heure qu'une dose de bonne qualité à 50 $ contenait approximativement 0,085 gramme d'héroïne pure. Vous en avez déduit, et vous aviez raison, que le prix au détail d'un kilo d'héroïne atteignait 600 000 $. Mais il s'agit là d'héroïne à 95 % et plus. Il faut évidemment davantage d'héroïne à 60 % pour atteindre le taux de 0,085 gr. Sans entrer dans des calculs fastidieux, disons qu'un kilo de " brown sugar ", ainsi que l'on appelle l'héroïne de basse qualité, n'atteindra au détail que 300 à 350 000 $. Donc, pour un investissement identique et pour un risque égal (un kilo à frauder reste un kilo à frauder), un très bon " chimiste " peut faire gagner à son employeur jusqu'à 250 000 $ par kilo d'héroïne obtenue. Vous comprenez maintenant tout l'attrait de cette différence pour le trafiquant.

Sullivan écrasa son cigare dans le cendrier. Puis, dans le même geste, il ramena son verre et le vida.

— Je comprends. Mais je ne vois toujours pas...

— Cet attrait est un avantage pour nous, le coupa Karel. Les polices occidentales ont fiché les bons chimistes ; il n'y en a pas tellement. Par eux, nous pouvons parfois remonter jusqu'aux organisations qui les emploient. Parmi ces bons chimistes, deux seulement, en un quart de siècle, furent capables de dépasser le seuil de 95 %. Le premier était, comme la plupart d'entre eux, un Corse : le fameux Joseph Cesari, qui s'est pendu dans sa cellule des Baumettes en mars 72. Le second... le second, assez bizarrement, était un Norvégien. Autre fait rare dans la profession, c'était un véritable chimiste de formation. Il s'appelait Sveig Larsen.

L'Executive sentit le regard des trois hommes se poser sur lui.

— Je suis censé sursauter, ou quoi ? grogna-t-il, mal à l'aise. C'est la seconde fois que vous prononcez ce nom. Il ne me dit rien.

— On pouvait toujours espérer le contraire, intervint Donahue, pensif.

— Mais pourquoi, bon sang ?

— Parce que votre cher patron le connaissait, lui, fit doucement le grand Américain. Suffisamment, en tout cas, pour qu'on lui envoie sa tête bien emballée, devant la fine fleur du gratin londonien. Nous étions à ses trousses depuis quatre mois, Sullivan. Je l'ai reconnu immédiatement. Et c'est bien plus pour cette raison que pour ménager Winch que j'ai confisqué l'appareil du journaliste qui avait pris la photo.

L'Executive se laissa aller contre le dossier de son fauteuil, exhalant un soupir qui tenait presque du gémissement. Il tenta en vain d'ordonner quelque peu les pensées qui s'entrechoquaient sous son crâne.

Se penchant, Donahue saisit le dossier posé sur la petite table.

— Sveig Larsen, lut-il, né le 17 juillet 1941 à Oslo... Je vous passe les détails. Famille aisée... études de chimie à Oslo et à l'université d'État de l'Alabama... service militaire dans le Génie... trois années dans une grosse papeterie de son pays... caractère instable, esprit de contestation, réaction contre son milieu, disparition soudaine... Retrouvé il y a cinq ans en charge de trois laboratoires de transformation d'héroïne près de Marseille. Arrêté. Réussit à s'évader lors de son transfert à la Santé. Disparition complète pendant trois ans. Réapparition surprise à Bangkok, il y a un peu plus de deux ans, où, tranquille comme Baptiste, il devient gérant d'un hôtel.

— Pourquoi ne pas l'avoir arrêté ?

— Supprimer un aussi bel appât ? Vous plaisantez... En accord avec les services français, nous l'avons laissé en paix en le surveillant de près. Larsen restait le seul homme vivant capable de dépasser ce fameux seuil de 95 %. Nous étions certains qu'il se ferait relancer par l'un ou l'autre réseau. Mais si cela a été le cas, nous n'en avons rien su. Et Larsen a gentiment continué à s'occuper de son hôtel. Jusqu'au jour où, il y a quatre mois, il a reçu la visite de quelqu'un qui, manifestement, le connaissait déjà. La nuit même, Larsen quittait Bangkok...

— Ça va, j'ai compris, grommela Sullivan. Ce quelqu'un, était Largo, n'est-ce pas ?

— Dix sur dix, sourit Donahue... C'était en effet Largo Winch. Je signale au passage que l'hôtel dont Larsen était le gérant appartient indirectement à votre Groupe. C'est bien Scarpa qui dirige votre division " Hôtels ", non ?

— C'est Scarpa. Mais qu'est-ce que...

— Aucune importance. Donc Larsen avait filé, discrètement, à bord du petit jet privé de Winch. Ils se sont offert un tour du monde rapide, via l'Europe. À l'arrivée à New York, nous étions là, mais Winch était seul. Nous avons appris trop tard qu'il avait débarqué Larsen à Amsterdam. Karel a remué tout son pays pour le dénicher, mais, une fois de plus, le Norvégien s'était volatilisé. Ce n'est qu'hier soir qu'il a réapparu. Vous savez dans quelles conditions. Vous commencez à voir, Sullivan ?

— Pas vraiment, non. Tout cela me paraît un peu maigre comme preuves.

— C'est vrai, admit Donahue. Il vous manque quelques éléments. Je vous demanderais de les garder pour vous, ils sont encore confidentiels. Allez-y, Karel.

Les dents du jeune commissaire brillèrent rapidement sous son épaisse moustache noire.

— J'ai mentionné, monsieur Sullivan, le démantèlement du réseau français de l'héroïne en 71 par une vaste action combinée du B.N.D.D. américain, prédécesseur de l'actuelle D.E.A., et de l'Office français de Répression des Stupéfiants. Soit dit en passant, les Français n'étaient pas mécontents, pour une fois, de voir les Américains faire le ménage chez eux. En effet, la police française était aux trois quarts paralysée tant était grande l'imbrication des multiples services " spéciaux ", et notamment le S.D.E.C.E., dans le trafic de drogue. On ne savait plus très bien, dans les services français de la fin du gaullisme, de quel côté de la barrière on se trouvait.

" Le milieu corse, qui avait la haute main sur les circuits de l'héroïne, se vit brutalement éclaté, emprisonné, privé de ses moyens, littéralement dissous. Et à l'autre bout de la chaîne, aux États-Unis, la Mafia fut tout aussi brutalement amputée de l'une de ses plus lucratives activités : la distribution de l'héroïne sur le territoire nord-américain."

" Les années qui suivirent furent, pour les trafiquants, une période d'anarchie. Les Chinois, je vous l'ai dit, se lançaient dans la production directe dans le Sud-Est asiatique. L'autre grand centre de production qui semble se dessiner est l'Amérique latine. Plusieurs transfuges corses, échappés au filet franco-américain et bénéficiant là-bas de la non-extradition, y ont transporté leur expérience. Inutile de dire qu'ils y ont trouvé facilement le financement nécessaire. La situation est donc à présent une dissémination de la production en Asie du Sud-Est et en Amérique latine. Et une distribution tout aussi peu organisée tombée, aux États-Unis, entre les mains des Noirs et des Porto-Ricains, et en Europe entre celles des Chinois. J'ai le regret de devoir préciser qu'en Europe la grande plaque tournante de trafic d'héroïne est la capitale de mon pays, Amsterdam.

" Nos polices se trouvent donc face à une multitude de petits réseaux de faible envergure, ce qui nous rend la tâche à la fois plus facile et plus incertaine. C'était en tout cas ce que nous pensions jusqu'à il y a un an... "

Karel se pencha, ses yeux vifs plongés dans ceux du massif Executive.

— Sans entrer dans les détails de nos enquêtes, monsieur Sullivan, nous avons acquis la certitude qu'au moins une organisation de grande envergure s'est créée ou recréée après le démantèlement de la French Connection. Et que cette organisation, malheureusement pour moi, a comme point de départ les Pays-Bas.

— Ah... Et ce serait cette organisation-là que ?...

— Eh oui, monsieur Sullivan. C'est cette organisation-là avec laquelle nous soupçonnons M. Winch d'avoir partie liée.

Donahue intervint sèchement :

— Il nous paraît évident qu'à la mort de son père, Largo, qu'il ait ou non hérité le réseau du vieux Nerio, s'est empressé d'aller chercher Larsen pour l'envoyer améliorer la qualité de la production.

— Mais comment l'aurait-il connu ?

— Ses voyages antérieurs, Sullivan. Les mystérieux voyages en Asie de M. Largo Winch devaient fleurer bon l'opium. Il a dû tomber un jour sur Larsen en cavale et le mettre en veilleuse pour le jour où il reprendrait les affaires de papa.

— Mais qui l'a tué alors ? Et pourquoi ? gémit presque Sullivan, écrasé par cet écheveau d'arguments.

Le grand Américain haussa les épaules.

— Qu'est-ce que vous voulez que j'en sache... La guerre des gangs, ça existe depuis toujours. Une organisation rivale a peut-être voulu jouer un méchant tour à Winch.

— Et cette mystérieuse organisation hollandaise, qu'en savez-vous ?

— Presque rien. Ni où elle se trouve, ni qui la dirige effectivement, ni depuis quand elle fonctionne. La seule chose dont nous sommes certains, c'est qu'elle expédie toute sa production vers les États-Unis, ne laissant pas un gramme d'héroïne partir en Europe. C'est très malin, car ainsi elle ne risque pas de créer dans son propre pays une filière qui nous permettrait de remonter jusqu'à elle.

Sullivan prit son étui à cigares, mais constata avec dépit qu'il était vide. Il avait beaucoup fumé, ces dernières heures... Il releva la tête vers les trois hommes.

— Tout cela ne forme que des présomptions, messieurs, pas des preuves.

— Laissons les preuves pour les tribunaux, riposta Donahue. Les présomptions nous semblent suffisantes.

— Il n'empêche...

Le grand Américain ricana.

— Vous êtes têtu, hein ? Très bien, Sullivan. Nous avons encore une surprise pour vous. Lorsque nous nous sommes intéressés à Winch après sa visite à Bangkok, nous avons fait un rapprochement avec une autre enquête menée en collaboration avec nos amis anglais. Vous allez voir, ça va vous amuser. Major Malcombe, s'il vous plaît...

Le digne flamant rose, que Sullivan avait presque oublié, se racla la gorge, tortilla son cou maigre, but une gorgée de whisky, se re-racla la gorge et se mit à parler avec un accent tellement oxfordien que l'Executive eut, au début, un mal fou à le comprendre.

— Ahem... voilà, monsieur Sullivan... Il y a deux ans environ, nous avons eu notre attention attirée par un individu qui, du fait de son métier, voyageait beaucoup. Notamment en Asie. C'est là qu'à plusieurs reprises il a été vu en compagnie de Chinois connus de nos services comme revendeurs d'opium et de morphine-base. Ahem... L'homme était de nationalité française mais habitait Nassau. Comme vous le savez, les Bahamas sont indépendantes depuis 1973, mais ont maintenu des accords de fonctionnement avec plusieurs administrations de la Couronne. Entre autres, certains services des douanes et de la police. C'est ainsi que mon département a été impliqué.

“ En collaboration avec la D.E.A. américaine, nous avons mis l'individu sous surveillance et nous avons acquis la certitude qu'il appartenait effectivement à un réseau de grande échelle. Cet homme, monsieur Sullivan, vous le connaissez. Enfin... ahem... le connaissiez : c'était Michel Cardignac. ”

Sullivan ne put s'empêcher de sursauter.

— Surpris, hein ? ironisa Donahue de son coin. Le plus jeune, l'un des plus brillants présidents du Groupe W, à la tête, ou presque, d'un réseau de trafic d'héroïne. Dommage qu'il soit mort...

Sullivan n'était pas très sûr d'être de cet avis.

— Eh oui, renchérit Malcombe, dommage qu'il soit mort. Au fil des mois, nous avions réussi à accumuler un certain nombre de preuves contre lui. Sans pouvoir encore, malheureusement, remonter jusqu'à celui qui le finançait.

— Parce que quelqu'un le finançait ? gémit l'Executive d'une voix rauque.

Le Britannique le considéra comme un maître d'école surprenant le cancre de sa classe en flagrant délit d'imbécillité.

— Forcément, monsieur Sullivan. Le commissaire Karel vous l'a expliqué tout à l'heure : l'investissement que nécessite ce genre d'opération est énorme. Cardignac, quoique fort bien payé, n'avait aucune fortune. C'est donc un autre dirigeant de votre groupe qui le finançait.

— Pourquoi du Groupe ? s'indigna Sullivan.

— Cela nous a paru plus que probable, rétorqua calmement le digne major. La promotion rapide de Cardignac, sa mise à la tête de votre division “ Tourisme ”, la protection évidente dont il jouissait...

— Ce qui nous a amenés à penser à Nerio lui-même, intervint Donahue.

— Encore !...

— Eh oui, Sullivan, qui d'autre que lui disposait sans contrôle d'aussi énormes moyens financiers ? Et la rage de puissance et de richesse de votre “ nabot impossible ” n'était un secret pour personne.

Une petite lumière éclata dans le cerveau meurtri de Sullivan.

Il y avait quelqu'un d'autre.

Quelqu'un qui, lui aussi, disposait d'importants moyens financiers, qui avait soutenu à l'époque la promotion de Cardignac...

Mais cela paraissait si impossible, tellement absurde...

— Oh, Sullivan ! Vous rêvez ?

— Non, non, se secoua l'Executive. Poursuivez. Si Cardignac ne dirigeait pas ce réseau, quel y était son rôle, selon vous ?

Donahue le considéra avec étonnement.

— Mais... celui de transporteur, bien sûr. Un rôle clé. La morphine-base d'Asie au centre de production. Et l'héroïne de ce centre vers les États-Unis.

— Transporteur ! Vous ne pensez tout de même pas à... à la Winchair ?

— Bien sûr que si. Ce n'est pas une coïncidence si cette compagnie aérienne a été créée il y a quatre ans, peu après que Cardignac eut pris la tête de votre Division “ Tourisme ”. Ce qui, une fois de plus, nous ramène au vieux Winch.

— Nerio avait accepté de créer une compagnie aérienne parce que c'était un secteur rentable, lança sèchement Sullivan. Pour aucune autre raison.

— Admettons. Toujours est-il qu'être à la tête d'une telle compagnie est un moyen rêvé pour transporter de la drogue. Soit avec la complicité des équipages, soit en prévoyant des caches dans les appareils. Nous avons donc surveillé les vols de la Winchair, mais nos services manquent hélas d'effectifs et nous n'avons rien trouvé jusqu'à présent. Dommage, nous aurions pu ainsi coincer Cardignac et démarrer une enquête officielle.

Sullivan frémit intérieurement.

Il imagina l'horreur d'un tel coup de théâtre, le scandale, les inévitables cloportes soulevés par une vaste enquête, l'impact sur les affaires... Ce n'aurait pas été seulement le réseau de drogue qui eut été mis sur le flanc, mais tout le Groupe W.

Quoique, à vrai dire, la situation présente n'était guère plus brillante.

Le major Malcombe se racla une nouvelle fois la gorge et reprit la parole à son collègue américain.

— Ahem. Toujours est-il que nous avions finalement résolu de proposer un marché au Français. Nous avions réuni assez d'éléments probants contre lui pour l'y forcer. Il nous livrait tout le réseau, et lui s'en tirait avec des circonstances atténuantes ; ou bien c'était pour lui la garantie de vingt ans fermes de travaux forcés. C'eût été notre plus beau coup depuis 71, monsieur Sullivan.

— Et qu'est-ce qui vous en a empêché ? demanda Sullivan, qui connaissait déjà la réponse.

— Sa mort, soupira le Britannique. Trois jours après notre

accord avec la D.E.A. sur ce plan de principe, le cadavre de Cardignac était repêché au large de la côte yougoslave. Noyé.

— Eh oui, je sais, major. Un regrettable accident. Et dans ce cas, une malheureuse coïncidence.

— Coïncidence mon oeil ! éclata soudain Donahue. Avant d'aller en Yougoslavie, Cardignac était au Liechtenstein. Et qui se trouvait comme par hasard au Liechtenstein à ce moment-là ? Qui ? Votre Largo Winch, Sullivan ! Votre fichu patron avec son espèce de tueur israélien Simon Ben je ne sais plus quoi... Coïncidence, Sullivan ? Et qui a-t-on repéré à Split, le lendemain de la mort de Cardignac ? Toujours notre joyeux duo. Accident, Sullivan ? Mon œil, vous dis-je !

— Mais ce n'était pas...

L'Executive se mordit les lèvres.

Il avait failli lâcher un morceau d'un secret qui n'était pas le sien. Largo lui avait brièvement expliqué le rôle joué par le Français dans la mort de Nerio[6]. Et lorsque le jeune homme lui avait calmement précisé que Cardignac ne reparaîtrait plus, Sullivan n'avait pas osé demander d'explications. Mais il n'avait jamais été question de trafic d'héroïne dans tout cela. Les policiers se fourvoyaient complètement.

— Winch a appris, Dieu sait comment, les soupçons qui pesaient sur Cardignac. Et pour rester à couvert il a froidement abattu ce complice devenu gênant. Ce n'était pas un accident, Sullivan !

Et si Donahue avait raison ?...

Si Largo avait réellement été impliqué, dès le début, dans une telle organisation et lui avait fait prendre, à lui, Sullivan, des vessies pour des lanternes ?

Si ?...

6. *Voir* Largo Winch et le groupe W

Les pensées défilaient dans la tête du gros homme roux à la vitesse des prunes et des cerises d'une machine à sous.

Il se secoua. Tilt !

Le ton de Donahue était redevenu plus calme.

— Il y a vraiment un peu trop de coïncidences dans cette affaire, vous ne trouvez pas ? À propos, qui a remplacé Cardignac à la tête de la Winchair ?

— Personne. C'est-à-dire... Largo a décidé d'assurer lui-même l'intérim jusqu'au choix d'un nouveau président capable. Il a simplement envoyé sur place son pilote Freddy Kaplan pour assurer la gestion courante.

— Ben voyons ! Et vous avez approuvé ce choix, Sullivan ?

— Certainement pas. Ce Kaplan ne connaît strictement rien au fonctionnement d'une entreprise commerciale.

— Bien sûr que non, ricana l'agent de la D.E.A. Mais c'est un vieux complice de Winch. Vous pensez bien que celui-ci n'allait pas laisser un tiers mettre son nez dans les affaires de la Winchair alors qu'il savait que celle-ci était dans notre collimateur...

— Je ne parviens pas à y croire, soupira l'Executive.

Replongeant dans sa serviette, Donahue en extirpa une feuille de papier. Sullivan reconnut un message télex.

— J'ai une dernière information. Toute fraîche, celle-là. Vous vous souvenez que j'ai soulevé la possibilité d'une guerre de gangs. Soit au sein même de l'organisation de Winch, soit du fait d'un réseau rival ?

— Oui, grogna l'Executive résigné. Et alors ?

— Avant-hier matin, le F.B.I. a reçu un rapport anonyme signalant que Largo Winch entraînait une bande de tueurs dans un chalet qu'il avait acheté quelque part dans l'Idaho.

Méticuleux comme ils le sont toujours, les hommes du F.B.I. sont allés vérifier sur place. C'était exact. Une quinzaine de mercenaires bien musclés, sous le commandement d'un certain Quinn. Et parmi eux, notre copain l'Israélien — il lut — Ben Chaïm. Bien entendu, vous n étiez pas au courant ?

— Évidemment non, se récria Sullivan, sincère.

— Évidemment. Et ne me dites pas que ces hommes devaient servir à protéger Winch de la frénésie de ses admiratrices... Quinn est, paraît-il, bien connu pour les opérations de commando " toutes missions " qu'il exécute pour quiconque a les moyens de le payer. Toujours est-il que le F.B.I. a embarqué Quinn et Ben Chaïm pour interrogatoire à Washington. Je précise : simple interrogatoire. Quelles qu'aient été leurs intentions, ces hommes n'avaient rien commis d'illégal aux Etats-Unis. Ils sont arrivés à Washington à 0 h 30 heure locale, cette nuit. Soit, pour nous, ce matin à 6 h 30.

— Eh bien ?

— On vient de me prévenir. À peine débarqué à Washington, Ben Chaïm a réussi à fausser compagnie à ses anges gardiens et à disparaître dans la nature. Ce garçon est le meilleur ami de Winch. Et ne me dites pas que sa réaction prouve qu'il a la conscience tranquille.

Sullivan le regarda un moment, puis poussa un nouveau et profond soupir.

— Très bien, murmura-t-il. Je suppose que vous m'avez tout dit. Je... je ne sais plus quoi penser.

L'agent de la D.E.A. eut un sourire encourageant.

— Nous comprenons votre réaction, Sullivan. Mais que voulez-vous... Les faits sont là.

— Laissez tomber les condoléances, Donahue. Au fait,

qu'attendez-vous exactement de moi ?

— Winch est traqué. Il est accusé d'avoir tué deux policiers, et tous les bobbies d'Angleterre doivent à l'heure qu'il est être sur les dents pour le retrouver. Mais Winch ne manque ni d'amis ni de ressources. Et il est possible qu'il tente de vous contacter, Sullivan. Soit à Londres, soit via New York, puisque vous y serez demain soir. Ici ou là-bas, vous resterez en contact avec mon service.

L'Executive leva vers lui un regard fatigué.

— Vous voulez que je vous aide à l'arrêter, c'est ça ? Les trois hommes le considérèrent avec une surprise non feinte.

— Vous n'y êtes pas du tout, s'exclama Donahue. Arrêté, Winch se taira et nous perdrons notre dernière chance de coiffer son réseau. Nous ne faisons pas partie de la police régulière, nous. Non, Sullivan. Ce que nous voulons, c'est que vous fassiez tout ce qui sera en votre pouvoir pour aider Winch à rester en liberté !

LONDRES

Samedi 16 octobre, 17 h45
(heure locale)

C 'est toi Sei-gneur qui m'a cher-ché
Dans les té-nèbres du pé-ché
Quand j'é-tais dans l'a-bîîîîîîme
De l'i-gno-rance et du mal-heuuuuuuuur.

Abrités de la pluie par l'auvent du cinéma Curzon, au coin de Curzon Street et de Shepherd Market, les quatre salutistes se déchaînaient. Pâles figures extatiques sous leur casquette à bande rouge, les deux hommes harmonisaient tant bien que mal les sonorités d'un tuba et d'un accordéon. Quant à leurs compagnes, livre de cantiques à la main, elles chantaient à plein gosier, entraînant avec une bonne volonté attendrissante le choeur discordant des cinq pauvres hères qu'elles avaient déjà réussi à rassembler autour d'elles.

La plus jeune des deux était une mignonne petite pomme,

toute en sourire et en fossettes, dont les yeux brillaient de ferveur. En la regardant, Largo se demandait quelles pouvaient bien être les motivations d'une jeune fille si visiblement mieux faite pour les joies de l'amour que pour la propagation de la foi méthodiste.

La deuxième salutiste, par contre, correspondait parfaitement à l'idée qu'il se faisait de la redoutable Armée de William Booth[7]. Robuste gorgone à la poitrine himalayenne, ses petits yeux perçants derrière ses lunettes de fer semblaient sans cesse à la recherche du péché. Tout en chantant les louanges du Seigneur, cette vertueuse personne s'était d'ailleurs plantée près de la caisse du cinéma, d'où elle fusillait du regard les messieurs seuls en imperméable qui se risquaient à y acheter un billet.

Le Curzon affichait *Hot Bananas for Sexy Girls*. Un simple coup d'oeil aux photos exposées permettait de comprendre sans effort ce que le réalisateur de cette superproduction en chambre entendait par bananes chaudes...

Largo frissonna. Arnold Willoughby, troisième du nom, avait exigé de conserver son macfarlane. Pour protéger de la pluie son beau smoking. Largo se demanda combien de temps les flics mettraient à repérer le “ Lord ” dans sa nouvelle tenue. Ils feraient alors le rapprochement et son déguisement ne vaudrait plus grand-chose.

Mais en attendant...

Le reflet des vitrines lui avait renvoyé l'image du parfait clochard : le pantalon troué aux genoux, l'abominable veston épinard luisant d'usure et le chapeau informe enfoncé jusqu'au nez. Il ricana intérieurement. Ce n'était pas précisément sous cet aspect que le public devait s'imaginer

7. Fondateur en 1885 de l'Armée du Salut

l'homme le plus riche du monde.

À Hyde Park Corner, il avait jeté un rapide coup d'oeil au kiosque à journaux du terre-plein. Comme dans ceux du matin, sa photo s'étalait en première page de tous les quotidiens du soir. Mais sur trois colonnes, cette fois...

La chasse était ouverte !

— Avez-vous faim et froid, mon frère ?

Largo sursauta. La jolie salutiste était en face de lui et lui tendait son livre de cantiques.

— Mais... heu...

D'autorité, elle le prit par le bras et l'entraîna sous l'auvent. Du coin de l'oeil, Largo vit s'approcher un agent de police qui, de son lent pas de ronde, faisait claquer ses semelles ferrées sur le trottoir.

— Chantez avec nous la gloire de Jésus-Christ, mon frère. Et Jésus vous nourrira et vous abritera.

Largo se décida rapidement.

— Heu... d'accord, ma soeur, d'accord...

Ravie, la jeune fille lui adressa un sourire lumineux.

— Frère Robert va partager son livre avec vous. Comment vous appelez-vous ?

— Heu... John.

— Eh bien, frère John, chantez bien. À tout à l'heure. Frère Robert était un affreux poivrot édenté dont l'haleine aurait fait reculer un kamikaze. Se poussant pour faire de la place à Largo, il lui fit un clin d'oeil entendu.

— T'as pigé la combine, mon pote ? souffla-t-il. Tu pousses la chansonnette et, ce soir, bectance garantie et dodo bien au chaud. Avec en prime ces p'tites nénettes pour s'occuper d'tes poux.

Au fond, ce serait un endroit comme un autre pour gagner

le temps de trouver une idée. La police n'irait jamais le chercher dans un refuge de l'Armée du Salut.

— Cantique n° 30, mes frères. Un, deux, trois...

Le ronflement du tuba enchaîna sur la voix en scie à métaux du dragon en uniforme.

Fai-sons é-cla-ter no-tre joie
Et lou-ons no-tre Bien-fai-teur
Le Pè-re E-ter-nel nous en-voie
Son Bien-ai-mé pour Ré-demp-teur.

— Frère John !

— Oui, m'dame... heu... ma soeur ?

Derrière les lunettes de fer, les petits yeux de la gorgone flambaient d'indignation.

— Vous offensez le Seigneur, frère John. Veuillez vous découvrir pour vous adresser à Lui.

La tuile !

Suant à grosses gouttes, Largo n'entendait plus les pas de l'agent de police. Il devina que celui-ci s'était arrêté juste derrière lui. Par réflexe professionnel ou simplement pour se distraire, le policier devait examiner le choeur des clochards.

Largo ôta son chapeau et baissa le nez, veillant bien à ne présenter que son dos au représentant de la loi.

D'un-une vier-ge chaste et fé-con-de
Un en-fant di-vin...

— Hiiiiiiiiiiiiii

Le hurlement strident couvrit le couac de l'accordéon.

Hagarde, la grosse salutiste pointait un doigt tremblant sur Largo.

— C'est lui ! l'impur ! l'Antéchrist ! l'Adorateur du Veau d'Or ! L'assassin dont l'horrible image s'étale sur les murs de notre cité.

Largo se pétrifia. Avant qu'il ne prenne conscience de la catastrophe, une main s'abattit sur son épaule et le fit brutalement pivoter. Le policier avait cinq bons centimètres de plus que lui.

— Good Gracious ! Winch !

Fichu !

La main de Largo partit comme l'éclair et ses doigts tendus frappèrent l'agent juste sous le menton. L'homme s'effondra d'un seul coup. Largo prit son élan... et fut stoppé net par l'étau de deux bras puissants. Les yeux brillant d'une joie fanatique, la redoutable salutiste le coinçait à l'étouffer sur son imposante poitrine.

La Vertu capturant le Crime !

— Je le tiens ! Je le tiens, ce suppôt du démon ! À moi !... Quelques pas en arrière, la jolie pomme ouvrait des yeux grands comme des 45 tours. Empêtrés dans leurs instruments, ses collègues masculins n'avaient pas encore réagi. Quant aux clochards, ils rigolaient de tous leurs chicots.

Largo se débattit. En vain. Les forces décuplées par la conviction de sa juste cause, la missionnaire de choc tenait bon. Il ne pouvait tout de même pas l'assommer. Une seule solution... qui ne figurait certainement pas dans les manuels de close-combat. Se penchant brusquement, Largo pressa sa bouche sur celle de la femme, tandis que sa main droite, se glissant sous la capote bleue, empoignait à même la jupe l'entrejambe de son adversaire.

Hurlante sous l'abominable outrage, la salutiste lâcha sa prise et recula en titubant, les yeux hors de la tête. Largo n'attendait que cela. Dans un démarrage olympique, il s'élança sur le trottoir.

Il traversa Shepherd Market, courant de toute la vitesse que lui permettaient les innommables godillots de Willoughby. Au moment précis où il atteignait Picadilly, un coup de sifflet le fit sursauter.

Il se retourna.

À l'autre bout du Market, l'agent qu'il avait assommé fonçait à sa poursuite. Largo jura entre ses dents ; il n'avait pas frappé assez fort. Un deuxième coup de sifflet lui fit l'effet d'un pistolet de starter.

Il repartit de plus belle.

Les rares passants que la pluie n'avait pas chassés de Picadilly s'écartaient précipitamment devant ce jeune clochard qui courait comme si sa vie en dépendait.

On voit vraiment de tout à Londres. N'avait-on pas arrêté, l'autre jour, un étudiant qui avait fait le pari de remonter Oxford Street, son *Times* sous le bras, vêtu de son seul chapeau melon ?

Largo avait deux cents mètres d'avance sur son poursuivant. Mais immanquablement un autre agent allait surgir quelque part et, alerté par les coups de sifflet de son collègue, lui barrer le passage.

Combien de temps peut-on tenir dans une ville sans argent, sans un endroit où se réfugier, avec toute la police à ses trousses ? Largo avait l'impression que sa journée n'avait été qu'une hallucinante course à pied. Les godasses antiques résonnaient sur le trottoir détrempé. Elles allaient sûrement le lâcher d'un moment à l'autre. À quoi bon continuer à courir ?

Il était fichu de toute façon.

Une somptueuse Bentley bordeaux le dépassa, roulant à petite allure. Le coeur de Largo fit un bond. La veille au soir, Killian-Vaughn l'avait ramené chez lui dans une Bentley bordeaux. Ce serait un comble si... Mais sir Benedict n'était sans doute pas le seul Londonien à posséder une voiture de ce type et de cette couleur. Pourtant...

Cent cinquante mètres plus loin, la Bentley s'arrêta devant l'entrée de Fortnum & Mason, la plus luxueuse épicerie du monde. Tandis qu'un vendeur en jaquette se précipitait, le chauffeur descendit et courut ouvrir la portière arrière. Telle une duchesse visitant ses serfs, lady Stephanie, superbe d'élégance dans un tailleur crème, mit le pied sur le trottoir.

Au même instant, une voiture de police déboucha de Bond Street.

Largo n'hésita pas. La chance était là. Minuscule, inespérée.

— Stephanie !

Interdite, la jeune femme se tourna vers ce vagabond qui courait dans sa direction en agitant les bras.

— Stephanie ! Attendez !

En quelques ultimes enjambées, Largo fut sur elle. Haletant, il la saisit par le bras.

— Stephanie. Dans votre voiture... Vite !...

— Dites donc, mon ami...

Puis soudain elle le reconnut et ses grands yeux pervenche s'écarquillèrent.

— Largo ?! C'est vous ?! Mais...

Rudement, il la poussa vers la portière restée ouverte et la projeta littéralement dans la Bentley. La jupe retroussée au ras des fesses, la belle Anglaise roula en criant sur la banquette arrière.

Figé sur le seuil de son magasin, le vendeur en jaquette ouvrait une bouche plus large qu'une entrée de métro. La vision de Sa Majesté la Reine, en guêpière et bas résille, dansant le French Cancan sur le trottoir, ne l'eût pas choqué davantage.

Lady Killian-Vaughn enlevée en pleine rue et en plein jour par un vagabond ! Et devant Fortnum & Mason encore !

— Je... je vais prévenir la police, chevrota-t-il.

Déjà Largo avait ouvert la portière avant.

— Inutile, mon vieux, lança-t-il. C'est déjà fait.

À cent mètres à peine, l'agent fonçait dans un rush de taureau furieux. Des passants s'arrêtaient, sans trop savoir s'il s'agissait d'un gag ou d'un drame. Une main sèche empoigna Largo par le bras. Le chauffeur ! Largo pivota brutalement et retint son poing de justesse en le reconnaissant. Il ne pouvait tout de même pas casser en deux ce vénérable Larkin. Le vieux butler-chauffeur avait l'air à la fois effrayé et résolu. Largo le repoussa et saisit le petit derringer dans la poche de son veston.

À la vue de l'arme, le vendeur s'enfuit précipitamment à l'intérieur du magasin, levant les bras plus haut qu'une vieille fille qui trouve un nègre dans son lit. Quelques cris s'élevèrent sur le trottoir. Larkin recula, déglutissant comme s'il avait avalé son dentier.

Le policier n'était plus qu'à vingt mètres. Les nerfs tendus à craquer, Largo se jeta au volant. Le moteur ronronnait plus doucement qu'un chaton. D'un bref coup d'oeil dans le rétroviseur il vit Stephanie, échevelée, qui le fixait d'un air hagard.

— Largo, qu'est-ce qui vous... ?

— Plus tard, Stephanie.

Il embraya sèchement et la Bentley démarra dans un hurlement de pneus à faire se dresser messieurs Rolls et Royce dans leurs tombes.

Trois cents mètres plus loin, Largo faillit hurler de rage. Le feu de Picadilly Circus passait au rouge.

Dents serrées, il enfonça simultanément l'accélérateur et le klaxon. La voiture bondit.

Le hurlement de Stephanie se perdit dans ceux des freins écrasés jusqu'à l'agonie. Un atroce froissement de tôle déchira l'oreille de Largo sur sa droite. Des coups de sifflet éclataient de tous les côtés. Tout à coup, l'horizon fut bouché par l'énorme masse rouge d'un autobus. Coup de volant désespéré, dérapage hallucinant, le bus manqua de basculer mais la Bentley passa.

Largo allait s'engouffrer à tombeau ouvert dans Shaftesbury Avenue, de l'autre côté du Circus, quand il réalisa qu'elle était à sens unique.

Dans l'autre sens.

Frénétiquement, il tourna le volant vers la gauche, mordit brutalement un trottoir, vit comme dans un rêve blême les visages affolés des piétons agglutinés, sentit ses roues décoller, contre-braqua à droite et passa comme un bolide sous l'arcade de Regent Street.

L'enfer de cris et de métal était derrière lui.

Cent vingt à l'heure !

Déjà, le feu rouge du croisement avec Oxford Street

s'approchait. Bloquant toute la largeur de la rue en sens unique, deux files de voitures attendaient sagement qu'il passe au vert. Pas question de s'arrêter. Le trottoir ? Impossible. Trop de monde. Il tuerait immanquablement quelqu'un.

Le cerveau à cent degrés, Largo aperçut une petite rue étroite qui s'ouvrait sur la droite. Frein écrasé, virant sur les chapeaux de roue, la Bentley s'engouffra de justesse dans la ruelle. Mais presque immédiatement Largo se retrouva dans un réseau de petites voies étroites et biscornues. Réalisant qu'il s'était fourvoyé dans le dédale de Soho, il ralentit et repéra un petit cul-de-sac sur sa gauche, presque une cour intérieure. L'endroit semblait désert. Sans hésiter il y engagea la Bentley, la gara soigneusement contre le trottoir et coupa le moteur.

Puis il s'affala contre le moelleux dossier, ferma les yeux et s'efforça de calmer les battements de son coeur.

— Réellement, très cher, si vous teniez à ce point à essayer notre Bentley, vous auriez dû nous le dire. Nous vous l'aurions volontiers prêtée...

Largo se retourna. Il avait presque oublié Stephanie. Derrière la vitre de séparation ouverte, la jeune femme, assise très droite, était pâle comme un cierge.

Mais elle souriait.

Lorsqu'il se glissa sur la banquette arrière, la belle Anglaise ne put réprimer un mouvement de recul instinctif.

— Bonté divine, Largo, ces... ces vêtements ! Et ils sentent mauvais, en plus. À quoi jouez-vous donc ?

— Désolé, Votre Grâce, grimaça le jeune homme. J'ai eu quelques problèmes.

— Je sais. Mais de là à...

— Avez-vous lu les journaux, Stephanie ?

— Pas depuis ce matin. Ceux-là m'ont suffi.

— Alors vous ne savez pas. Mais ne perdons pas de temps. Je dois quitter ce pays. Vite et discrètement. Et vous allez m'y aider.

Il lui parut superflu d'entrer dans les détails, elle les apprendrait bien assez tôt. Avait-elle un rôle, dans la sinistre pièce montée par son mari ? Et celui-ci, quel but poursuivait-il ? L'éliminer, bien sûr....le faire disparaître, lui, Largo, de la circulation. Mais pourquoi ? Killian-Vaughn faisait-il partie de l'organisation de la Cyclope ? Ou était-ce autre chose ? Ou encore l'industriel avait-il été, lui aussi, abusé par ce Griffiths qui avait abattu les deux policiers sans qu'une ombre d'émotion ne trouble son impassible élégance ?

De toute manière, il n'avait pas le choix. Avoir mis la main sur Stephanie était un coup de chance inouï dont il devait profiter.

— Moi ? Vous aider ? dit la jeune femme. Pourquoi ? Et comment ?

— Avez-vous de l'argent sur vous ?

— Un peu, oui. Pas beaucoup. Une trentaine de livres...

— Ça suffira.

Largo jeta un rapide coup d'oeil autour de la voiture. La cour restait déserte et les passants, dans la rue proche, étaient rares. La pluie tombait toujours.

— Nous avons très peu de temps, Stephanie. Dans dix minutes au plus tout le quartier sera bouclé. Hors de question d'utiliser la Bentley, elle doit déjà figurer dans tous les avis de recherche. Nous allons donc prendre le métro à Oxford Circus, tout près d'ici, jusqu'à Victoria Station. Là, nous prendrons le train jusqu'à Harwich.

— Mais qu'est-ce que c'est que cette histoire de fous ? gémit Stephanie. Et pourquoi Harwich, grands dieux ?

— Parce que c'est à Harwich que se trouve ancré le bateau de votre mari. Il m'en a suffisamment parlé hier soir pour que je m'en souvienne.

— Le ketch de Benedict ? Mais... Son ton, brusquement, devint cassant. La plaisanterie a suffisamment duré, Largo. Il y a un téléphone dans cette voiture. Appelez Benedict et expliquez-lui vous-même votre soudain désir d'une promenade en mer.

Largo eut un sourire triste.

— Stephanie, je suis dans le bain jusqu'au cou. Et je crains bien que ce ne soit justement votre cher Benedict qui m'y ait plongé. Mais je n'ai plus le temps de vous donner des explications. Sortez de cette voiture, vite. Vous m'accompagnez de gré ou de force. J'ai besoin de vous pour trouver ce bateau.

— Mais...

— Sortez, Stephanie !

La belle Anglaise se raidit. Narines pincées, elle contempla Largo avec un mépris non dissimulé.

— Quelle que soit la raison pour laquelle on vous recherche, Largo, nous n'atteindrons même pas Victoria Station. Regardez-vous... La belle et le clochard, ça ne marche que dans les films de Walt Disney.

— Une chance à tenter. Dehors, bon sang !

Et, la saisissant par le bras, il la tira rudement hors de la voiture. La jeune femme faillit glisser sur le trottoir mouillé.

— Salaud ! Vous me... Sa voix se cassa brusquement.

Laissez-moi au moins prévenir Benedict. Il m'attend...

Largo la fixa durement.

— Ne vous en faites pas pour ça, Stephanie. Ce bon Larkin a déjà certainement dû s'en charger.

*

— Oui, sir Benedict. Et comme vous l'aviez pensé, il a forcé la jeune lady à l'accompagner.

La voix onctueuse du butler-chauffeur était déformée par la mauvaise qualité de l'appareil de la cabine publique.

— Excellent, Larkin. Excellent ! Je vous félicite. Et la police ?

— J'ai bien dû faire une déclaration, sir Benedict. Cela s'était produit devant trop de monde. En outre, ce Winch était déjà poursuivi par un policier. Je crains d'ailleurs qu'il n'aille pas bien loin : la Bentley est extrêmement reconnaissable.

— Rassurez-vous. Winch sera assez malin pour songer à endosser mon équipement de chasse qui se trouve dans le coffre et à abandonner la voiture. Vous avez téléphoné au gardien du wharf, ce matin ?

— Certainement, sir. Il a promis de s'occuper immédiatement du plein du réservoir ainsi que de compléter les provisions du carré.

— Parfait, ricana l'industriel. Je tiens beaucoup à ce que cette petite croisière en compagnie de ma femme soit agréable à notre ami.

À l'autre bout du fil, il entendit le vieux serviteur se racler la gorge.

— Heu... excusez-moi de vous poser la question, sir, mais... Qu'est-ce qui vous rend si sûr que ce Winch tentera de se rendre à Harwich ?

Killian-Vaughn éclata d'un rire sec.

— Je vous l'ai déjà dit, Larkin, Winch n'est pas idiot. Et je lui ai parlé en long et en large de mon ketch, hier soir. Il y aura sûrement pensé : pour lui, c'est le meilleur moyen de quitter discrètement l'Angleterre.

— Et vous ne craignez pas que la jeune lady... ?

— Stephanie ne risque rien, Larkin. Bien, assez bavardé. Sautez dans un taxi et rentrez immédiatement. Il est possible que la police vienne jusqu'ici pour son enquête et je voudrais que vous m'aidiez à faire un peu de... heu... de ménage avant son arrivée.

L'industriel raccrocha. Souriant, il saisit le verre de whisky posé devant lui et le leva en un toast ironique et muet à l'intention de Percival Griffiths, assis dans le fauteuil qui lui faisait face. Toujours aussi impeccablement habillé, le pseudo-avocat le fixait d'un regard légèrement étonné.

Son dernier regard lorsque sir Benedict lui avait enfoncé dans la gorge le couteau de chasse qui le clouait au dossier.

*

HAAAAAAARWICHHHHHHHHH...

Au long cri du chef de train, les quelques voyageurs s'ébrouèrent sans hâte. Ils avaient le temps, la ligne n'allait pas plus loin. Raidie contre le dossier de cuir, lady Stephanie ne bougeait pas, figée. Elle tenait encore à la main le *Daily Mail* abandonné par un voyageur descendu à Chelmsford.

Du couloir, Largo lui fit signe. Comme un automate, elle se leva et le suivit.

La petite ville, presque un village, semblait déserte. Il était neuf heures passées et tous les habitants se retrouvaient devant leurs postes de télévision.

La nuit était très noire. La pluie avait enfin cessé.

— C'est loin ?

— Un quart d'heure à pied.

— Le gardien ?

— Il habite à côté des wharfs. Il faudra passer chez lui chercher les clés.

Le chapeau et la lourde veste de chasse qu'il avait trouvés dans le coffre de la Bentley lui allaient à peu près. Mais les bottes, trois pointures au moins trop petites, le faisaient terriblement souffrir.

Le voyage en train avait été une torture.

Tous les voyageurs, presque sans exception, avaient sa photo entre les mains. Le chapeau enfoncé jusqu'aux oreilles, Largo avait passé tout le trajet le nez obstinément collé à une fenêtre du couloir. Stephanie n'aurait eu qu'à se lever et à le désigner du doigt.

Elle ne l'avait pas fait.

Mais l'expression de la belle Anglaise était fermée comme un mur de béton.

Une faible lumière traversait les rideaux de la petite maison isolée à l'entrée du port de plaisance.

— Je dois y aller seule, annonça Stephanie d'une voix monocorde. Il a l'habitude de me voir venir chercher les clés pendant que Benedict charge le bateau.

Largo sursauta.

— Ces clés sont indispensables ?

— Si vous voulez ouvrir le carré, le poste de pilotage, la

soute à voiles, la cambuse et mettre le moteur en route, oui. Vous avez déjà barré un ketch, Largo ?

— Oui.

— Alors vous savez ça aussi bien que moi. Désolée pour vos palpitations, très cher, mais c'est ainsi.

Et sans plus se soucier de lui, elle se dirigea d'un pas rapide vers la maison du gardien.

Quitte ou double !

Certaines minutes peuvent paraître interminables.

À peine éclairés par la maigre lueur des lampadaires des wharfs, une centaine de bateaux ondulaient doucement au gré du ressac. Du petit Vaurien au gros cabin-cruiser, il y en avait pour tous les goûts. Comme dans tous les ports de plaisance du monde.

Debout à l'entrée du quai d'accès, Largo laissait son regard se perdre dans la mer noire, essayant de dompter les battements de son coeur. Là-bas, à quelques miles à peine, c'était la limite des eaux territoriales et la liberté. Une liberté toute relative, bien sûr, mais suffisante pour accomplir ce qui lui restait à faire.

Si tout allait bien.

Si...

Les pas derrière lui le firent sursauter. Il se retourna. Sans un mot, lady Stephanie lui tendit un trousseau de clés.

Le bateau était amarré juste sous le dernier lampadaire du wharf. C'était un modèle à deux mâts, 32 pieds hors tout. Un bon voilier pour les régates d'endurance. Il semblait parfaitement entretenu.

En mettant le pied sur le pont bien briqué. Largo eut envie de crier de joie.

C'était gagné !

Il aida la jeune femme à embarquer à son tour. Elle trébucha et tomba presque sur lui. Il la retint et ne put se résoudre à la lâcher.

— Stephanie ?

— Oui.

— Pourquoi ?

— Pourquoi je ne vous ai pas dénoncé ? Pourquoi je ne me suis pas enfuie ? C'est exact, j'aurais pu le faire cent fois...

Sous l'impitoyable lumière du lampadaire, les traits de la jeune femme semblaient creusés de lassitude.

— Vous savez, Largo, dans ma vie de lady mondaine, j'ai fait ou participé à bien des choses. Pas toujours très jolies à raconter d'ailleurs. Et j'ai eu bien des amants. Trop, peut-être... J'ai souffert et j'ai fait souffrir...

Soudain, pour la première fois depuis plusieurs heures, elle sourit.

— Mais je n'ai encore jamais été enlevée par un assassin en fuite. Et ça, c'est une expérience que je ne voudrais manquer pour rien au monde.

Un peu surpris, Largo la dévisagea.

Démentant le sourire, les yeux pervenche étaient noyés d'un chagrin sans limite.

VLIELAND

Dimanche 17 octobre, 10 h
(heure locale)

La Cyclope raccrocha sèchement l'écouteur du radiotéléphone et se tourna vers Rollie, allongé sur le lit à côté d'elle.

— C'était le patron. Winch a réussi à s'en tirer. Il a piqué le bateau de Killian-Vaughn et a pris la femme de l'Anglais en otage. À l'heure actuelle, ils doivent être en pleine mer.

Le garçon leva un sourcil étonné.

— Le bateau de Killian-Vaughn ? Qu'est-ce que ça veut dire ?

Songeuse, elle regardait le ciel gris de pluie. Sa chevelure rouge tranchait sur sa peau très blanche. La Cyclope ne prenait jamais de bains de soleil.

— Soit que ce cher sir Benedict est un imbécile, ce dont je doute, soit qu'il essaie de nous doubler. Va me chercher Karsh, mon chéri.

— Pourquoi ?

Elle pivota d'un bloc pour foudroyer l'insolent du regard, mais son oeil unique s'adoucit presque instantanément à la vue du corps nu de son amant.

— Parce que le patron en a assez de cette histoire, expliqua-t-elle patiemment. À Londres, Winch aurait été coincé pour un bout de temps. Mais s'il arrive jusqu'à Amsterdam, ce qui est presque certain, il y trouvera ses amis et risquera de redevenir dangereux.

— Tu vas ordonner à Karsh de l'éliminer ?

— Bien entendu. Sois gentil, va le chercher pendant que je m'habille.

Rollie se dressa sur un coude et se tourna vers elle.

— Et la femme de Killian-Vaughn ?

Indifférente, la grande femme haussa ses maigres épaules nues.

— Si elle est encore avec lui quand Karsh le trouvera, tant pis pour elle.

Les yeux du garçon brillèrent.

— Laisse-moi m'en charger, Olenka.

Surprise, elle considéra son amant. En dépit de sa jeunesse, Rollie, sous son hâle, était gras et mou. Il y avait en lui quelque chose de veule, d'un peu visqueux. Mais sa servilité même, proche du masochisme, convenait à la nature dominatrice de la Cyclope. Et, surtout, il y avait son sexe. Énorme. Infatigable. Un vrai marteau-pilon.

Olenka n'avait jamais songé à utiliser ce garçon totalement amoral pour une autre fonction.

Et pourtant...

Six mois plus tôt, Rollie était allé chercher une fille à

Amsterdam. Une jeune prostituée aux seins lourds et à la peau très blanche, qui avait accepté de le suivre à Vlieland pour une somme assez élevée. Olenka leur avait donné à tous les deux quelques grains de champignons mexicains.

Le résultat avait été démentiel.

Pendant plus de six heures, Rollie et la fille avaient baisé comme des fous, sans même reprendre haleine une seule minute. La Cyclope n'avait jamais vu son amant dans un état pareil. Quant à la pute, elle avalait tout ce qui passait à portée de sa bouche, offerte à tout, acceptant n'importe quoi pour apaiser le volcan sans cesse ravivé de son ventre.

Hallucinant.

Au début, Olenka, profitant largement de ces bonnes dispositions, s'était bien amusée. Puis elle s'était lassée, mais les deux autres avaient été incapables de s'arrêter. Bavant, grognant, griffant, suçant, mordant, saignant, hurlant, ils ne cessaient de se tordre l'un dans l'autre, avec la rage aveugle de chiens affolés par le rut.

Et soudain, quelque chose s'était déclenché chez Rollie. Et cela avait mal tourné. Très mal tourné. Les Mélanésiens avaient enterré la fille dans le bois de pins, et il avait fallu trois jours à Rollie pour retrouver son état normal.

Heureusement l'enquête sur la disparition de la prostituée, pour autant qu'il y en ait eu une, n'était pas remontée jusqu'à eux. Mais Olenka s'était bien gardée de renouveler l'expérience. C'est ce jour-là qu'elle avait découvert que Rollie était aussi un sadique refoulé. Et elle s'était dit que ça pourrait peut-être servir un jour.

Amoureusement, Olenka caressa le bas-ventre du garçon.

— Je préfère que ce soit Karsh qui s'en occupe, mon chéri.

Il a l'habitude.

Rollie eut un sursaut rageur.

— Karsh ! Toujours Karsh ! Tu... tu ne me crois pas capable, c'est ça ? J'en ai assez d'être traité comme un bébé, Olenka.

Patiemment, la Cyclope l'enveloppa du regard de son oeil unique. Elle sentait la chair grasse frémir sous ses doigts.

— C'est dangereux, Rollie. Winch n'est pas n'importe qui. Et tu manques d'expérience.

L'autre haussa les épaules.

— Justement, c'est une occasion d'en acquérir. Je ne crois pas que ce soit très difficile, puisque je le frapperai par surprise. Tu n'as qu'à me donner cette arme que tu as fait faire chez ce vieux Chinois.

Un léger sourire étira les lèvres dures de la grande femme.

— Le shâ-nang ? Oui, bien sûr, ce serait amusant...

— Et puis, insista Rollie, comment veux-tu que Karsh se débrouille ? Il faut repérer le bateau de Winch, surveiller l'accostage, le suivre... Il est muet, comment veux-tu qu'il fasse pour se renseigner ? De plus, avec la tête qu'il se paie, ce salaud d'albinos se fera repérer à un kilomètre.

— Là, évidemment, tu marques un point.

— S'il te plaît, Olenka. Laisse-moi te prouver que je suis un homme, un vrai.

Songeuse, la Cyclope pesait les risques. Elle se décida brusquement.

— D'accord, mon Rollie. Je te laisse Winch. Mais fais très attention : il n'est pas question de le rater.

Il sourit, ravi. Un gros garçon boudeur qui réclame le plaisir de tuer un homme comme un gosse celui de manger une sucette, songea-t-elle. Rollie se laissa aller sur le dos avec un grognement satisfait. Son sexe, dans la main sèche de la femme, se tordit, gonfla, s'étira et prit bientôt cette proportion presque monstrueuse qu'elle ne pouvait jamais contempler sans frémir de plaisir anticipé.

— C'est bien, mon chéri, chuchota-t-elle d'une voix devenue rauque.

Et, la bouche humide, elle se pencha.

Intermède.

INTERMÈDE

New York

NEW YORK

Lundi 18 octobre, 19 h
(heure locale)

Épuisé, John Sullivan fit enfin le geste dont il rêvait depuis des heures : il desserra sa cravate. Plutôt vautré qu'assis dans l'un des fauteuils du coin salon de son vaste bureau, au vingt et unième étage du Winch Building, il regardait sans le voir le ciel du soir changer de couleur.

Ça allait mal : il n'avait même pas envie d'un cigare.

— John ! Tu ressembles à un vieil hippopotame assis dans les replis de sa peau.

Cathy Blackman, la quarantaine radieuse et élégante, le considérait, les deux poings sur les hanches, les sourcils comiquement froncés.

— Tu veux un whisky, hippopotame ?

— Non.

— Un cigare ?

— Non.

— Bigre, sourit la jeune femme. C'est sérieux. Dans ce cas,

il ne me reste plus qu'une corde à mon arc.

Sullivan leva un oeil, intrigué malgré lui. S'appuyant sur les accoudoirs, elle se pencha au-dessus de lui.

— Tu voudrais savoir, hein ? Pourtant, tu connais sûrement. C'est une scène qui a figuré dans au moins 3 587 comédies de boulevard et au moins autant de films. Ça s'appelle hop ! — ça s'appelle la secrétaire sur les genoux du patron.

— Houmpf ! Cathy, mon dos !...

Elle nicha son visage dans le creux de l'épaule du gros homme.

— Je le masserai, ton dos. Tout de suite, si tu veux. Oh, John, oublie ces croque-morts du Big Board, le Groupe W, les affaires, tout...

Machinalement, Sullivan caressa les cheveux cendrés.

Chère Cathy.

Que serait-il sans la tendresse et l'amour qu'elle lui donnait sans marchander depuis dix ans ? Souvent, se voyant dans une glace, gorille en rupture de cage, désespoir des tailleurs, la soixantaine costaude mais bien réelle, il se demandait à quoi il pouvait bien devoir la chance d'intéresser une femme de la classe de Cathy Blackman.

Mais le fait était là, illogique, stupéfiant, merveilleux. Ils n'étaient pas seulement amants mais amis, complices, copains... Et John Sullivan, lourde masse d'intelligence et de candeur, Managing Executive écrasé de travail, découvrait alors, avec un émerveillement de gosse, qu'il était un homme heureux.

— Emmène-moi, John, murmurait la jeune femme à son oreille. Filons dans le New Jersey manger quelque part où il y aura des bougies sur les tables et des chambres à l'étage.

Allons passer la nuit ailleurs, dans un grand lit qui grincera pendant que nous ferons l'amour. Décroche un peu, mon chéri, pense à nous...

Ces paroles résonnaient comme une douce musique aux oreilles de Sullivan.

— Tu as raison, Cathy. Je dois... je dois me changer les idées, m'arracher à tout ceci.

Elle se redressa, le fixant droit dans les yeux.

— Ils ont été encore plus vaches que d'habitude, hein ?

— Même pas... Les vacheries, je connais. Je sais encaisser et riposter. Non, c'était pire... Une sorte d'absence, de silence, de froideur. J'ai eu l'impression d'un tribunal qui m'ostracisait, qui me rejetait hors de la tribu, de l'espèce.

— Parce que tu t'obstines à défendre Largo, tiens.

— C'est mon patron, Cathy.

— Je sais, John. Dieu et ton patron ! Mais cette fois, il y va un peu fort, ton patron, non ? Nerio était une peau de vache, mais au moins il se limitait au domaine des affaires. Tandis que celui-ci...

— Tiens, sourit Sullivan Tiens, tiens... Et moi qui croyais que tu avais un petit faible pour Largo.

La jeune femme rougit imperceptiblement.

— Bien sûr que j'ai un petit faible pour lui. Largo pourra m'inviter à danser chaque fois qu'il le voudra, je dirai toujours oui. Mais cela ne suffit pas pour que j'admette qu'il nous mène à la catastrophe, John. Avec toi en tête. Ce garçon ne respecte pas les règles.

— Eh non, il ne respecte pas les règles.

*

Sullivan se souviendrait longtemps du Big Board extraordinaire de mai, lorsque Largo avait affronté pour la première fois les treize grands patrons du Groupe. Il voyait encore le poignard de commando vibrer dans le dossier du siège de Robert Cotton, l'irascible président, à l'époque de la M.D. " Pétrole".

Non, Largo ne respectait pas les règles.

Et pourtant, lors du Big Board trimestriel ordinaire de juillet, tous les participants s'étaient sentis soulagés de voir les choses apparemment rentrer dans l'ordre. Plus de couteau ni de regards froids, rien qu'une longue séance de travail où Largo avait démontré avec autorité sa parfaite connaissance du Groupe ainsi qu'une sérieuse intuition des perspectives économiques mondiales.

Sullivan avait admiré l'aisance avec laquelle ce garçon de vingt-huit ans discutait pied à pied avec des managers que leur compétence, leur puissance de travail et leur implacable ambition avaient hissés aux plus hauts sommets de la hiérarchie des affaires.

Bien sûr, le remplacement de Cotton, démissionné en juin par Emil Jaramale avait fait grincer quelques dents. Mais cela, Sullivan s'y attendait. Sans être pour autant déchargé de la liquidation de la M.D. " Electronique " de Formose, le long et maigre Mexicain passait ainsi d'un seul coup du n° 9 au n° 4 dans la hiérarchie du Groupe.

Par contre, l'annonce que Cardignac ne serait pas remplacé pour l'instant semblait n'avoir surpris personne.

Un tout autre son de cloche au Big Board de cet après-midi.

D'abord, et pour cause, Largo n'était pas là. Ensuite, en dépit des efforts de l'Executive pour aborder d'autres sujets, la discussion n'avait porté que sur l'" affaire ". Le malaise et l'inquiétude des présidents se muaient naturellement en agressivité à l'égard du " dingue " qu'un destin mal fait leur avait donné pour orienter la marche de leurs affaires. Et, par ricochet, à l'égard de Sullivan qui le représentait. Ne pouvant ou ne voulant répondre à aucune question précise, celui-ci ne put passer que pour un naïf doublé d'un imbécile.

Pénible.

Autour de l'immense table, en face du fauteuil resté vide sous le portrait de Nerio, les dix hommes aboyaient comme des chiens qui sentent venir un typhon. Les plus hargneux étaient, bien entendu, le géant sud-africain, Leonard Scott (n° 6 — Métallurgie — Stockholm), dont l'humeur était travaillée par un ulcère permanent, et l'Américain Waldo Buzetti (n° 12 — Télévision — Los Angeles), qui avait emprunté à ses amis supposés de la Mafia une allure et des manières de " Don ". Mais, à part Jaramale, sans doute reconnaissant, et le Français André Bellecourt (n° 7 — Aéronautique — Chicago), surprenant sosie de son compatriote Michel Legrand et éternel distrait, les autres n'avaient pas ménagé non plus le jeune Winch.

Sauf, forcément, Georg Wallenstein. Le n° 8, qui régnait sur ses chaînes de distribution depuis Düsseldorf, s'était excusé tout simplement de ne pouvoir assister à la réunion. Il avait une forte grippe.

Sir Basil Williams, le Britannique à la calvitie luisante qui, entre deux whiskies, présidait à Panama aux destinées de la flotte de marine marchande (n° 9) avait jugé bon de déplorer que, *en plus*, l'" affaire " se soit produite dans son pays.

Quant à Stephen Dundee (n° 11 — Presse — New York),

l'Américain à la pipe et aux lunettes d'écaille, il était ulcéré de ne pouvoir faire état autant qu'il l'aurait voulu des événements de Londres.

— Vous comprenez, disait-il presque comiquement, ou bien j'en parle abondamment et je contribue à nous couler, ou bien je minimise et mes tirages baissent au profit des concurrents.

Mais l'estocade finale vint des deux hommes de la part desquels Sullivan s'y attendait le moins. L'Italien Marcello Scarpa (n° 10 — Hôtellerie — Paris), vieux beau trop coquet que l'on prenait à tort pour un homosexuel, réclama la parole.

— Il est en effet possible que, comme vous le dites, Sullivan, Largo soit victime d'un gigantesque malentendu. Qu'il se soit laissé entraîner malgré lui dans quelque chose qui le dépasse et qu'il aurait entamé au nom d'un idéal que nous ne connaissons pas. Et ce serait encore pire que la merde dont parlait si élégamment Buzetti tout à l'heure.

— Expliquez-vous, Scarpa, grogna l'Executive.

L'Italien sourit d'une manière charmante.

— Nous savons tous qu'un peu de merde est souvent nécessaire pour faire tourner le moteur des affaires. Ce sont l'idéalisme et les grands sentiments qui sont dangereux, car eux, ils ne rapportent aucun bénéfice. Au fond, que Largo se prenne pour Zorro ou pour Al Capone nous inquiète tout autant.

Les huit autres présidents approuvèrent bruyamment. Sullivan en avait plus qu'assez.

— Vous parlez pour ne rien dire, Scarpa. Nous avons passé tout l'après-midi à parler pour ne rien dire. Je propose donc que chacun rentre chez soi s'occuper de ses affaires et prendre les mesures nécessaires pour qu'elles ne se ressentent pas trop d'un scandale éventuel. Je vous rappellerai aussi, ajouta-t-il d'un ton plus sec, que votre rôle sera de *défendre* Largo. Du moins, tant que sa culpabilité ne sera pas formellement prouvée. Après tout, et jusqu'à nouvel ordre, il reste votre patron.

— Erreur, Sullivan, grave erreur...

La voix douce fit sursauter l'Executive. Il se tourna vers Joop van Dreema, le doyen de soixante-trois ans, président à Luxembourg de la M.D. " Banques " et n° 5 du Groupe. Le vieil Hollandais le regardait ironiquement par-dessus ses lunettes à double foyer. Sullivan se souvint qu'il avait été un ami de longue date de Nerio.

— On en avait perdu l'habitude avec ce cher Nerio, poursuivit van Dreema, mais Winch, s'il est *votre* patron ainsi que celui de Cochrane, puisqu'il vous paie, n'est pas le nôtre... Il n'est que l'actionnaire principal des sociétés que nous dirigeons.

— Ce qui revient au même, grommela l'Executive, mal à l'aise.

— En temps normal, oui. Parce que nous le voulons bien, parce que c'est notre intérêt commun de faire statuer par les assemblées générales les décisions prises ici. Mais si les choses se gâtaient trop...

— Poursuivez, van Dreema. Allez jusqu'au bout de votre pensée.

— Moi, je vais vous le dire, trancha brutalement Buzetti à l'autre bout de la table. Et sans tourner autour du pot. Si votre Largo fait le con, nous ferons en sorte de ne pas le suivre dans la mélasse. C'est clair, Sullivan ?

— Très clair, fit Sullivan.

Après Washington, le Groupe lui-même...

Sullivan se remémora la pénible conférence de l'avant-veille.

Et dire que, parmi ces hommes qui hurlaient avec les loups, il y en avait sans doute un qui savait...

*

— C'est une déclaration de guerre, en quelque sorte.

— Non, Cathy, pas de guerre. De désaveu. Et c'est assez normal.

Toujours nichée au creux des genoux de Sullivan, Cathy massait doucement la nuque de son amant.

— Tu comprends, poursuivit l'Executive, indépendamment de leurs soucis pour leur statut personnel, ces hommes sont responsables d'un chiffre d'affaires global de 10 milliards de $ ainsi que de l'activité de 420 000 travailleurs. C'est une responsabilité énorme et ils ne peuvent tolérer que Largo, fût-il propriétaire de toutes les sociétés du Groupe, fasse courir des risques inutiles à ce gigantesque levier économique et social. Et ils... ils ont raison, Cathy. Je ne pense pas qu'ils aient une animosité personnelle contre Largo. Ils savent que son existence est la colonne vertébrale de la puissance du Groupe. Qu'il joue correctement le jeu qu'on attend de lui, et les présidents seront les premiers à le soutenir. Mais dans le cas inverse...

— Mon pauvre chéri... Te voilà vraiment entre le clou et le marteau, hein ?

— Hélas ! oui, soupira Sullivan. Je suis l'adjoint personnel de Largo, comme j'ai été celui de Nerio. C'est pour cela qu'il me paye. Je dois donc le défendre. Lui et pas le Groupe. Mais...

— Mais ?...

— Mais j'aime le Groupe et je ne sais plus jusqu'où je dois défendre Largo.

Un long instant ils restèrent silencieux, s'imprégnant des ondes de tendre amitié qu'ils s'offraient l'un à l'autre. Secrétaire et maîtresse de Sullivan, la jeune femme était doublement bien placée pour comprendre la position ambiguë de l'Executive. Sincèrement désireuse de le rendre heureux, elle eût voulu l'arracher à cette situation dont la difficulté ne pourrait qu'empirer à l'avenir. Mais elle savait aussi que le Groupe W faisait partie des organes vitaux de son amant, au même titre que son coeur, son foie ou ses reins.

Elle eut brusquement conscience d'une présence et leva la tête.

— Aah ! Un satyre !...

Horriblement mal à l'aise, Dwight Cochrane s'encadrait, figé, dans la porte du bureau.

— Excusez-moi, je... j'ai frappé, mais...

Retenant à grand-peine un fou rire nerveux, Cathy bondit vivement des genoux de Sullivan Celui-ci se redressa dans son fauteuil, aussi gêné que l'Administrateur. Cochrane se racla la gorge.

— Désolé de vous déranger, John, mais j'ai quelque chose d'important à vous communiquer.

— Ça ne pourrait pas attendre demain ? intervint presque âprement la jeune femme. John... je veux dire M. Sullivan bien sûr, doit m'emmener dîner dans le New Jersey. Et j'ai faim.

Cochrane eut un sourire froid.

— Il en aura tout le loisir, miss Blackman. J'en ai pour un quart d'heure au plus. Et je crains que cela ne puisse pas, en effet, attendre demain. Nous traversons...

—... Des heures graves, je sais. Depuis douze ans que je suis dans la boîte, nous traversons des heures graves au moins une fois par semaine. Alors, pensez, j'ai l'habitude.

— Miss Blackman, je vous en prie...

Cathy consulta Sullivan du regard. Celui-ci s'extirpa de son fauteuil et s'efforça de sourire.

— Sois gentille, Cathy, laisse-nous un moment.

— Très bien, admit-elle, les narines pincées. Très bien, monsieur Sullivan Mais si dans vingt minutes nous ne roulons pas en direction du Lincoln Tunnel, je vous engage vivement à trouver une autre poire pour vous tapoter la main quand vous serez dans votre petite chaise roulante. Et elle quitta la pièce, regrettant manifestement que le mécanisme de fermeture hydraulique de la double porte capitonnée ne lui permette pas de la claquer.

Les deux hommes se dévisagèrent. L'esquisse d'un sourire éclaira brièvement le visage glacé de l'Administrateur.

— Une sacrée personnalité... Vous avez de la chance, John.

— C'est vrai, Dwight. Beaucoup de chance. À moi de ne pas la forcer.

Cochrane s'éclaircit la gorge.

— Désolé pour cet après-midi, mon vieux. Vous comprenez que je pouvais difficilement vous soutenir.

La rivalité entre les deux hommes était aussi connue dans les milieux d'affaires que le dernier taux d'escompte ou le cours du Deutsche Mark.

D'une part le beau Dwight Cochrane, froid, sec, le cheveu gris fer impeccablement coiffé, les lunettes sans monture vissées sur un nez aigu, quinquagénaire élégant, technocrate brillant, gestionnaire hors ligne, aussi à l'aise dans une conférence de presse télévisée que devant l'analyse du bilan consolidé d'un holding. Grand maître de l'Administration, véritable police économique du Groupe W, nanti de pouvoirs étendus en matière de contrôle et d'intervention, Cochrane, n° 3, était certainement, après le défunt Nerio Winch, l'homme du Groupe le plus redouté de ses pairs.

Et d'autre part l'obscur n° 2, l'épais John Sullivan, véritable bulldozer d'obstination, d'honnêteté et de dévouement. Il y avait trop d'oppositions dans leurs personnalités pour qu'ils ne s'affrontent pas. Sullivan avait maintes fois freiné, Cochrane ne l'ignorait pas, l'ambition dévorante de l'Administrateur. Et celui-ci n'avait pas moins souvent réussi à passer outre aux avis de modération du Managing Executive.

Et pourtant.

— Comment va votre épaule, Dwight ?

— Ça s'améliore. Je parviens à conduire à peu près normalement. Mais je crois que pour le golf et le tennis, c'est définitivement fichu.

— Allons, mon vieux, ne dites pas ça. Dans six mois vous jouerez mieux qu'avant.

Cinq mois plus tôt, au Liechtenstein, Cochrane avait assisté au massacre sauvage des parents nourriciers de Largo, quelques minutes avant d'avoir eu lui-même l'épaule droite broyée par l'arme du tueur[8]. Il avait fallu remplacer la clavicule par une prothèse, et l'Administrateur suivait depuis

8. *Voir* Largo Winch et le groupe W

un long traitement de rééducation.

Cette aventure avait fortement ébranlé son sens des valeurs traditionnelles. En outre, le fait d'avoir partagé tous deux une partie des aventures de Largo, de l'autre côté du rideau, avait jeté entre Sullivan et lui une sorte de pont. Leur rivalité existait toujours, bien sûr, mais elle s'était tempérée de la complicité qui naît du partage d'un secret.

— John, dans quelle sombre histoire s'est à nouveau fourré Largo ? Nous sommes entre nous, ne me dites pas que vous n'en savez rien...

Sullivan écarta les bras, grimaçant une dénégation muette.

— C'est pourtant ainsi, mon vieux. Rien de rien. Et je n'y comprends rien non plus.

Hors de question d'aller rapporter à l'Administrateur son entretien avec Donahue et ses collègues.

— Décidément, John, vous ne saurez jamais mentir. Bon sang, deux policiers tués, ce n'est pourtant plus de la simple fantaisie... Vous savez au moins où il se cache ?

— Non plus.

Sincère, cette fois.

L'Executive scruta le visage impassible de son vis-à-vis. Il ne se faisait pas trop d'illusions... Cochrane ne chercherait pas à couler directement Largo dans la mesure où sa fonction même dépendait de l'existence du jeune homme. Mais au moindre retournement de situation...

Soudain, l'idée lui vint que l'Administrateur, lui aussi, avait pu être approché par un émissaire “ officieux ” de Washington. S'il voyait la plus petite chance de décrocher la gestion du Groupe, il serait le premier à pousser Largo au trou. Ce n'est pas parce qu'un loup sourit qu'il cesse d'être un loup.

— Eh bien moi, je crois le savoir, fit paisiblement Cochrane.

Sullivan se raidit.

— Comment cela ?

— Regardez ce que j'ai trouvé sur mon bureau en redescendant du Big Board.

Et il prit dans sa poche intérieure un bout de papier, qu'il donna à l'Executive. C'était un télex au texte lapidaire.

"Attention Cochrane. Prière remettre asap[9] résultat Beachcomber J.S. qui transmettra. Merci. L.W. "

— Sapristi, Dwight... d'où vient ce télex ?

— Amsterdam. Mais le code de l'expéditeur m'est inconnu. Je ferai vérifier demain à quoi il correspond.

— Amsterdam... murmura rêveusement Sullivan. Il se reprit. Qu'est-ce que ce " Beachcomber ", Dwight ?

— Ceci, fit Cochrane en lui tendant une enveloppe fermée prise également dans sa poche.

— Et ?...

Un fragile instant, les deux hommes se toisèrent. Toute trace de douceur avait disparu du regard bleu de Sullivan. L'Administrateur haussa légèrement les épaules.

— Après tout, autant vous le dire... Il y a quatre mois, à ma sortie de l'hôpital, Largo m'a chargé d'une étude ultraconfidentielle. En deux volets. D'une part, l'analyse d'une série d'opérations très diverses allant de la transaction immobilière au paiement de certains salaires, en passant par la prise de participation dans diverses sociétés. D'autre part, le relevé de tous les mouvements financiers des sociétés du Groupe qui avaient été personnellement signés par les présidents. Les deux études couvrant les six dernières années.

— Par tous les présidents ?

9. *Asap :* as soon as possible *: dès que possible, immédiatement*

— Tous. Vous et moi compris. Au début, je n'y ai prêté que peu d'attention. C'était typiquement le genre de contrôle auquel Nerio se livrait de temps en temps, dans le plus grand secret.

— Et vous vous êtes dit : tel père tel fils.

— Exact. Pourtant c'était un sacré boulot. Le second volet surtout représentait une bonne dizaine de milliers de mouvements perdus dans les centaines de milliers d'opérations émanant de nos sociétés. Il m'a fallu cinq archivistes et un programmeur à temps plein pendant deux mois. Le résultat de cette double étude devait bien peser huit kilos de listing ordinateur. Vous étiez au courant ?

— Non.

— Mais ça ne vous étonne pas plus que ça ?

— Pas vraiment, non.

— Ah, bon... j'espère que vous pourrez m'expliquer. Moi, je n'y ai toujours rien compris.

— Que s'est-il passé ensuite ?

— Avec l'aide du programmeur, Largo a combiné les deux volets selon un critère que je n'ai pas réussi à découvrir. C'est lui qui a donné le nom de code informatique " Beachcomber " à cette seconde étude. Le résultat, cette fois, ne comportait plus qu'un millier d'opérations recensées. À mes yeux, sans aucun rapport logique entre elles.

— Les noms de tous les présidents y figuraient encore ?

Cochrane fouilla rapidement sa mémoire.

— Oui. Sauf celui de Cotton et... et le vôtre, John.

Sullivan sentait une étrange excitation le gagner.

— Ensuite, Dwight, ensuite...

L'Administrateur le considéra un moment, étonné.

— Ensuite, juste avant votre départ pour Londres la semaine dernière, Largo a réintroduit ce deuxième résultat en ordinateur avec, à nouveau, un critère sélectif inconnu. J'avoue avoir interrogé le programmeur, mais il n'a rien pu me dire. D'après lui, il s'est contenté d'expliquer à Largo la manière de procéder, sans réaliser lui-même le programme. Le résultat est dans cette enveloppe, John : une vingtaine de mouvements répertoriés, c'est tout.

— Quel est le point commun de ces mouvements ?

— Je n'en sais rien.

Ce fut le tour de l'Executive d'être surpris.

— Dwight, vous m'étonnez...

Le flegme du bel Administrateur craqua d'un seul coup.

— John, gémit-il presque, j'ai passé des heures à me casser le crâne sur ce foutu “ Beachcomber ” et je n'ai toujours pas trouvé la clé... Ces vingt opérations, vingt-trois exactement, sont des opérations qui ont toutes été traitées personnellement par un président mais qui sont parfaitement banales à leur niveau. Leur seul point commun, c'est qu'il s'agit chaque fois de réinvestissements d'excès de trésorerie, investissements en général peu rentables. Mais ce n'est pas le seul critère ; des centaines d'autres opérations similaires ont été éliminées dès la première sélection, dont plusieurs centaines étaient encore moins rentables que celles-ci.

— Alors c'est qu'il y a autre chose, murmura Sullivan.

Il se renversa contre le dossier, les yeux dans le vague.

— Dwight... quel est le président qui a réalisé ces vingt-trois opérations ?

Cochrane haussa un sourcil.

— *Le* président ?... Vous avez dû mal me comprendre, John.

Il ne reste pas un mais quatre noms sur la liste.

— Quatre !?

Il avait presque crié. L'Administrateur le regardait avec un étonnement croissant.

— Mais oui, quatre. Quelle importance... À quoi vous attendiez-vous ?

— Un seul, bon sang, un seul ! Quatre, c'est trois de trop. Le gros homme roux se redressa brusquement, fouillant du regard les yeux troublés de son vis-à-vis.

— Dwight, dit-il lentement d'une voix bizarre, j'espère sincèrement que votre nom ne figure plus sur cette liste ?

— Mon nom ?! Mais... non, il n'y est plus. Pourquoi ? Oh...

D'un seul coup, l'Administrateur devint très pâle.

— John, souffla-t-il, ne me dites pas... cette tête coupée... ces meurtres... une nouvelle affaire Cardignac ?

Silencieusement, l'Executive hocha la tête.

Cochrane et lui étaient les seuls, avec Largo, à connaître le rôle du Français dans la mort de Nerio et dans l'affaire des parts de fondateur.

— La... la *même* affaire ?

Nouveau hochement de tête.

— Et il y aurait... un complice ? Un... autre président ?...

— La tête, Dwight, la vraie tête.

Les deux hommes se regardèrent en silence.

Dans le calme feutré du confortable bureau, à deux blocs du centre d'affaires de Manhattan, ils prenaient conscience d'aborder un monde qui leur était aussi étranger que la planète Mars. Un monde où la violence et la loi du plus fort étaient les seules règles de survie. Cardignac avait tiré dans l'ombre les ficelles d'une sordide machination. Il avait tué par procuration. Mais il n'avait commis aucun crime prouvable. Et il était mort.

Et voilà qu'un autre de leurs pairs se révélait avoir commis les mêmes méfaits, les avoir dirigés même. Et contre lui non plus, Largo ne pouvait rien prouver.

Légalement.

Mais Largo ne respectait pas les règles.

— John, murmura Cochrane d'une voix étranglée, je vais vous faire une confidence : ce garçon me fait peur.

— Confidence pour confidence, mon vieux, à moi aussi.

L'Administrateur se leva brusquement.

— Je vais vous laisser. N'oubliez pas que vous devez aller dîner avec miss Blackman...

— Une seconde, Dwight. Quels sont les quatre noms de la liste ?

L'autre se troubla.

— Vous avez l'enveloppe entre les mains, mon vieux. Vous n'avez qu'à l'ouvrir avant de la transmettre. Moi, je... je ne veux plus rien avoir à faire avec cette histoire. J'ai fait mon job, un point c'est tout.

Sullivan, toujours assis, le fixa droit dans les yeux.

— Je ne sais pas à qui transmettre ce rapport, articula-t-il. Ni comment.

— À d'autres, John, sourit nerveusement Cochrane. Mais de toute manière je me moque que vous le sachiez ou pas. Ce n'est plus mon problème. Bonsoir.

À ce moment, la porte du bureau s'ouvrit sur Cathy, souriante.

— Ce dernier mot me laisse augurer que j'arrive pile, messieurs. Eh bien, bonsoir, monsieur Cochrane.

— Encore une chose, lança Sullivan. J'avais oublié de vous en parler, Dwight. Dimanche prochain a lieu à Schiphol le vol inaugural Amsterdam - New York. Vous savez combien Nerio tenait à établir cette première ligne régulière. Il avait même commandé, pour la circonstance, un DC 10 flambant neuf qu'on a livré le mois dernier à Nassau.

— Je sais tout cela, grogna impatiemment Cochrane du pas de la porte. Et alors ?

— Largo devait présider cette inauguration. Je voudrais que vous le remplaciez, Dwight.

L'Administrateur se raidit.

— Pourquoi moi ?

— Parce que nous y avons invité des tas d'huiles, plus, bien entendu, la presse et la télévision. Et que, dans les circonstances actuelles, ce ne sera pas du gâteau de leur tenir tête. Vous pouvez y arriver, mon vieux, vous êtes doué pour ça. Moi pas.

— Je vois, railla doucement Cochrane. Comme vous dites, ce ne sera pas du gâteau.

— Oh, rassurez-vous. Vous ne serez pas seul. Van Dreema et Scarpa y participeront aussi. Vous savez combien ils ont tous deux poussé Nerio à lancer la Winchair et ils la considèrent un peu comme leur création. Wallenstein sera là également. Il n'a pas pu venir aujourd'hui et il voudrait faire un saut à New York, après sa guérison, pour régler différents points. C'est lui-même qui a proposé de prendre ce vol-là. Et enfin, il y aura Buzetti, qui doit assister à je ne sais quelle conférence de coopération avec les stations européennes et comptait précisément rentrer aux États-Unis ce jour-là.

Au fur et à mesure que Sullivan parlait, les sourcils de

l'Administrateur s'élevaient sur son front.

— C'est... c'est un gag ou quoi ? éructa-t-il d'une voix méconnaissable.

— Un gag ? Quel gag ? que voulez-vous dire ?...

— Wallenstein, van Dreema, Scarpa et Buzetti... John, ce sont les quatre noms de la liste !

*

Cathy Blackman entendit la porte du couloir se refermer sur l'Administrateur. Elle se précipita pour donner un tour de clé et revint vers le bureau de Sullivan. Celui-ci restait prostré dans son fauteuil, tripotant une enveloppe d'un air absent.

L'atmosphère de la pièce fit à la jeune femme l'effet de l'air avant un orage. Plus chargée de tension qu'un pylône.

Ondulant légèrement, elle s'avança.

Elle avait profité de la venue intempestive de Cochrane pour monter au vingt-troisième étage où Sullivan lui avait aménagé une petite garde-robe dans son appartement.

Pour les urgences.

Elle s'était choisi un fourreau de lamé noir qui mettait son teint de blonde en valeur.

Délibérément, elle n'avait mis aucun dessous.

— John !

Pas de réaction.

La jeune femme maudit intérieurement le Groupe, Largo, Cochrane et le monde des affaires en général. À voir la tête de son amant, la soirée s'annonçait mal. À moins d'un miracle. Heureusement les femmes sont capables de miracles.

Exagérant son balancement, elle vint s'accroupir contre

Sullivan et lui caressa la poitrine.

— John, depuis combien de temps n'avons-nous plus fait l'amour ?

S'arrachant à son hébétude, l'Executive sursauta. Son regard plongea dans les beaux yeux de Cathy, puis glissa sur le décolleté généreusement accessible. Il sourit, embarrassé.

— Mais... eh bien, heu...

— Ne cherche pas, mon chéri, je connais la réponse : depuis bien trop longtemps.

Le gros homme rougit légèrement.

On a l'âge de ses artères.

La main de la jeune femme glissa sous la chemise de Sullivan et défit un bouton.

— John, je voudrais que tu me fasses l'amour. Maintenant. Tout de suite.

— Ici ?

— Oui, mon chéri. Ici, dans ton respectable bureau directorial. Sur le bureau, dans les fauteuils, sur la moquette, où tu voudras et comme tu le voudras.

Et, se relevant d'un bond, Cathy tira d'un seul coup la fermeture éclair de sa robe, qui glissa sur le tapis. Radieuse et nue, elle bomba les seins en s'étirant, ses yeux cherchant ceux de son amant. Mais Sullivan ne la regardait plus. La bouche ouverte de surprise, il fixait la porte du bureau.

Cathy pivota... Et poussa un hurlement.

Négligemment accoté à l'encadrement, les yeux pétillant d'amusement, un homme lui souriait de toutes ses dents.

— J'aurais peut-être dû frapper, gouailla-t-il, mais ç'aurait été dommage de rater ça. Mes compliments, ma p'tite dame. On n'a pas l'air de s'embêter pendant les heures supplémentaires, dites donc.

— Espèce de... de...

La jeune femme plongea vers sa robe, s'empêtra dedans, faillit basculer, rattrapa son équilibre et réussit enfin à retrouver un semblant de dignité.

— Qu'est-ce que vous foutez là, Ben Chaïm ? tonna Sullivan en se levant brusquement.

Ce fut alors seulement que Cathy reconnut l'Israélien qu'elle avait vu une ou deux fois en compagnie de Largo.

— Comment êtes-vous entré ? gémit-elle. J'avais fermé la porte du couloir à clé.

— Oh, vous savez, pour moi, qu'une serrure soit ouverte ou fermée, ça ne fait pas une grosse différence. Désolé de vous déranger en plein travail, enchaîna Simon, sérieux comme un notaire, en se tournant vers l'Executive. Mais j'avais de bonnes raisons de ne pas me pointer ici pendant les heures de bureau.

— Vous n'avez pas répondu à ma question, nom de Dieu ! Qu'est-ce que vous foutez ici ?

Les yeux violets de Simon s'élargirent imperceptiblement.

— Je croyais que vous le saviez, monsieur Sullivan. Je viens chercher le rapport “ Beachcomber ”, bien sûr.

Et comme Sullivan le regardait avec ahurissement...

— Ah oui, il me faudra aussi un peu de pognon. J'ai un avion à prendre, ce soir, et je crains qu'il ne me reste plus de quoi acheter mon billet.

DEUXIÈME ACTE

Amsterdam

AMSTERDAM

Mardi 19 octobre, 13 h 30
(heure locale)

Le grincement de la porte d'entrée lui fit entrouvrir une paupière. Entre ses cils, il vit lady Stephanie, les bras encombrés d'un gros sac d'épicerie, repousser le battant du pied.

Elle tourna la tête dans sa direction.

— Inutile de faire semblant de dormir, lança-t-elle gaiement. D'ailleurs, vous avez dormi au moins douze heures, c'est plus qu'assez. Le petit déjeuner sera prêt dans dix minutes.

Largo acheva d'ouvrir les yeux pour la voir disparaître dans la minuscule cuisine du petit appartement. En dépit de son tailleur crème qui semblait sortir d'une essoreuse mal nettoyée, la belle Anglaise avait une allure à couper le souffle d'un maître-verrier.

Il se dressa en s'étirant.

— Attendez, cria-t-il, je vais vous aider.

Les yeux pervenche réapparurent brièvement, rieurs.

— Pas question, jeune homme ! Vous déjeunez au lit, comme tout milliardaire qui se respecte. D'ailleurs si vous vous leviez vous seriez indécent.

À cet instant, Largo réalisa qu'il était nu sous les draps.

Curieux !

Il était pourtant certain de s'être endormi tout habillé. Les deux mains sous la nuque, il s'étira sur l'oreiller.

Par les fenêtres ouvertes, un soleil inattendu envahissait la pièce, rebondissant sur les murs blancs avant d'aller se perdre en jouant dans les recoins des grosses poutres. L'appartement était au troisième et dernier étage d'une vieille maison marchande à pignon, le long d'un petit canal tranquille perpendiculaire au Herengracht, à deux pas de la Koningsplein. Ici, au coeur d'Amsterdam, le temps semblait s'être arrêté deux siècles plus tôt.

De part et d'autre du canal, le long des vénérables façades aux lourdes portes vernies, les voies trop étroites ne permettaient que le passage des cyclistes et des piétons. Seul le ronronnement de quelques péniches ou des bateaux-mouches troublait de loin en loin le calme de ce coin privilégié de la vieille ville.

L'appartement ne comportait, en fait, qu'une seule pièce. Une légère odeur de peinture fraîche flottait dans l'air et quelques pots de couleurs traînaient encore sur un journal à même la moquette. Les meubles étaient usuels, visiblement choisis plus pour leur fonction que pour leur attrait. Le lit était large et confortable, et, dans la garde-robe, Largo avait trouvé des vêtements à sa taille. Il ignorait à qui appartenaient les lieux et s'en moquait éperdument.

Stephanie cala le plateau surchargé entre deux coussins. Elle avait retiré sa veste de tailleur et au voluptueux roulis de sa poitrine Largo devina sans peine qu'elle était restée nue sous son chemisier.

— Petit déjeuner à la hollandaise, annonça-t-elle en souriant. Enfin petit déjeuner... À cette heure-ci, ce serait plutôt un déjeuner tardif.

Le plateau débordait de charcuteries variées, de fines lamelles de fromage d'Edam et de Gouda, de tranches de pain blanc et gris, de diverses confitures et de beurre de cacahuète. Largo sentit brusquement qu'il mourait de faim.

— Bigre, sourit-il à son tour. Vous avez fait les choses en grand, Stephanie.

Elle s'assit sur le lit, tout contre la cuisse du jeune homme qui se dessinait sous le drap.

— Très cher, les choses qui ne se font pas en grand ne m'intéressent tout simplement pas. Café ?

— S'il vous plaît... Il hésita. Je ne vous avais pas entendue sortir, Stephanie. Pourquoi êtes-vous revenue ? Pourquoi, en fait, restez-vous avec moi ? Auriez-vous oublié que je suis un abominable assassin en fuite ?

Stephanie se beurrait délicatement une tartine.

— Eh bien, disons que je suis tombée amoureuse d'un abominable assassin en fuite, répondit-elle d'une voix légère.

*

Sur une mer du Nord à peine moins encombrée que la place de la Concorde, la traversée s'était effectuée sans problème.

Prostrée dans le minuscule carré du ketch, Stephanie n'avait pas desserré les dents de tout le dimanche. La nuit tombait quand ils avaient atteint, pour la longer, la côte hollandaise. Et à 11 heures du soir ils touchaient le port d'Ijmuiden, au nord de Haarlem.

Le sac de la jeune femme ne contenait plus que quelques livres sterling. Le meilleur moyen de rejoindre Amsterdam, à part la marche ou l'auto-stop, restait donc le bateau. Mais ils avaient dû attendre le lundi matin pour pouvoir s'engager dans le Noordzee Kanaal, la seule voie d'accès maritime subsistant de nos jours vers l'ancien grand port de mer. Et au début de l'après-midi ils s'ancraient enfin dans le petit port de plaisance que la métropole hollandaise avait maintenu au milieu des chantiers du Hemhaven.

Largo avait alors voulu rendre sa liberté à la jeune femme. Elle avait refusé sèchement.

— Inutile d'essayer de vous débarrasser de moi alors que j'ai cessé de vous être utile, mon cher. Vous avez voulu m'emmener, parfait. Maintenant, vous me gardez.

Sans autre commentaire.

Ce qui ne faisait pas du tout l'affaire de Largo.

Force lui avait donc été de l'entraîner à sa suite. Ni l'un ni l'autre n'avait prêté attention au petit jeune homme un peu gras qui quitta le port derrière eux.

Les journaux des Pays-Bas parlaient également de l'affaire Winch. Mais moins abondamment qu'en Angleterre, ce qui était normal. En outre, deux jours étaient déjà passés et la photo de Largo, quand elle était encore publiée, ne figurait plus qu'en quatrième ou sixième page. Il n'en avait pas moins gardé le chapeau de chasse obstinément enfoncé jusqu'aux yeux.

De caves en bistrots, il n'avait réussi à dénicher Andy qu'au milieu de la soirée. Mais il n'avait fallu qu'une demi-heure à celui-ci pour lui fournir l'adresse et les clés d'un appartement, ainsi que quelques centaines de florins.

Précieux Andy.

Largo lui avait confié le texte d'un télex et de deux télégrammes à expédier d'urgence aux États-Unis avant de lui fixer rendez-vous pour le lendemain soir.

Il espérait bien d'ici là s'être séparé de sa ravissante et trop encombrante compagne.

Celle-ci, le visage toujours fermé, l'avait suivi sans mot dire jusqu'à l'appartement. Sans se soucier d'elle, ivre de fatigue, Largo s'était affalé sur le lit.

Et ce matin, changement en vue...

À quel jeu jouait la belle Anglaise ? Ou, plus exactement, quand jouait-elle et quand ne jouait-elle pas ?

*

— Vous avez fini de manger ?

— Heu non... oui, mais... mâchouilla Largo, la bouche pleine.

D'un geste brusque, elle arracha le plateau et l'envoya presque s'écraser sur le tapis. Le café se renversa mais Stephanie, apparemment, s'en moquait comme de sa première pilule.

Ses yeux pervenche fulguraient de colère.

— Il ne vous est jamais venu à l'idée que vous pouviez être un joli salaud ?

Décontenancé, il se redressa sur les coudes et tenta de sourire.

— Souvent, sans doute... Stephanie, qu'avez-vous ?

— Ce que j'ai ? Douze ans de plus que vous, Largo. Et un passé plein d'amants. Mais c'est la première fois de ma vie que je me trouve dans un lit avec un monsieur qui se contente d'y passer douze heures à ronfler.

— Je ronfle, moi ?

Il crut qu'elle allait exploser.

— Si vous continuez, siffla-t-elle, je crois que je vais crever vos trop beaux yeux de chat sauvage.

— Désolé, Stephanie, fit-il d'un ton plus sec. Hier soir, j'étais mort de fatigue. Et vous, vous ne me paraissiez pas tellement disposée à bavarder sur la peau d'ours au coin du feu.

Du plat de la main, elle le repoussa. Sa voix s'adoucit.

— Alors, c'est que vous ne connaissez rien aux femmes. En tout cas, pas assez... Pourquoi croyez-vous que j'ai accepté de vous aider, jeune idiot ?

Ses doigts, maintenant, caressaient nerveusement la poitrine lisse et bronzée de Largo. Celui-ci sentit une onde douce et chaude envahir lentement son ventre. Il tenta de se dominer. C'était ce qu'il avait craint depuis le début et il ne fallait pas. Pas maintenant. Ce n'était pas le moment. Si Simon avait reçu son télégramme, il serait là d'une heure à l'autre, et le grand baroud commencerait. Il était impératif que Stephanie s'en aille avant. Et ce ne serait pas en...

Il faillit hurler, tandis que l'onde explosait en un geyser brûlant d'adrénaline et de sang. Repliés comme des crocs, les doigts de Stephanie venaient de le griffer sauvagement jusqu'au ventre.

Elle se remit debout d'un bond, fulminante.

— Salaud ! Tu as juré de me pousser à bout, hein ! Tant pis, j'ai trop appris à jouir de l'existence pour avoir encore des pudeurs de midinette.

Rageusement, elle dégrafa sa jupe qui tomba sur le tapis. Tendu comme une corde de guitare, Largo regarda sans mot dire les rayons de soleil s'emparer des longues jambes nues.

— Cette nuit je t'ai déshabillé et je t'ai regardé, Largo. Et pendant que tu dormais, moi, je crevais d'envie de toi... Salaud !

Stephanie, frénétique, arracha les boutons de son chemisier et ses seins jaillirent dans la pièce. Les dernières hésitations de Largo se pulvérisèrent. Rejetant les draps, il bondit comme un jaguar. La jeune femme l'accueillit avec un feulement rauque et ils tombèrent sur le lit.

Accrochés l'un à l'autre, comme des fous, haletants, ils se parcouraient tout entier de leurs mains, de leurs bouches, de leurs cuisses, de leurs ventres. Le désir montait en eux, irrésistible, prodigieux, flamboyant. Les yeux fermés, Largo se laissait emporter par cette tornade primitive de morsures et d'étreintes.

— Prends-moi, cria la voix de Stephanie. Prends-moi tout de suite. Baise-moi, mon amour. Fort. Loin.

Le sexe de Largo, tendu à hurler, se pressa contre celui de la jeune femme, frémissant, cherchant, forçant... Largo ouvrit les yeux, voulant se plonger dans l'eau pervenche en la pénétrant.

... Et se pétrifia.

Un homme, au centre de la pièce, les regardait.

Les yeux luisants d'excitation.

L'homme semblait jeune et mou. Il était vêtu simplement d'un tee-shirt et d'un pantalon trop étroit, et sa bouche épaisse se déformait en un sourire veule.

Paralysé de stupeur, tandis que Stephanie, qui n'avait rien vu, continuait à l'étreindre en gémissant, Largo vit que l'inconnu tenait à la main une sorte de longue badine métallique.

L'homme s'avança.

D'un coup de reins violent, Largo rejeta la jeune femme sur le côté. Elle poussa un cri de rage, qui se mua sans transition en un hurlement de terreur. Les yeux exorbités, elle referma machinalement sur ses seins les pans du chemisier qu'elle portait encore. L'inconnu leva sa badine.

Et frappa.

Dans un réflexe désespéré, Largo plongea vers le tapis à l'instant même où la badine fendait l'air en sifflant. La seconde d'après, incrédule, il regarda voltiger les plumes d'eider qui s'échappaient de l'oreiller coupé en deux.

Comme au rasoir.

Largo reçut comme un choc la vision de ce qui se serait produit s'il n'avait pas bougé, et une nausée brutale le secoua. Reculant précipitamment vers le mur, il regarda sans y croire la badine que l'homme, toujours souriant, agitait au bout de sa main.

C'était une longue tige métallique, à peine plus grosse qu'une lame d'épée, qui allait en s'épaississant vers les extrémités. Mais au lieu d'être lisse, la tige était recouverte d'une multitude de minuscules aspérités qui étincelaient dans les rayons du soleil.

— C'est un shâ-nang, expliqua gentiment Rollie, qui avait suivi son regard. Une arme ancienne dont seuls quelques vieux Chinois détiennent encore le secret de fabrication. Très efficace, tu vas voir.

Et s'approchant d'une petite table tripode en bois, il abattit violemment la badine d'un coup oblique. Un pied coupé net, la table s'effondra.

Largo sentit ses yeux lui sortir de la tête. L'autre, ricanant, s'avança vers lui, fouettant l'air de son arme.

Zip ! zip ! zip !

Largo s'efforça de refouler la panique qui le gagnait. À chacun de ces " zip " il imaginait sans peine l'atroce badine lui mordant les chairs jusqu'à l'os, lui tranchant les doigts, lui déchirant la gorge, lui faisant sauter le sexe...

Rollie gloussa comme s'il avait suivi sa pensée.

— Tu ne bandes plus, hein, Winch ? Dommage... Furieusement, Largo plongea aux jambes et faillit réussir. Mais l'autre esquiva de justesse, abattant le shâ-nang qui lui brûla l'épaule. Le sang jaillit. Comme un fou, Largo roula sur le tapis et se redressa, le coeur cognant dans sa poitrine. Sur le lit, livide, tassée contre le mur, figée de peur, Stephanie, ses deux poings contre sa bouche, semblait coulée dans le marbre.

— Stephanie, cria Largo, sauvez-vous. Courez... Mais la jeune femme, hagarde, le regard fixe, ne semblait rien entendre.

— T'en fais pas, ricana Rollie. Elle aura son tour.

Et il s'avança, les yeux brillants.

Zip ! zip ! zip ! zip !

Largo sentit la sueur jaillir de tout son corps. Son épaule gauche était couverte de sang. Et pourtant elle n'avait été qu'effleurée par l'horrible instrument.

— Que cherchez-vous ? réussit-il à demander d'une voix rauque. Qui vous envoie ? La Cyclope ?

À ce nom, le garçon parut se transformer. Il se redressa.

— Elle sera fière de moi quand je lui rapporterai ta tête, Winch. Tu sais qu'elle aime les têtes coupées, ajouta-t-il avec un petit rire gras.

Largo savait.

La porte d'entrée était derrière lui. L'escalier, la vie sauve...

Mais il ne pouvait pas abandonner Stephanie.

— Je peux vous donner de l'argent, tenta-t-il. Beaucoup d'argent.

Sans y croire. L'autre, pour toute réponse, s'arrêta à deux mètres de lui, la main droite levée, la gauche se pressant sur le renflement de son pantalon.

Un malade ! Un malade qui jouissait en tuant ! La peur, d'un seul coup, tordit le ventre de Largo. Il n'avait aucune chance. En combat rapproché, ce fou répugnant aurait dix fois l'occasion de le découper en rondelles.

Soudain, Rollie bondit. Éperdu, Largo se rejeta en arrière, heurtant le mur de son épaule blessée. L'abominable baguette frôla sa joue et s'écrasa sur un petit tableau qu'elle fendit en deux, cadre et toile. Il lança son pied de toutes ses forces et faucha les mollets de Rollie, qui s'effondra avec un glapissement de rat écrasé. Largo voulut lui sauter dessus mais déjà l'autre se relevait, bavant de fureur, le shâ-nang à la main. Le jeune homme, dégoulinant de sueur, reflua précipitamment vers l'autre bout de la pièce, près du lit.

Empoignant un des pots de peinture, il l'envoya de toutes ses forces à la tête de Rollie. Celui-ci esquiva et le pot s'écrasa dans la bibliothèque, s'ouvrant sous le choc et inondant les livres d'un épais latex blanc.

Rollie ne souriait plus. Décidé à en finir, il marcha sur Largo.

Celui-ci saisit, parmi les pots, un jerrycan en plastique aux trois quarts plein et le projeta violemment vers le tueur. L'autre, une fois de plus, esquiva, tandis que son bras, machinalement, fendait l'air.

Zip !

Le jerrycan se fendit en deux et son contenu se déversa d'un seul coup sur Rollie, l'inondant de la tête aux pieds, tandis qu'une violente odeur de white spirit envahissait la pièce.

Hurlant de rage, Rollie se rua.

C'était la fin.

Il se produisit alors quelque chose que Largo ne devait jamais oublier.

S'arrachant brusquement à sa léthargie, Stephanie bondit vers une petite table basse, rafla une pochette d'allumettes qui s'y trouvait, les arracha, les enflamma d'un seul frottement et projeta le tout vers le tueur.

Cela fit " Wouf " et Rollie s'embrasa d'un seul coup.

Une torche vivante.

Halluciné, Largo s'était plaqué contre le mur.

Rollie poussa un cri effroyable. Lâchant le shâ-nang, il tenta vainement d'arracher son tee-shirt. Ses cheveux, ses vêtements, sa peau brûlaient avec d'atroces grésillements de viande à la broche. S'arrachant à sa stupeur, Largo fonça vers le lit et tira la couverture pour tenter d'étouffer les flammes. Mais l'autre ne lui en laissa pas le temps. La bouche hurlante dans le feu qui lui rongeait les lèvres, Rollie sauta sur le rebord d'une des fenêtres ouvertes et, d'une détente prodigieuse, plongea vers le canal qui coulait trois étages plus bas.

Des hurlements perçants éclatèrent. Largo se précipita à la

fenêtre. Le tueur n'avait pas eu de chance.

Un plongeon de dix mètres, même dans les eaux polluées d'un canal, est rarement mortel, et normalement il aurait dû s'en tirer avec des brûlures plus ou moins superficielles. Mais le destin de Rollie avait voulu que l'un des innombrables bateaux-mouches qui sillonnent Amsterdam passât par là.

Il s'était écrasé sur la coupole panoramique, pulvérisant le plexiglas et atterrissant, boule de feu humaine, dans les rangs serrés des touristes assis sur les banquettes.

Panique instantanée.

Sauf pour un groupe de Japonais qui, de l'arrière, s'empressèrent de mitrailler la scène à coups de Nikkon.

Pour corser la situation, le pilote du bateau-mouche perdit son sang-froid en même temps que le contrôle de sa direction et alla gaillardement éperonner le bateau d'un confrère qui venait en sens inverse. Accrochés l'un à l'autre, moteurs emballés, les deux esquifs se mirent à tourner en rond, bloquant irrémédiablement la circulation du canal. Ponctué par le choeur des glapissements affolés, ce ballet tragi-comique avait quelque chose de ridicule et de dantesque à la fois. Au milieu d'un cercle de touristes trop épouvantés pour se livrer à autre chose qu'à une crise de nerfs, l'amant de la Cyclope achevait de brûler en dégageant une écoeurante odeur de graisse carbonisée. Heureusement pour lui, il avait dû être tué sur le coup dans sa chute.

Prévenus par le mystérieux instinct des foules, des gens accouraient sur les deux rives. Certains d'entre eux, qui avaient probablement assisté à l'hallucinant plongeon, montraient la maison du doigt.

Se rejetant en arrière, Largo referma la fenêtre.

— Vite, lança-t-il, nous devons partir.

Mais l'émotion avait été trop forte. Ses genoux cédèrent malgré lui et il tomba sur le lit. Stephanie s'abattit sur lui, secouée par d'irrépressibles sanglots sans larmes. Il la serra contre lui, s'attendant à une crise de nerfs. Mais, déjà, elle redressait la tête.

— Tu as raison, filons d'ici.

Et avec une crispation de la bouche qui s'efforçait de ressembler à un sourire, elle s'arracha à ses bras.

En deux minutes, ils étaient prêts. Largo avait pris un jean, une chemise et une veste dans la garde-robe, ainsi qu'une paire de mocassins à sa taille. Il abandonnait sans regrets le pantalon troué de Willoughby ainsi que les bottes et la veste de chasse. Il décida néanmoins de conserver le chapeau.

Il avait mis un simple mouchoir sur son épaule. Elle lui faisait encore mal mais le sang ne coulait plus. Il eut un frisson rétrospectif en contemplant la pièce dévastée, le cadre fendu, la table effondrée, la bibliothèque ravagée et, surtout, le tapis encore fumant à l'endroit où le tueur avait pris feu. Il fut un instant tenté d'emporter le shâ-nang. La terrible badine était encore là où Rollie l'avait lâchée. Mais déjà Stephanie l'entraînait.

— Vite, Largo. Nous trouverons sûrement une sortie par l'arrière de la maison.

Échevelée dans son tailleur chiffonné, elle restait toujours aussi lumineusement belle. Sur le palier, Largo la retint.

— Stephanie...

— Oui ?

— Vous... tu te rends compte que tu m'as sauvé la vie ?

Elle eut un sourire triste.

— Nos vies, chat sauvage. Je doute que cet horrible

bonhomme ait eu l'intention de laisser un témoin derrière lui. Mais ce qui m'enlève tout remords, au cas où j'en aurais eu, c'est que ce salopard aurait pu choisir un autre moment pour venir faire son numéro.

En moins d'une minute ils se retrouvèrent au bord du large Herengracht, croisant de nombreux badauds qui se précipitaient vers le lieu de l'accident dont ils entendaient encore la rumeur monter derrière eux.

Soudain, une énorme Buick s'arrêta à leur hauteur. Une portière s'ouvrit à la volée et une espèce de King Kong au mufle épais en jaillit, empoignant rudement Largo par le bras. Celui-ci n'eut pas le temps de protester. Il se sentit littéralement soulevé de terre et projeté sur la banquette arrière de la voiture. Furieux, il se redressa et reçut le choc du regard perçant de sir Benedict, confortablement adossé à l'accoudoir de la portière opposée.

L'industriel souriait aimablement.

— Heureux de vous revoir, Winch, fit-il de sa voix enrouée. Après mon hospitalité, ma voiture, ma femme et mon bateau, je me demandais ce que diable je pourrais bien encore trouver à vous proposer. Et j'ai pensé à un petit entretien autour d'une tasse de thé.

*

Sifflotant allègrement, Simon descendit du taxi à la Koningsplein.

Il sortit le télégramme de sa poche, relut l'adresse et la reporta sur le plan qu'il avait acheté à l'aérogare.

Il ne s'était pas trompé, c'était à deux pas.

Dans deux minutes, il pourrait balancer sa main ouverte sur l'épaule de ce bon vieux Largo.

Marrante, cette ville. Sur le plan, elle ressemblait à une vaste demi-toile d'araignée. Et quand on était dedans, c'était bourré de vélos, de flotte, de petits ponts et de vieilles baraques dont les sommets en créneaux se détachaient sur le ciel comme des décors de cinéma. Simon était un peu déçu de constater que les Hollandais n'avaient pas de sabots aux pieds, comme sur les prospectus des agences de voyage. Mais peut-être qu'ils ne s'habillaient comme ça que le dimanche.

Une Buick grande comme un cuirassé émergea à tombeau ouvert d'une ruelle et manqua de l'écraser. Simon sacra. Dire qu'on lui avait juré que les habitants de ce pays étaient des gens calmes et mesurés ! Mais il retrouva vite sa bonne humeur.

Jusqu'à présent, il ne s'en était pas trop mal tiré.

Contrairement à ses craintes, aucun flic ne l'avait interpellé à Kennedy Airport. Dans le 747 de la KLM, il avait baratiné une hôtesse blonde comme une Camel, visionné un navet intégral avec une actrice aux seins en cloche à melons et bouffé mieux qu'un émir. À Schiphol, pas l'ombre non plus d'un comité de réception.

Il ricana intérieurement. Avec un minimum de pot, tous les flics du monde se font rouler de la même façon.

En quatre mois à New York, Simon avait eu le temps de se faire des relations. Pour un ancien cambrioleur, ça pouvait toujours servir.

Ça avait servi.

Il ne lui avait fallu que vingt-quatre heures pour obtenir un faux passeport tout à fait présentable. L'ennui, c'est que ça l'avait soulagé de tout son pognon. Mais le télégramme de

Largo trouvé dans la boîte postale convenue avait tout arrangé. C'était la copie d'un télégramme identique envoyé à son nom dans l'Idaho.

" Chercher rapport Beachcomber chez Sullivan puis venir immédiatement Amsterdam.

23 Boerengracht étage trois. Baisers L.W. "

À New York, Simon avait vu le visage de Largo s'étaler sur tous les kiosques. Dans la mouise jusqu'au cou, le copain. Mais apparemment il s'en était tiré... " Baisers ", c'était le code prouvant que le message était O.K.

Le vieux Sullivan avait allongé le fric sans rechigner. Un beau vicelard celui-là, à zieuter sa secrétaire faire un lifeshow sur la moquette de son bureau. Faudrait qu'il raconte ça à Largo. Rien qu'à évoquer la bouille indignée du gros Executive, il se marrait encore...

Simon consulta son plan. C'était derrière le coin. Il tourna l'angle et s'arrêta, ahuri.

Sur les deux rives du petit canal il y avait presque autant de monde qu'à une finale France - Angleterre de rugby à quinze. Ça puait le méchoui oublié sur le feu et, dans la flotte, deux bateaux à touristes s'encastraient l'un dans l'autre, vibrant et ruant comme s'ils cherchaient à perpétuer l'espèce.

Ça gueulait et ça courait dans tous les sens.

De l'un des bateaux-mouches, des infirmiers hissaient une civière avec, dessus, un truc informe qui fumait. Et pour corser l'affaire, une petite escouade de flics en uniforme surgit en trottinant d'un pont adjacent.

Simon vérifia la plaque apposée au coin de la voie qui

longeait le canal. C'était bien le Boerengracht.

Discret, comme coin.

Enfin, tout ça, c'était pas ses oignons. Jouant des coudes, le jeune Israélien se glissa derrière la foule, longeant les maisons du côté impair 17... 19... 21... 23...

Il y était. Mais comme il posait le pied sur les marches menant au petit perron, il fut bousculé par l'escouade de flics qui se rua dans la maison. Interdit, Simon recula précipitamment et se fondit dans la foule.

Moins d'une minute plus tard, l'un des flics apparut à une fenêtre du troisième, écartant les bras dans un geste universel.

Le nid était vide.

Simon s'éloigna lentement.

Largo s'était encore fourré dans les emmerdes, ça, c'était sûr. Et il avait dû se trouver une nouvelle planque. Mais comment allait-il faire, lui, Simon, pour le dénicher dans cette ville qu'il ne connaissait pas ?

AMSTERDAM

Mardi 19 octobre, 16 h
(heure locale)

Lorsqu'il s'examina dans le miroir de son salon, les yeux noirs et glacés du Hauptsturmführer[10] SS Stefan von Trotta n'eurent pas un battement de paupières. Il savait pourtant, en cette aube orageuse de 3 septembre 1944, que c'était la dernière fois qu'il voyait son visage.

Les de Trotta descendaient en droite ligne d'un baron huguenot français venu s'établir aux Pays-Bas après la Révocation de l'Édit de Nantes. Le père de Stefan possédait et dirigeait une imprimerie d'importance moyenne dans la petite ville d'Enschede, à quelques kilomètres de la frontière allemande. Lorsque les armées nazies déferlèrent sur la Belgique et la Hollande, le 10 mai 1940, le brave imprimeur eut l'héroïque sottise de sortir dans la rue en brandissant son fusil de chasse. Une courte rafale de mitrailleuse le faucha sur place. C'est ainsi qu'il devait toujours ignorer que son fils

10. Capitaine

unique faisait virtuellement partie de ces envahisseurs qu'il haïssait tant. Un an plus tôt en effet, à dix-neuf ans, le jeune Stefan avait pris en secret la nationalité allemande, en même temps que sa carte de membre du parti national-socialiste.

Stefan de Trotta se flattait d'avoir le sens de l'Histoire. Celle avec un grand H.

Après la reddition de l'armée hollandaise, le 15 mai, son premier soin fut de “ prussianiser ” son nom et de s'engager dans les Waffen SS où ses évidentes qualités de chef, son mépris des scrupules moraux et sa totale carence émotionnelle le distinguèrent rapidement. Il se fit quelques relations utiles, participa à la campagne de Grèce, fut blessé sur le front russe, reçut la Croix de Fer de première classe et estima alors en avoir assez fait pour la Grande Allemagne. Ses relations lui valurent d'obtenir une affectation plus tranquille et c'est ainsi qu'en novembre 1943, Stefan von Trotta devint, avec le grade d'Hauptsturmführer, commandant en second d'un camp de prisonniers de guerre proche de Maastricht.

Le hasard l'avait ramené dans son pays natal.

La chute de Stalingrad lui avait fait comprendre que le glorieux Reich de Mille Ans risquait fort de n'en durer que beaucoup moins. Les Alliés tenaient l'Afrique du Nord, les Américains occupaient l'Italie, les Russes venaient de reprendre Kiev...

Aucun vainqueur n'est tendre pour les transfuges. En outre le jeune et brillant Stefan, en dehors de ses faits de guerre, avait deux ou trois petits massacres dûment répertoriés dans son dossier d'avancement. Il estima donc qu'il était grand temps de préparer son avenir.

Toujours le sens de l'Histoire.

Il ne mit que quelques semaines à sélectionner, dans les dossiers du camp, l'homme qui convenait à ses plans : un jeune capitaine d'infanterie britannique, fait prisonnier trois ans et demi plus tôt devant Dunkerque. L'homme avait à peu près sa taille et son âge, était célibataire, ses proches parents étaient décédés et l'immeuble où il occupait un petit appartement à Londres avait été totalement détruit pendant le " Blitz ". De plus, le régiment du jeune officier avait été complètement anéanti. Les seuls rescapés en étaient, outre lui-même, deux sous-officiers et six soldats, tous faits prisonniers et expédiés dans divers camps en Allemagne.

Stefan n'eut pas grand mal à localiser ces survivants un à un, à les extraire de leurs camps respectifs sous prétexte d'interrogatoire, et à les faire disparaître discrètement.

Il organisa alors une petite mise en scène au cours de laquelle il humilia à un point tel le jeune officier prisonnier que celui-ci n'eut d'autre recours que de réagir violemment. Stefan put alors, dans une grande envolée de colère, condamner le malheureux au cachot et à l'isolement. Mais au lieu de cachot il le transféra en grand secret dans les caves spécialement aménagées de sa villa de Maastricht. Le commandant du camp était un vieil officier supérieur de la Wehrmacht. Il tremblait devant le jeune SS et fit semblant de ne rien voir.

Le jeune capitaine allait avoir vingt-cinq ans, un an de plus que Stefan. Il s'appelait Benedict Killian.

Stefan le tortura pendant six mois. Jour après jour. Méthodiquement. Sans passion.

Il prit des centaines de pages de notes et enregistra des centaines de mètres de bandes magnétiques. Au bout de ces six mois, il fut absolument certain de tout savoir sur la courte vie du capitaine Killian et de parler l'anglais, qu'il savait déjà, exactement avec l'accent et l'intonation de sa victime. Il détruisit ses notes et les bandes et tua son prisonnier. Au terme de ces vingt-cinq semaines abominables, le malheureux Killian, enchaîné dans sa cave, n'avait plus rien d'humain et dut accueillir sa mort avec un indicible soulagement. Stefan coula son corps dans un bloc de béton qu'il immergea dans la Meuse.

L'Hauptsturmführer SS Stefan von Trotta était prêt à accueillir les vainqueurs. Seul le dernier acte restait à jouer.

Il eut une moue de dégoût en examinant dans le miroir le pitoyable uniforme qui le revêtait. Quatre années de sueur et de crasse avaient transformé le tissu en un assez triste chiffon. Soudain, une effroyable vibration fit danser les murs. Le miroir se décrocha et explosa sur le parquet.

L'artillerie alliée venait d'entrer en action.

Les éléments combinés de la 2ème Armée britannique du général Demsey et de la 1ère Armée U.S. du général Hodges s'approchaient prudemment de la ville. Ils y seraient avant midi, faisant de Maastricht la première[11] ville hollandaise libérée.

Stefan ricana intérieurement.

Les Alliés ne savaient pas encore que cette prudence était superflue : toute la garnison allemande avait fui pendant la nuit, se repliant en grand désordre vers le nord. Le personnel du camp, commandant en tête, en avait bien entendu fait autant. Ce matin, les prisonniers constateraient qu'ils n'avaient plus de gardiens.

Ce qui était un élément important du plan de Stefan.

11. Et la seule avant le 15 septembre (note de l'auteur)

Les déflagrations de l'artillerie roulaient maintenant comme un orage d'apocalypse. Couché aux pieds de son maître, Fürst se dressa, geignant de peur. Pauvre Fürst !... Lui aussi devrait disparaître. Le dobberman, grand comme un petit veau, était le plus fidèle compagnon de Stefan. Entraîné à tuer, d'une férocité sanguinaire, il n'obéissait qu'à lui.

— Stefan, qu'est-ce qui... Oh !

Stefan pivota d'un bloc, son dur visage crispé de colère. Pâle comme un cierge, sa maigreur accentuée par la longue chemise de nuit, Slaaf se tenait à la porte du salon, les yeux écarquillés de stupeur.

Slaaf ! Il avait failli l'oublier.

Elle n'avait pas seize ans lorsque Stefan, arrivé depuis peu à Maastricht, l'avait sauvée des tenailles de la Gestapo. La jeune Hollandaise avait été arrêtée en même temps que son " fiancé ", un gosse de dix-huit ans soupçonné de faire partie d'un mouvement de résistance et qui mourut anonymement sous la torture.

En faisant libérer la gamine, Stefan n'avait obéi à aucun sentiment humanitaire. Bien au contraire. Depuis un certain temps déjà sa puissance d'officier SS le grisait, mais il lui manquait un jouet humain sur lequel il pût l'exercer totalement. Ce fut Slaaf. Il la cloîtra dans sa villa, la baptisa de ce qualificatif mortifiant[12] sans se soucier de son nom véritable et entreprit systématiquement de la briser.

Il n'y réussit jamais tout à fait, ce qui le mettait parfois dans d'épouvantables rages froides dont la jeune fille, épouvantée, subissait immanquablement le terrible contrecoup.

Précurseur sans le savoir des pires fantasmes de l'*Histoire d'O*, Stefan la fit ramper, lécher les semelles boueuses de ses

12. Slaaf : *esclave, en néérlandais*

bottes, lui servir ses repas nue et à genoux, s'exposer pendant des heures le sexe écartelé, et laper sa nourriture sur le sol, les mains liées derrière le dos. Mais ce fut naturellement sur le plan sexuel qu'il put donner sa plus large dimension à cette tentative d'avilissement total. Il força la malheureuse gamine de toutes les manières, l'obligeant à se plier aux plus rebutantes humiliations qu'il put trouver. Cependant Stefan manquait de vice et fut rapidement à court d'idées. Il décida alors de faire appel à une aide extérieure.

En dépit de sa taille moyenne, Stefan avait un charme froid qui lui ouvrit largement le sérail des effectifs féminins des garnisons de Maastricht et d'Aix-la-Chapelle. Il choisit ses maîtresses en fonction non pas de leur beauté mais de leur dureté. Et lui-même se trouva confondu en constatant la prodigieuse excitation que provoquait chez ces femmes la disponibilité d'une jeune esclave totalement soumise à leur plaisir. Leur imagination et leur cruauté semblaient n'avoir aucune limite et, de la culotte bourrée d'orties à la sodomisation avec le canon sans mire d'un fusil chargé, la pauvre Slaaf éprouva jusqu'à l'horreur la gamme la plus terrifiante des perversités nées de l'esprit humain.

Ce fut, notamment, l'une de ces maîtresses, une petite femme osseuse aux dents chevalines, sténotypiste au Centre de Transmission, qui eut l'idée de faire monter la jeune Hollandaise par Fürst. L'intelligent animal comprit sans peine ce qu'on attendait de lui. Et rapidement l'accouplement du dobberman et de l'esclave servit de prélude habituel aux soirées intimes du Hauptsturmführer von Trotta.

Stefan, en fait, n'éprouvait que peu d'excitation devant cette débauche de sadisme. Seule le passionnait l'expérience en soi : savoir jusqu'où on peut manipuler un jouet humain sans le casser. Il veillait d'ailleurs à éviter que des souffrances physiques exagérées soient imposées à Slaaf. Et, curieusement, un étrange lien de complicité s'était créé, au fil des mois, entre la victime et son bourreau. Stefan, bientôt, n'avait plus eu à l'enfermer. Slaaf circulait librement dans la villa dont elle ne chercha jamais à s'échapper.

Elle faisait à ce point partie des meubles qu'il avait failli l'oublier. Et maintenant, ahurie, elle contemplait son maître-amant revêtu d'un uniforme anglais.

Slaaf aussi devait mourir.

— Fürst ! *Totbeissen*[13] !...

L'énorme chien bondit.

— Stefan ! NON ! Aaaaaaah...

La supplication de la jeune fille se mua en un hurlement d'agonie quand elle s'effondra sous la masse du terrible dobberman.

En quinze secondes, ce fut fini.

Stefan prit son Lüger sur la table et s'approcha. Le cou et la poitrine de la malheureuse disparaissaient sous un épais magma de sang. Elle ne bougeait plus. Son oeil gauche, arraché de son orbite d'un coup de griffe, pendait jusqu'au menton. Remuant la queue, Fürst leva des yeux confiants vers son maître, attendant sa récompense. Stefan lui tira une balle dans l'oreille. Foudroyé, le grand chien s'abattit sur le corps de sa victime.

En dépit de l'heure matinale, Maastricht était en plein délire. Sans souci du bombardement d'artillerie qui pilonnait les abords de la ville, tous les habitants semblaient être dans la rue, s'interrogeant, riant, s'embrassant, dansant sur place.

13. Littéralement : mordre à mort

Certains d'entre eux, encore plus excités que les autres, étaient montés sur le toit des maisons dans l'espoir d'être les premiers à apercevoir l'armée des libérateurs.

Le nez baissé sous un feutre mou, dissimulé sous un imperméable civil, Stefan marchait d'un pas rapide, contournant les groupes trop importants et s'efforçant de passer inaperçu. À la limite de la ville, plusieurs maisons, touchées de plein fouet par un obus, brûlaient dans une épaisse fumée noire. Des volontaires s'efforçaient de dégager les blessés coincés sous les décombres.

Stefan prit la direction du camp. Il devait se hâter. De nombreux prisonniers, il en était certain, ne tarderaient pas à sortir pour aller à la rencontre des leurs. À moins d'un kilomètre des barbelés du camp il trouva enfin ce qu'il cherchait : une maison isolée en proie aux flammes et que nul sauveteur n'entourait, soit qu'elle fût inoccupée, soit que ses occupants aient tous été tués sur le coup. À trois mètres du brasier, il s'arrêta.

La chaleur était effrayante. Ôtant son imperméable et son chapeau, il les jeta dans les flammes. Les vêtements prirent feu sur-le-champ. Alors, Stefan eut peur. Une peur de bête, inconnue, viscérale, qui lui tordit le ventre et le fit hoqueter de nausée. Il voulut s'enfuir, mais un sursaut de son indomptable volonté le maintint sur place. Se forçant à faire face, il inspira profondément et, hurlant pour chasser la peur, il s'élança dans le brasier.

Il n'y resta que dix secondes.

Dix siècles d'enfer.

Dans un élan désespéré, il se rejeta en arrière et courut, aveuglé d'escarbilles, se rouler dans la terre sablonneuse d'un talus proche. Il souffrait épouvantablement. La peau de ses mains s'était craquelée en d'affreuses crevasses suintantes, son uniforme fumait de partout, brûlé en vingt endroits différents.

Mais ce n'était pas encore assez.

Des larmes de douleur jaillirent lorsqu'il se mit debout et il dut faire un effort surhumain pour s'approcher à nouveau des flammes. Le feu, maintenant, lui inspirait une terreur sans nom.

Mais il devait le faire.

C'était ça ou la pendaison. Et Stefan von Trotta voulait vivre.

Sous l'indescriptible chaleur, la toiture de la maison éclata brusquement dans un bruit d'explosion. Une petite planche enflammée tomba aux pieds de Stefan Il la saisit par une extrémité encore intacte et l'approcha de son visage.

Il devait tenir cinq secondes. Cinq secondes, ce serait suffisant. Cinq secondes seulement, et une vie nouvelle s'offrait à lui. Serrant les dents, crispant au maximum ses yeux fermés, comptant mentalement les secondes, il plongea brutalement son visage dans la flamme vive.

À la quatrième seconde, il s'évanouit.

“ Le capitaine Benedict Killian fut fait prisonnier le 26 mai 1940, alors que son régiment, le 3ème Bedford Riffles, défendait les abords de Dunkerque. Le 3ème Bedford Riffles résista héroïquement à un ennemi très supérieur en nombre, permettant ainsi à de nombreux éléments de l'Armée britannique d'atteindre sains et saufs les plages d'embarquement. Ce glorieux régiment fut complètement anéanti en combattant. Seul officier survivant, le capitaine Benedict Killian interné au camp de B..., près de Maastricht, où il resta quatre ans et trois mois, dont les sept derniers mois en cachot d'isolement pour refus de collaboration avec l'ennemi. Le capitaine Killian fut malencontreusement blessé très gravement au visage et au corps lors de la prise de Maastricht par les Alliés, le 3 septembre 1944. Tant pour honorer la bravoure de son héroïque régiment que pour saluer le comportement digne et courageux du capitaine Killian tout au long de sa captivité, il a plu à Sa Gracieuse Majesté le roi George VI de décerner au capitaine Killian la médaille du Distinguished Service Order. Proclamé au Front des Armées, le... "

Deux mois après la chute de Berlin, par un matin ensoleillé de juillet 1945, après dix mois d'un long et douloureux traitement, le capitaine Benedict Killian, D.S.O., sortit de l'hôpital militaire de Saint-Albans, au nord de Londres. Il se logea provisoirement au mess d'état-major de son ancien régiment reconstitué, où sa qualité de vétéran, son intelligence et son esprit de répartie lui valurent rapidement de très nombreux amis. Quelques mois plus tard il fut, selon la tradition, nommé commandant la veille de sa démobilisation. Le subside alloué par le gouvernement aux officiers de réserve blessés au combat ajouté à cinq ans d'arriérés de solde se révéla atteindre un montant des plus appréciables en ces années de dépression.

L'heure était à la reconstruction. L'ex-commandant Killian décida de se lancer dans l'entreprise de travaux publics.

Dix ans plus tard, à trente-six ans, Benedict Killian était

l'homme que les milieux d'affaires citaient le plus volontiers en exemple lorsqu'il était question de réussites rapides et brillantes.

La fille unique de Lord Vaughn avait tout juste vingt ans quand elle le rencontra dans un cocktail. Elle fut immédiatement fascinée par la puissante intelligence et l'implacable assurance de cet homme au visage de cire. Et elle décida de l'épouser. La résistance de son père fut de pure forme, la fière lignée des Vaughn étant complètement désargentée depuis trois générations.

Le mariage fut fastueux. La bénédiction de Lord Vaughn cautionnant la fortune plébéienne du jeune entrepreneur, le Tout-Londres intrigua pour s'y faire inviter.

Il fallut onze ans de démarches et d'efforts à Lord Vaughn pour obtenir que sa fille puisse enfin acquérir le titre de lady auquel elle aurait eu droit de par sa naissance. En janvier 1967, S. M. la reine Élizabeth II eut la grâce et le plaisir de conférer à M. Benedict Killian le titre de baronnet, afin d'honorer l'importante contribution de l'entrepreneur industriel à l'essor économique du Royaume. La même ordonnance l'autorisait à accoler à son nom l'aristocratique patronyme des Vaughn. Il était cependant précisé que le titre n'était pas héréditaire et s'éteindrait à la mort de son détenteur.

La carte des réalisations et des chantiers Killian couvrait le monde entier. À moins de cinquante ans, le nouveau sir Benedict Killian-Vaughn était considéré comme l'un des hommes les plus riches des îles britanniques.

*

Le front contre la vitre de la grande baie du salon de sa " suite ", sir Benedict regardait sans la voir l'eau calme de l'Amstel couler le long du parc de l'hôtel.

Bien peu de gens auraient pu seulement se douter à quel point les prestigieuses entreprises Killian étaient à la limite de basculer dans le gouffre. Les nationalisations africaines et le boycott rhodésien avaient ébranlé l'édifice. L'apparition massive des pétro-dollars sur l'échiquier des investissements avait bouleversé les structures de son crédit. La chute du dollar et l'effondrement vertigineux de la livre sterling l'avaient laissé exsangue. Les mesures anti-inflationnistes de la Grande-Bretagne et du Marché commun avaient achevé de transformer les entreprises Killian en une gigantesque termitière.

Depuis cinq ans, l'entrepreneur industriel devait constamment réussir des prodiges d'équilibre financier pour éviter la déroute. Son passif réel se montait à une bonne dizaine de millions de livres. C'était vraiment trop bête d'avoir tant risqué et tant réussi pour en arriver là.

Quelques années plus tôt un sursis lui avait été offert d'une manière inattendue. Un intermédiaire, que sir Benedict ne devait plus jamais revoir, s'était présenté à lui avec la photocopie du dossier complet de l'Hauptsturmführer Stefan von Trotta. L'officier SS, disparu depuis septembre 44, figurait en bonne place sur la liste des criminels de guerre encore activement recherchés. Outre les indications habituelles, ce dossier comportait, selon la tradition SS, les empreintes digitales, les mensurations crâniennes et la description détaillée de la dentition et des caractéristiques physiques du disparu. Sir Benedict aurait-il la grâce d'obéir aux instructions qu'on lui donnerait ?

Sir Benedict eut cette grâce.

Ces instructions furent d'ailleurs relativement simples à suivre. La première consista à procéder secrètement à quelques aménagements dans une petite île de la Frise occidentale. La seconde fut de tirer parti de sa position de conseiller au Foreign Office pour établir des relations personnelles, tant à Londres qu'à Paris, Amsterdam ou New York, avec les responsables des divers services de lutte antidrogue de ces capitales. Sir Benedict devait ainsi pouvoir avertir ses " commettants " de toute enquête précise les concernant. Il serait, en échange, largement rétribué.

L'industriel comprit immédiatement qu'il participait à l'organisation d'un trafic d'héroïne, dont le centre de production se trouvait à Vlieland, l'île où il avait effectué les travaux exigés. Il réussit même à découvrir l'identité du chef de l'organisation, le grand patron qui en tirait les fils en toute impunité dans le calme feutré de son bureau de président d'une division du Groupe Winch, mais sans pouvoir cependant rassembler la moindre preuve contre lui. Et il ne réussit jamais non plus à savoir comment ce même grand patron avait percé le secret de sa propre identité.

Tirer profit de la drogue ne pouvait évidemment gêner en rien la conscience de l'ancien Hauptsturmführer SS. Et les importantes rétributions que lui valait sa collaboration lui permirent d'éponger quelque peu les cratères béants de sa trésorerie. Mais elles se révélèrent rapidement insuffisantes, et l'industriel se retrouva plus que jamais au bord de la catastrophe. Il eut beau chercher, il ne vit plus d'issue.

Jusqu'au jour où il reçut l'ordre de s'occuper de Largo Winch.

Sir Benedict revint lentement vers le centre du luxueux salon. Winch, le poignet gauche lié à l'accoudoir de son fauteuil, achevait de parcourir le contrat, les lèvres serrées. Un peu de sang perlait sous la chemise, à hauteur de son épaule gauche. Derrière le garçon, Dirk, le garde du corps hollandais de sir Benedict, montagne de chair impavide, surveillait le prisonnier.

Lorsque Largo releva la tête, ses yeux tachés de roux flamboyaient de colère.

— Si vous croyez que je vais signer ça, Killian-Vaughn, vous êtes encore plus tordu que je ne le pensais, jeta-t-il sèchement.

— Pourquoi pas, mon garçon, répliqua l'industriel. C'est un contrat d'emploi parfaitement régulier. Vous n'aimeriez pas m'avoir comme employé ?

— Je préférerais une tarentule dans mon lit... Quelle est votre idée, Killian-Vaughn ? Vous savez parfaitement que je m'empresserais de résilier ce contrat.

— Bien entendu. Et vous me verseriez alors les vingt millions de dollars d'indemnité prévus à l'avant-dernier paragraphe.

— Vous rêvez, mon vieux !...

Sir Benedict se raidit.

— Je ne suis pas très sûr d'aimer entendre me faire appeler “ mon vieux ”, Winch... Mais passons pour cette fois. Je ne rêve pas le moins du monde. Un contrat d'emploi est infiniment mieux protégé sur le plan juridique qu'une simple reconnaissance de dette. Même lorsqu'il comporte une indemnité un peu... élevée. Et qu'est-ce que c'est, pour vous, que ces vingt millions de dollars, hein ?...

— Une paille ! Mais la question n'est pas là. Je ne cède pas au chantage. Pas plus pour vingt millions que pour un seul dollar. Affaire de principe, mon vieux.

Un sursaut de colère secoua sir Benedict. Ce jeune imbécile allait être plus difficile à manoeuvrer qu'il ne l'avait pensé. Il alla prendre le petit sac en plastique dans un tiroir et vint s'asseoir en face du garçon.

Les traits de Winch semblaient taillés dans le granit.

— Soyez réaliste, mon garçon. Vous êtes soupçonné de meurtre et activement recherché. Je sais de source sûre que Washington et vos propres présidents sont prêts à vous désavouer. Même Sullivan, votre fidèle Sullivan, mange dans la main de la police. Vous êtes seul, Winch. Seul et traqué. Quelles chances avez-vous de vous en tirer ?

Le garçon ne cilla même pas.

— J'en ai suffisamment, dit-il avec calme. Et vous le savez fort bien.

— Exact. Vous en avez. Mais que deviennent ces chances si Scotland Yard reçoit ceci ?...

Et l'industriel jeta sur la table le petit sac en plastique transparent qui contenait le derringer.

— Tiens, tiens, murmura Largo en souriant. Je me demandais quand vous alliez le sortir, celui-là.

— Ça n'a pas l'air de trop vous surprendre.

Le sourire du garçon s'élargit.

— Pas vraiment, non. Votre charmante épouse l'a récupéré dans la poche de mon veston et l'a mis dans ce sac en plastique pour ne pas effacer mes empreintes. J'ai eu l'occasion de réfléchir, depuis une heure, Killian-Vaughn. Ce n'était pas par hasard si votre Bentley s'est trouvée là au bon moment. Ce n'était pas par hasard si votre ketch était paré à naviguer. Et ce n'était pas par hasard que cette chère Stephanie a accepté de m'accompagner, au point que je ne pouvais plus me débarrasser d'elle. Vous saviez que j'irais à Amsterdam et, ce matin, elle n'a eu qu'à vous téléphoner pour vous préciser l'endroit où me cueillir... Entre nous, mon vieux, je ne trouve pas ça joli-joli de plonger votre propre femme dans vos petites combines.

L'industriel sentit la colère monter en lui. Ce gamin se payait sa tête. Il se reprit.

— Parfait, Winch, vous êtes un petit malin. Mais vous l'êtes un peu tard. Revenons au sujet qui nous intéresse : à votre avis, que se passera-t-il si la police reçoit ce derringer, l'arme du crime ?

— Vous aurez des ennuis, Killian-Vaughn. Après tout, c'est votre pistolet.

— Oui, mais ce sont vos empreintes qui sont dessus.

— Étaient, mon vieux, étaient. Vous pensez bien qu'en prévision d'un coup vicieux de ce genre, ça fait un moment que je les ai effacées.

Sous l'oeil narquois du jeune milliardaire, sir Benedict sentit la fureur exploser d'un seul coup sous son crâne.

— Schweinhimmel, hurla-t-il en se dressant d'un bond et en lançant le sac à travers la pièce.

Le petit pistolet fracassa un atroce vase en opaline qui avait eu le malheur de se trouver sur sa trajectoire.

— Tiens ! constata simplement Largo. Vous jurez en allemand, maintenant ?

Sir Benedict se ressaisit. Il avait failli perdre son sang-froid. Ce n'était pas dans ses habitudes. De toute manière, il n'avait pas vraiment compté sur la menace du derringer pour forcer Winch.

Il était temps d'abattre son atout.

Il jeta un coup d'oeil à l'épais garde du corps. Celui-ci ne bronchait pas d'un cil, aussi expressif qu'une boîte aux lettres. D'ailleurs, Dirk ne parlait que le néerlandais.

— Vous venez de prouver que vous êtes un garçon intelligent, Winch. Nous allons sûrement nous entendre.

— Ben voyons... Ce genre de préambule éculé figure au moins une fois dans tout roman policier qui se respecte. Au fait, mon vieux...

L'industriel serra les poings.

Du sang-froid. Garder son sang-froid.

— Vous avez raison. Assez perdu de temps. Vous savez sans doute que j'appartiens à l'organisation que... qui vous intéresse.

— Disons que je m'en doutais et que vous me le confirmez. Comment va la Cyclope ?

— Je l'ignore et je m'en moque. Je n'ai jamais rencontré cette personne. Nous nous contentons de recevoir nos instructions du même homme. C'est cet homme que vous voulez atteindre et abattre, Winch, je le sais. Alors, ne tournons plus autour du pot : vous me signez ce contrat et moi je vous offre le réseau et son chef sur un plateau. Pour vingt millions.

Sans perdre la lueur narquoise qui dansait dans ses yeux, Largo s'enfonça dans le dossier de son fauteuil.

— Qu'est-ce qui vous fait croire que j'ai besoin de votre aide, Killian-Vaughn ?

— Le temps, mon garçon. Dans quelques jours à peine le

réseau aura définitivement cessé d'exister.

Un éclair d'intérêt succéda à la lueur narquoise, et sir Benedict sut qu'il venait enfin de marquer un point. C'était le moment d'exploiter son avantage.

Il se pencha.

— Je sais que vous projetiez une sorte d'expédition de commando sur Vlieland. J'ai reçu la mission d'annuler cette tentative et, me servant de mes relations américaines, j'ai dénoncé votre petit camp d'entraînement au F.B.I. À l'heure actuelle, Winch, Quinn et votre copain israélien sont toujours à Washington, retenus pour interrogatoire.

Il eut le plaisir de voir le garçon sursauter, en dépit de l'effort qu'il avait dû faire pour tenter de rester impassible.

— De toute façon, poursuivit l'industriel, cette expédition aurait été inutile. Le laboratoire de Vlieland n'existe plus. Toutes les installations ont été démontées. Il ne reste plus qu'un dernier stock d'héroïne à expédier aux États-Unis. Un stock énorme, Winch, plus de 800 kilos à 90 ou 95 %. Après cela, l'organisation sera définitivement dissoute.

— La trouille, hein ? Flatteur pour moi...

— Ne vous faites pas plus gros que vous n'êtes, mon garçon. Bien sûr, le patron s'est un peu affolé lorsque vous avez tué Cardignac il y a quatre mois et demi. Nous ignorions si le Français avait parlé. D'autant plus que nous avions découvert alors qu'il avait été l'objet d'une surveillance de la D.E.A. et des services britanniques.

— Et vous avez continué quand même, ironisa Largo. Courage ou inconscience ?

— Réalisme. Si Cardignac avait parlé, vous auriez réagi immédiatement. Or, vous ne l'avez pas fait. Et si les flics en avaient su davantage, je l'aurais appris. Ce que nous ignorions, bien sûr, c'est que le Français vous avait quand même mentionné l'existence du réseau et que vous prépariez votre coup en douce. À propos, mes compliments : vous avez bien caché votre jeu, Winch. Il a fallu que Larsen se fasse coincer pour que le patron comprenne que vous étiez sur sa trace.

Il a aussitôt donné l'ordre de vous mettre hors circuit le temps de dissoudre le réseau. Après cela, vous n'auriez plus eu aucun moyen de remonter jusqu'à lui.

— Courageux mais pas téméraire...

— Réaliste, encore une fois. Je crois qu'il a peur de vous, Winch. J'ignore pourquoi vous le traquez à ce point, sans passer par la police, mais il a peur. Et en trois ou quatre ans l'héroïne lui a rapporté suffisamment d'argent.

— Mais pas à vous, apparemment. Vingt millions... À quoi jouez-vous, Killian-Vaughn ? À Londres, vous commencez par me mettre dans la merde et puis, tout à coup, vous changez votre fusil d'épaule. Pourquoi ?

— Pour l'argent, vous venez de le dire. Disons que j'ai besoin de cette somme.

— Alors pourquoi ne pas m'avoir fait cette... heu... offre dès le début ?

— Parce que vous auriez eu les moyens de vous passer de moi, répliqua calmement sir Benedict. Maintenant, vous ne les avez plus. J'ai donc suivi les instructions jusqu'à un certain point. Ensuite, je vous ai aidé. J'ai fait disparaître le tueur envoyé par le patron, Griffiths. Et j'ai favorisé votre fuite à l'insu de l'organisation.

— Je suis sans doute supposé vous dire merci, railla

amèrement Largo. Quant “ à l’insu ”, c’est plutôt loupé. Vous avez failli nous retrouver découpés en rondelles, Stephanie et moi.

L’industriel baissa la tête, songeur.

— Je sais, elle m’a raconté... J’ai découvert trop tard que mon butler, Larkin, mangeait à deux râteliers. Il était payé par le patron pour le renseigner sur mon compte. Le temps presse, Winch.

Relevant les yeux, il rencontra le regard ironique du jeune homme.

— Le temps presse... sourit celui-ci. Vous aimez l’argent, soit. Mais vous vous disiez aussi que le patron de votre réseau n’aurait pas aimé laisser derrière lui un homme comme vous, connaissant son identité et capable de le vendre à tout moment. Et maintenant, en plus, vous êtes brûlé. Pour vous aussi le temps presse, Killian-Vaughn. Et que mon objectif soit d’abattre cet homme vous arrange fort bien. Je pourrais économiser vingt millions.

— Je n’ai pas besoin de vous pour me tirer de là, Winch. Et je veux cette somme.

— La guerre des rats quand le navire coule, murmura Largo.

Sir Benedict fit semblant de n’avoir pas entendu.

— Alors, nous sommes d’accord ?

C’est un garçon intelligent, songea-t-il. Intelligent et réaliste. Il a parfaitement compris mes motivations et je connais les siennes. Nos intérêts sont liés. Il a déjà investi des fortunes dans sa quête idiote et, pour lui, vingt millions de dollars, c’est relativement peu de chose. Il va marcher.

Avec cet argent, l’industriel pourrait redresser la situation de ses entreprises. Et Winch s’occuperait de faire taire le seul homme qui détenait le secret de sa véritable identité. Stefan de Trotta s'en était bien tiré, le Hauptsturmführer von Trotta aussi, au défi de toute logique. Benedict Killian avait remarquablement mené sa barque. Eh bien, sir Benedict Killian-Vaughn s'en tirerait également. Et les beaux jours recommenceraient...

— Nous sommes d'accord ? répéta-t-il.

— Allez vous faire foutre, dit Largo Winch.

Largo crut que le visage de cire allait voler en miettes, tant la colère de l'industriel fut soudaine et violente.

— Espèce de petit con ! vociféra-t-il en abattant son poing sur la table. Tu n'as aucune chance de t'en sortir seul. Aucune ! Et tu... tu...

Il en bavait de rage.

— Calmez-vous, fit paisiblement Largo. Vous allez ameuter tout l'hôtel. C'est un endroit respectable, ici...

La gifle fut si violente que le fauteuil de Largo aurait basculé en arrière si l'impassible gorille ne l'avait retenu. Le jeune homme sentit du sang lui emplir la bouche. Sans mot dire, de sa main libre, il s'essuya le coin des lèvres. Se penchant sur lui, sir Benedict le saisit violemment par le devant de sa chemise.

— Tu ne sortiras pas d'ici tant que tu n'auras pas signé ce contrat, Winch. Par n'importe quel moyen ! Dirk saura...

Le bruit de la porte qui s'ouvrait dans son dos le figea. Largo vit un garçon d'étage entrer en poussant une petite table roulante. L'industriel pivota d'un bloc, tandis que Dirk réagissait avec une promptitude d'esprit inattendue. Otant vivement son veston, il le jeta en travers du bras de Largo lié à l'accoudoir.

— Qu'est-ce que vous foutez là, vous ? aboya sir Benedict en néerlandais.

— Maar mijnheer, balbutia le garçon, interdit. J'ai frappé, mais vous ne...

— Qui vous a demandé de venir ? Je n'ai rien commandé, que je sache.

— Heu... non, monsieur. C'est lady Killian-Vaughn. Elle a téléphoné au room service, monsieur. Pour un thé, monsieur.

L'industriel sortit un billet de sa poche et le tendit au garçon.

— Prenez ceci et fichez le camp, mon ami. Nous sommes occupés.

L'autre fit disparaître le billet avec une virtuosité de prestidigitateur et se dirigea vivement vers la porte. Largo se décida brusquement.

— Hep, garçon ! Vous parlez l'anglais ?

Il sentit les doigts du colosse se crisper sur son épaule, tandis que sir Benedict, pris de court, le fixait d'un regard furieux. Il y eut une seconde de silence absolu.

— Bien entendu, monsieur, fit aimablement le garçon.

— Alors regardez-moi bien, lança Largo, très vite. Vous avez dû voir ma photo dans les journaux. Je suis Largo Winch, le milliardaire en fuite. Appelez la police. Vite. Il y aura sûrement une prime...

Hésitant, le garçon se balançait d'un pied sur l'autre, la main sur la poignée de la porte. Puis, soudain, ses yeux s'arrondirent. Il venait de reconnaître Largo. Il ouvrit la porte et se rua hors de la pièce.

Largo se demanda, l'espace d'un instant, si Killian-Vaughn n'allait pas le tuer sur place. Mais au prix d'un immense effort sur lui-même, l'industriel se ressaisit.

— Vous êtes encore plus idiot que je ne pensais, grinça-t-il. D'accord, vous allez sortir d'ici. Mais ce sera pour aller tout droit en prison. Vous venez de perdre définitivement la partie, Winch.

Le jeune homme lui adressa un large sourire.

— Gardez votre salive pour ordonner à votre orang-outang de me détacher, Killian-Vaughn. Dans cinq minutes, votre beau salon grouillera de flics.

Sir Benedict sourit à son tour, sinistre.

— Justement, nous avons cinq minutes. Vous ne voudriez tout de même pas que je vous facilite les choses, non ?

Et sans ajouter un mot, il alla se planter devant la grande baie vitrée, tournant le dos au jeune homme.

— Vous avez tort, insista celui-ci. Votre cher patron va vous faire la peau, Killian-Vaughn Et moi, si je suis arrêté, je vais bien amuser les flics en leur parlant du petit hobby d'un respectable industriel britannique, baronnet de surcroît et conseiller au Foreign Office.

Sir Benedict se contenta de hausser les épaules.

— Je suis précisément un respectable industriel britannique, fit-il calmement sans se retourner. Et vous, mon garçon, vous êtes un jeune aventurier sorti on ne sait d'où, milliardaire par accident, meurtrier par présomption et impliqué jusqu'au cou dans une affaire de trafic d'héroïne... Pas de preuves, Winch, pas de preuves...

Et les minutes passèrent, lourdes comme du plomb. Soudain, l'industriel eut un sursaut.

— Je viens de voir une belle voiture de police pénétrer dans le parc, ricana-t-il. Sans sirène, pour ne pas effaroucher l'honorable clientèle.

Et il fit signe à Dirk.

Largo massa son poignet libéré, puis marcha calmement vers la porte.

— Ma proposition tient toujours, bien entendu, lui lança l'industriel. Quand vous serez coffré, l'un de mes avocats viendra vous voir. Un vrai, celui-là. Il aura le contrat avec lui. Ce sera votre dernière chance de vous en sortir et d'atteindre votre but, Winch. Il n'y en aura pas d'autre.

Largo se retourna.

— Je croyais vous l'avoir déjà dit, mon vieux : allez vous faire foutre !

Et il ouvrit la porte. L'industriel était resté près de la baie, un méchant petit sourire lui déformant la bouche.

— Oh, à propos... fit Largo. N'oubliez pas de remercier lady Stephanie pour moi.

— ?...

— Pour le thé, bien entendu.

Et il s'élança dans le couloir.

*

C'était un hôtel de luxe à l'ancienne, aménagé dans un palais datant des princes d'Orange. Chambres, couloirs, escaliers, tout était large, rien n'était fonctionnel. La seule concession aux temps modernes, à part le téléphone et le chauffage central, était les ascenseurs. Tel celui qui avait amené Largo, solidement encadré, directement du garage au deuxième étage où sir Benedict avait loué sa “ suite ”.

Mais à mi-chemin entre la cage d'ascenseur et le vaste escalier, un gros homme sursauta en voyant surgir Largo.

Sûrement un des détectives de l'hôtel qui s'était mis en faction en attendant l'arrivée de la police.

Et cette dernière avait déjà sûrement verrouillé toutes les issues.

Le détective se précipita, une main plongée sous sa veste. Pas question de risquer une bagarre qui lui ferait perdre les quelques secondes d'avance dont Largo disposait. Un bruit de porte dans son dos le fit pivoter. Un petit Américain, boudiné dans un atroce pantalon à carreaux jaunes, sortait de sa chambre en sifflotant. Le jeune homme se rua, bouscula le bonhomme, lui arracha sa clé et se jeta dans la chambre dont il boucla la serrure au nez du touriste ahuri.

Tandis que les coups pleuvaient sur le battant, il courut à la porte-fenêtre, l'ouvrit, et sortit sur le balcon. Il était du côté rue. Une deuxième voiture de police bloquait également cette issue. Logique. Sur le trottoir d'en face, quelques badauds commençaient à s'attrouper, curieux de ce déploiement policier inhabituel dans ce quartier.

Ne pouvant descendre, il ne restait à Largo qu'une seule possibilité : monter.

À ce deuxième étage, le balcon était encore continu, seulement séparé entre les chambres par des treilles tapissées de chèvrefeuille. Les contourner par l'extérieur était un jeu d'enfant. Il n'était qu'à deux chambres du coin de l'hôtel et, au bout de trente secondes à peine, il atteignait l'échelle de secours extérieure qu'il escalada aussi vite qu'il le put.

Un coup de sifflet lui fit regarder vers le bas. Il était repéré. Déjà un policier se précipitait vers le pied de l'échelle.

Dix secondes plus tard, Largo mettait le pied sur le toit. L'hôtel n'avait que cinq étages, le toit formant donc le sixième niveau. Et six étages du XVIIème siècle, ça va chercher dans les trente à trente-cinq mètres. L'hôtel n'avait pas d'immeubles adjacents, donc pas question de filer par les toits. L'Amstel semblait couler le long du petit côté de l'ancien palais, mais Largo savait qu'il s'agissait d'une illusion d'optique : cinq ou six mètres de terre bien ferme séparaient l'immeuble de l'eau. De plus, ce genre de plongeon lui rappellerait un peu trop sa chute dans le Bosphore[14]. Hors de question également de faire lâcher prise au courageux policier qui l'avait suivi sur l'échelle. Etre accusé du meurtre de deux policiers était une chose. En tuer réellement un troisième en était une autre que Largo n'avait nullement l'intention d'expérimenter. D'autant plus que ce serait inutile, ses collègues devaient déjà grimper quatre à quatre l'escalier intérieur.

Il lui restait dix secondes pour trouver une solution.

Dix, pas une de plus.

Comme tous les toits d'hôtels, celui-ci rassemblait une forêt de tuyaux d'évacuation. De toutes tailles et en tous genres. Certains, parmi les plus gros, évoquaient par leur forme de pipe debout les manches à air des paquebots. Largo se précipita vers un grand conduit rectangulaire en aluminium galvanisé, saisit le rebord supérieur, fit un rétablissement et se jeta dans l'ouverture, jambes en avant.

Le dos plaqué contre la paroi, s'arc-boutant sur ses pieds, il se laissa descendre le plus vite qu'il put de quelques mètres. Puis, haletant, il s'immobilisa.

Il entendit au-dessus de sa tête des voix qui s'interpellaient. Puis, au bout de quelques secondes, il devina la forme d'une tête avançant dans le coude de l'extrémité du conduit.

Largo savait que le policier ne pouvait pas le voir. Il n'en

14. *Voir* Largo Winch et le groupe W

retint pas moins son souffle. Quand la forme disparut, il se força à compter jusqu'à trente. Puis il reprit sa descente.

Le conduit était large : un mètre sur cinquante ou soixante centimètres. Largo ne savait pas le moins du monde à quoi il pouvait servir. Il le verrait bien à l'arrivée. Il descendait le plus vite possible. Les flics avaient sûrement compris par où il avait disparu ; son seul avantage, très provisoire, était que ses poursuivants ignoraient lequel des tuyaux il avait emprunté.

Les muscles de ses cuisses lui faisaient mal à crier. Le frottement dans son dos, en dépit de la veste, lui brûlait la peau. Heureusement, ses mocassins avaient des semelles de crêpe.

Dents serrées, le front dégoulinant, Largo n'avait aucun moyen d'évaluer le chemin parcouru. Encore combien de mètres ?

Descendre.

Ne penser à rien. Descendre.

Soudain, un peu de fumée l'entoura. Chaude. Très chaude.

Il sentit la panique le gagner. Et s'il allait déboucher droit dans la chaudière de l'hôtel ? Non, impossible... Le conduit était trop large pour une simple évacuation de fumée. Trop large et trop propre. Alors ?...

La chaleur augmentait, à la limite du tolérable. Descendre.

Vite, ou il allait tout simplement se faire bouillir vivant. Comme un homard Thermidor.

Descendre.

Et d'un seul coup, la vapeur l'enveloppa.

À cent degrés !

Hurlant de douleur, Largo lâcha tout.

La chute lui parut interminable quoiqu'elle ne dût pas excéder trois ou quatre mètres. Ses pieds heurtèrent durement un grillage qui céda sous le choc, amortissant sa chute. Une lumière vive l'enveloppa, il atterrit sur quelque chose de brûlant, rebondit et roula dans une masse blanche qui s'effondra.

Largo ouvrit les yeux, hagard.

La masse blanche, sous lui, était un énorme cuisinier qui le regardait avec des yeux comme des assiettes.

Il avait touché le gros lot.

Son conduit l'avait amené sur le fourneau principal des cuisines de l'hôtel, ratant de peu, heureusement, l'immense marmite d'eau bouillante où l'on s'apprêtait à cuire les légumes du soir.

Le cuisinier voulut le saisir, mais Largo se dégagea et fonça vers ce qui lui parut être la sortie. Une volée de marmitons s'éparpilla en piaillant mais, venant de côté, un autre cuisinier, tout aussi grand que le premier, s'apprêtait à lui couper la retraite, un gigantesque couteau à désosser à la main.

Éperdu, Largo sprinta.

Cette cuisine avait les dimensions d'une salle de bal.

Avec trois mètres d'avance sur le cuisinier, il se jeta dans les battants de caoutchouc qui fermaient l'immense pièce et se retrouva dans la boulangerie de l'hôtel. Près de la porte donnant accès à la salle de restaurant, un pâtissier achevait de disposer amoureusement toute une gamme de petits gâteaux et de choux à la crème sur le plateau supérieur d'un trolley. Il n'eut même pas le temps de sursauter. Dans un élan irrésistible, Largo se jeta à plat ventre sur la petite table à roulettes qui démarra comme une fusée, écartant violemment la sortie à battants.

Avec une maestria de Formule 1 aux 24 heures du Mans, le trolley fila à travers la salle de restaurant déserte. Le nez dans la crème pâtissière, Largo vit confusément un maître d'hôtel s'écarter précipitamment, la bouche plus largement ouverte que les bras d'un pêcheur racontant ses exploits. Et, comme un bolide, le véhicule improvisé s'engouffra dans la véranda qui prolongeait le restaurant.

Si ce dernier était vide, la grande véranda vitrée, par contre, était bourrée de monde. Il y avait du soleil, c'était l'heure du five o'clock et la vue sur le petit parc, quelques mètres en contrebas, était superbe.

Le trolley et son passager firent, dans cette belle assemblée, l'effet de l'étrave d'un croiseur éperonnant un château de cartes. Il ne leur fallut que trois secondes pour transformer la véranda en un spectacle de désolation cataclysmique. Tables renversées, serveurs à genoux, pieds écrasés, robes inondées, douairières culbutées, vieux messieurs indignés, chiens glapissant et gosses hurlant de terreur ou de joie...

Dégoulinant de pâtisserie, survolté, Largo bondit sur le sol, empoigna le trolley et sauta sur une table sans se soucier du regard horrifié de ses occupants dont il écrasa allègrement les tasses de thé sous ses semelles. Trois mètres en contrebas, il vit une vasque à poissons rouges.

Avec un han de bûcheron, il projeta le trolley contre la verrière. Celle-ci se fracassa dans un bruit de tonnerre. La seconde d'après Largo se retrouvait à plat ventre dans cinquante centimètres d'eau.

Au-dessus de lui, cinquante, cent têtes ahuries se pressaient contre les carreaux de la verrière. Un rire immense monta dans la poitrine du jeune homme. La note de sir Benedict risquait d'être salée. En tout cas, le gérant de l'hôtel se souviendrait de son passage.

Un coup de sifflet strident l'arracha à cette joie prématurée. De part et d'autre de la vasque deux policiers convergèrent vers lui, fonçant comme des avants de rugby. Jaillissant de l'eau comme un ressort, Largo s'élança vers l'extrémité du petit parc dont la grille n'était qu'à une vingtaine de mètres de là. Si les flics ne tiraient pas, il était sauvé. Ils ne tirèrent pas.

On n'abat pas comme ça l'homme le plus riche du monde. Même s'il est recherché pour meurtre.

Largo ne sut jamais comment il réussit à franchir d'un seul coup cette grille de plus de deux mètres. La peur donne des ailes, paraît-il. Toujours est-il qu'il le fit, roula sur le trottoir, se releva et fila comme un perdu, poursuivi par les cris et les coups de sifflets des deux policiers frustrés.

Son poignet lui faisait terriblement mal. il avait dû se le fouler dans l'une de ses chutes. Les brûlures occasionnées par la vapeur commençaient, elles aussi, à le faire sérieusement souffrir. Mais il ne ralentit pas l'allure, et, deux minutes plus tard, il se perdait dans la foule anonyme de la Rembrandts Plein.

Il s'en était tiré. Il était libre.

Libre.

Largo s'était vendu lui-même. Volontairement. Tous les policiers d'Amsterdam allaient se mettre en chasse.

Combien de temps pourrait-il tenir ?

AMSTERDAM

Mardi 19 octobre, 18 h
(heure locale)

Bâtie sur cent îlots de sable mouvant, articulée par la bagatelle de 910 ponts, Amsterdam est, par excellence, la ville où il est agréable de flâner le nez au vent. Mais, après cinq heures de ce sport épuisant, Simon en avait plein les pinceaux. D'autant plus que, kilomètres mis à part, il n'était pas beaucoup plus avancé pour autant.

Il n'avait pas prévu de se retrouver en panne et, sur le pognon que lui avait filé Sullivan, il lui restait une quinzaine de dollars à tout casser. À peine de quoi passer une nuit dans un hôtel de deuxième ordre. Et encore, sans les taxes...

Mais ce qui tracassait le plus le jeune Israélien, c'était que, quelque part dans cette ville de 800 000 habitants, son copain Largo avait besoin de lui. De lui et sans doute aussi du rapport que Simon trimballait dans la poche intérieure de sa canadienne. Largo devait se planquer. Logiquement ç'aurait donc été à lui, Simon, de signaler sa présence d'une manière ou d'une autre. Mais Largo devait ignorer que l'Israélien s'était mis le F.B.I. à dos, lequel F.B.I. avait probablement signalé la chose à Interpol pour la bonne forme. Alors, évidemment, son faux passeport en poche, Simon pouvait difficilement s'offrir les petites annonces.

Insoluble.

Pas de fric, pas d'amis, pas de logement, en cavale, et pas d'idées... Encore heureux qu'aujourd'hui il y ait eu du soleil !

Mais la nuit tombait lorsque Simon se retrouva dans le charmant quartier du Waals Eilandsgracht, à deux pas de cette étonnante gare centrale entièrement construite sur l'eau et soutenue par 8657 pilotis de bois. Quartier pittoresque avec ses vieilles maisons bourgeoises à pignon, ses canaux étroits et ses petits ponts de cartes postales, c'était aussi, d'une manière inattendue, le quartier réservé. Alors, bien sûr, les néons criards des sex-shops et des cinés cochons à cinq florins[15] étaient venus déparer ce paisible lieu de promenade dominicale des Amstellodamois sans complexes.

Traînant ses pieds fatigués le long du petit canal de l'Achterburgwal, l'artère de principale activité du lieu, entre la Zeedijck et la Damstraat, Simon écarquillait les yeux devant la variété de chair humaine offerte à l'amateur d'amour rapide et tarifé.

Trois bergères par baraque en moyenne : sous-sol, entresol et premier étage. De l'hétaïre super-classique en bottes de cuir lacées haut et décolleté façon Padirac à la bonne ménagère en robe de chambre en pilou qui tricotait calmement en attendant la pratique, il y en avait pour tous les besoins. Avec même, pour les pressés, quelques gagneuses en sous-vêtements ou

15. 2 dollars, soit 10 NF

combinaison, toutes prêtes à plonger, à se mettre en compas sur le plumard qu'on pouvait voir au fond de leur cellule. Belle variété de couleurs aussi, qui allait des seins laiteux de la blonde authentique aux souvenirs coloniaux des métisses indonésiennes et guyanaises.

Un dessert pour les yeux, tout ça.

Mais ce qui faisait le plus marrer Simon, c'était, sur presque chaque rebord de vitrine, la réplique miniature d'un feu de signalisation.

Vert libre. Rouge : patientez...

Il était trop tôt dans la soirée pour les indigènes et trop tard dans la saison pour les touristes. Peu de monde dans les rues. Simon s'engagea dans une des voies latérales.

Foison de putes ici aussi. Mais dès qu'on tournait le coin, la qualité chutait plus vertigineusement qu'un Concorde en perdition. Cauchemars édentés derrière une fenêtre réduite aux dimensions d'un guichet de poste, certaines de ces dames avaient dû être grand-mères au temps de la reine Wilhelmine.

Pour se vider là-dedans, il fallait avoir une mentalité de violeur de sépultures.

Un couple marchait devant Simon, se disputant âprement. Ils s'arrêtèrent pour se faire face, s'aboyant hargneusement au nez. Avec ses rouflaquettes en éventail et sa tronche vaguement métèque, le type avait tout du souteneur qualifié. Sa nana, par contre, toute blonde et jeunette, semblait sortie la veille du couvent le plus proche.

Comme quoi, songea Simon, faut pas se fier aux apparences.

Au moment même où il les dépassait, le type balança une énorme gifle qui catapulta la fille, hurlante, sur le trottoir. Par réflexe, Simon lui toucha l'épaule.

— Dites donc, mon vieux, je ne voudrais pas jouer au conseiller conjugal, mais je...

Paf !

L'autre avait pivoté d'un bloc et Simon se retrouva assis de l'autre côté de la rue, l'Ouverture de *Guillaume Tell* entre les deux oreilles. Juste en face de lui, une pute archéologique du type baleine obèse qui somnolait derrière sa vitre entrouvrit un oeil bovin. Pour le refermer aussitôt, blasée.

Tandis que la fille se relevait en gémissant, un peu de sang au coin de la bouche, le jeune Israélien se rua. L'autre le contra, mais Simon réussit à placer un coup en vache du genou, manquant de peu les testicules. Le souteneur se plia en deux et, d'une manchette sur le nez, Simon l'envoya se répandre sur le trottoir.

Il eut le tort de ne pas exploiter immédiatement son avantage. Déjà son adversaire se relevait, le nez éclaté, l'oeil fulminant, une main dans sa poche.

— Attention ! cria la fille en anglais. Il a un couteau.

Ça devenait du sérieux.

D'un seul mouvement rapide, Simon ôta sa canadienne et l'enroula autour de son avant-bras gauche. Il se rappelait les bagarres sanglantes dans les bas-fonds de Tel-Aviv. L'autre s'avança lentement, le couteau à hauteur de l'aine, pointe relevée.

Professionnel.

Bien entendu, pas l'ombre d'un passant dans la rue.

Avec une vivacité de guépard, le souteneur lança son bras, visant le ventre. Dans un réflexe éperdu. Simon contra de ses poignets croisés, s'agrippa à la manche de veston de son adversaire, pivota et le projeta par-dessus son épaule.

Le hurlement de l'homme se perdit dans l'explosion de la vitrine fracassée. Dans une pluie de verre, le souteneur atterrit sur les genoux de l'énorme prostituée dont le fauteuil fut incapable de résister au choc. Le tout s'effondra dans un gigantesque tremblement de chair molle, tandis que la matrone poussait des glapissements de goret égorgé au canif. Un peu essoufflé, Simon se pencha à travers le châssis ravagé et adressa un clin d'oeil à la femme qui tentait en vain de se relever, éperdue.

— Reste allongée et allume ta p'tite lumière rouge, ma grosse, lança-t-il. Tu viens de toucher ton client annuel...

*

— Vous avez un sourire de pirate, Simon, dit Marjan. Quand vous souriez, on cherche automatiquement le couteau qui vous manque entre les dents.

Elle s'appelait Marjan. Marjan Texel. Elle parlait fort bien l'anglais et ne devait pas avoir beaucoup plus de vingt ans.

Son air sage et réservé lui venait de son visage sérieux, de ses petites tresses blondes qu'elle avait enroulées à l'ancienne mode en macarons sur ses oreilles, de son chemisier boutonné jusqu'au cou sous le cardigan, de sa jupe plissée d'écolière et de ses souliers plats.

Si réservée qu'on sursautait en découvrant l'humour dont pétillaient ses grands yeux marron.

Si sage qu'on ne s'attendait pas, lorsqu'elle retirait son imperméable, à voir apparaître le dessin d'une poitrine que n'eût pas désavoué le cinéma américain des années 50.

Tout ça sentait bon le frais, le gai et la santé.

Quittant hâtivement le lieu de son exploit, Simon avait entraîné la jeune fille dans l'ambiance animée d'un petit restaurant du Damrak. Il savait que ses quinze dollars y passeraient mais s'en moquait, et il mourait de faim.

— Vous vous battez toujours comme ça ? insista Marjan.

Simon haussa les épaules.

— J'ai eu peur, confessa-t-il. Un couteau, ça fait de vilains trous. C'est quoi, ce mec ? Un maquereau ?

La jeune fille avala une gorgée de vin et sourit.

— Aldo est effectivement ce qu'on appelle techniquement un proxénète.

— Ah ! Heu... et vous et lui, vous...

Le sourire s'élargit.

— C'est un souteneur, mais ce n'est pas le mien. Je suis étudiante en sociologie à l'université d'Utrecht.

— Il me semblait aussi... grommela Simon, perplexe. Marjan se pencha, plongeant son regard railleur dans les yeux violets de l'Israélien.

— Et maintenant, bien sûr, ce que vous voudriez savoir, c'est ce que faisait une gentille fille bien élevée comme moi avec un vilain monsieur comme lui. La réponse est simple : j'avais besoin d'Aldo pour ma thèse de fin d'études.

— Vous faites une thèse sur les souteneurs ?

— Ne soyez pas idiot. Je prépare une thèse sur la popularisation du sexe et son influence sur les rapports sociaux en milieu urbain.

Simon ricana, la bouche pleine.

— Ce que c'est que le progrès, tout de même... De nos jours, une simple partie de jambes en l'air, ça devient l'expression subjacente de son moi profond dans la recherche positionnelle d'une relation socioculturelle comparée. C'est beau, la science...

— Simon, dit doucement Marjan sans cesser de sourire, croyez-vous que ce plat de haricots bien chauds vous irait ? Sur la tête, je veux dire...

— Au prix actuel des surgelés, vous risqueriez d'être poursuivie pour atteinte à l'équilibre de votre économie nationale.

— Très juste. Aussi, cessez de vous conduire en insupportable béotien. Aux Pays-Bas, comme au Danemark, en Suède et en Allemagne, la pornographie est largement tolérée. Jadis, le vice était l'apanage d'une élite. Aujourd'hui il est à la portée de tous. Cela change sans doute peu de chose dans les sentiments affectifs individuels, mais cela en change beaucoup dans les rapports sociaux de groupe.

— Là, je vois ce que vous voulez dire, ironisa Simon.

Marjan rougit imperceptiblement.

— Ce n'est pas de cela que je voulais parler. Je pensais aux courants de romantisme, de passion et d'amour courtois qui disparaissent.

— Et qu'est-ce qu'un Aldo vient faire dans l'amour courtois ?

— Je l'ai rencontré au cours de mon enquête chez les prostituées. Cette enquête est l'un des points révélateurs de ma thèse. Avant, huit hommes sur dix qui allaient voir une professionnelle ne recherchaient en fait qu'un moment d'affection. Maintenant, la plupart d'entre eux ont en poche un magazine porno pour indiquer la prestation dont ils rêvent et que leurs dignes épouses refusent de faire à la maison.

— Ça devient une profession fatigante, en effet, convint Simon en épongeant avec un bout de pain la sauce qui restait sur son assiette.

— Et Aldo m'avait proposé... Oh, mon Dieu, sursauta soudain Marjan. J'avais complètement oublié...

— Quoi ?

— Il devait m'emmener ce soir assister au tournage d'un film pornographique. C'était d'ailleurs à ce sujet-là qu'il s'est mis en rage : ce salaud, en bon souteneur, s'était mis en tête de me faire payer un prix exorbitant pour rémunérer son entremise.

Simon enveloppa d'un seul regard les sages bandeaux de cheveux blonds, le petit nez droit, les joues roses et le chemisier à fleurs.

— Vous vouliez voir un porno ?

— Pas voir un film, le voir tourner. Oh Simon, c'est capital pour ma thèse. Ce genre de studio est le point de départ des films et des magazines qui alimentent les fantasmes de dizaines de milliers de gens. Et on n'y entre pas comme dans un moulin. Aldo connaissait le patron de la boîte, qui est en même temps le réalisateur des films.

— Eh bien, allez-y sans lui, tout simplement.

Marjan baissa le nez.

— Je n'oserais jamais y aller toute seule. À moins que... Elle releva la tête, pleine d'espoir. Dites-moi, Simon, que faites-vous ce soir ?

Il s'était présenté à elle comme le délégué en tournée européenne d'une firme israélienne candidate à l'exportation.

— Je vous aide à conquérir votre diplôme, bien entendu. répondit-il avec un large sourire.

*

" Joy[16] Films, n.v. " disait la plaque de cuivre.

Tout un programme.

Au coup de sonnette de Marjan, la porte d'entrée s'ouvrit sur une créature pour rêves de série B. Hyper-moulée dans une salopette en lurex noir plus brillante qu'une carrosserie neuve, elle avait tout de la panthère à matelots. Masse cascadante de cheveux fauves, oeil charbonneux, bouche écarlate et vorace, chute de reins en scenic railway et poitrine à déclencher l'éjaculation immédiate d'un symposium d'aveugles nonagénaires.

Après avoir échangé quelques mots en néerlandais avec Marjan, la créature décocha à Simon un regard à lui carboniser le slip.

— Bienvenue à Joy Films, susurra-t-elle en anglais d'une voix d'aéroport. Je suis Annick, la femme d'Heimi, le directeur. Entrez donc.

Ne pas quitter Annick des yeux tout en la suivant dans l'escalier, c'était risquer à coup sûr la jambe cassée. Sagement, Simon jugea plus prudent de s'absorber dans la contemplation des marches.

Le studio était au dernier étage, dans un vaste grenier à grain réaménagé. Le fond de l'immense pièce avait été transformé, sur trois côtés, en une sorte de luxueux salon bourgeois. Avec, peut-être, un tout petit peu trop de canapés profonds. Quant au reste du plateau, il grouillait de monde.

La technique était représentée par les opérateurs de trois caméras 16 mm sur affût, surplombées par une impressionnante batterie de projecteurs et d'éclairages

16. Joy *: joie, plaisir*

spéciaux. Un long type maigre aux cheveux longs, sans doute le chef électricien, s'activait à les régler avec l'aide de deux assistants.

En deçà de cette barrière lumineuse, une douzaine de personnes entouraient un robuste barbu vêtu de velours qui discourait avec l'autorité d'un chargé de cours à la Sorbonne.

— Mon mari, précisa Annick, avant de s'élancer voluptueusement en direction de l'orateur.

— Ça n'a pas l'air si difficile que ça d'entrer ici, glissa Simon à l'oreille de Marjan. On se croirait à une visite guidée du British Museum.

— Oui, c'est curieux, murmura songeusement la jeune fille.

Mais au fur et à mesure que le barbu parlait, Simon vit avec étonnement le visage de sa compagne se contracter. À un moment donné, un couple se détacha du groupe et se dirigea en maugréant vers la porte de sortie.

— Quel salaud ! siffla soudain Marjan entre ses dents.

— Qui ça ? Le barbu ?

— Non, Aldo. Quand je pense qu'en plus il voulait me faire payer.

— Comprends pas.

Elle leva vers lui un regard égaré.

— Ces gens sont ici pour faire de la figuration. Aldo le savait. Voilà pourquoi il a prétendu pouvoir m'inviter ce soir. Et voilà pourquoi nous sommes entrés aussi facilement.

— Vous voulez dire... de la figuration dans le film ?

— Évidemment. Pas à l'opéra. Le barbu, Heimi, est en train de nous expliquer que nous devons nous comporter comme dans une soirée entre amis. Il y aura à boire et à fumer. Quand nous serons bien échauffés, les caméras entreront en action.

Des professionnels entameront le jeu, et nous, nous devrons nous laisser aller, bien décontractés, et faire n'importe quoi qui nous passera par la tête. N'importe quoi de sexuel, bien entendu. Bref, un happening...

Devant la mine à la fois affolée et indignée de la jeune fille, Simon se sentit partagé entre la compassion et le fou rire.

— Nous n'avons qu'à nous en aller, Marjan. Comme les deux qui viennent de partir.

— Ceux-là, Heimi les a remballés parce qu'il les trouvait trop moches.

— Au moins, c'est encourageant, sourit Simon. Nous, nous sommes toujours là. Allez, Marjan, venez, ajouta-t-il en la prenant gentiment par le bras. On s'en va.

La jeune fille se dégagea d'un geste brusque.

— Pas question, grinça-t-elle, les lèvres pincées. Partez si vous voulez. Moi, je reste.

Ils s'étaient tous assis dans les canapés du faux salon, s'efforçant de s'accoutumer à l'éclairage éblouissant des projecteurs.

Outre Marjan et Simon, il y avait trois autres couples, assez banals, ainsi que deux jeunes garçons d'une ressemblance stupéfiante. Des jumeaux certainement, longilignes, très blonds, très pâles, presque androgynes. Accroupie à leurs pieds, une sculpturale métisse indonésienne, sa chevelure d'ébène retenue par un ruban, leur parlait avec animation.

Simon n'eut aucune peine à deviner que ces trois-là étaient les professionnels annoncés.

— Ça se pratique souvent, ce recrutement d'amateurs ? demanda-t-il à Marjan, assise à côté de lui.

Celle-ci haussa nerveusement les épaules. Le réalisateur lui avait fait ôter son cardigan, et sa poitrine distendait agréablement le chemisier à fleurs.

— Comment voulez-vous que je le sache ?! Nous devons toucher cent florins par tête, c'est tout ce que je peux vous dire. Je vous donnerai ma part. Après tout, c'est moi qui vous ai entraîné dans cette histoire. Vous n'avez pas une tête à partouze.

— Vous si, sans doute ? ironisa gentiment Simon.

Sans répondre, elle avala d'un trait la moitié de son gin tonic. Sa main tremblait légèrement.

— En tout cas, conclut-il, je ne sais pas ce que donnera votre thèse, mais il faut reconnaître que vous avez une sacrée conscience professionnelle.

Les deux tables basses débordaient de verres, d'alcools et de biscuits secs. Invisible derrière l'écran lumineux des spots, le barbu les avait exhortés à boire et à bavarder avec animation. Ce qu'ils diraient n'avait pas d'importance : le son était postsynchronisé.

Le jeune Israélien songea que le destin était bourré de clins d'oeil. Deux heures auparavant, il était un fugitif sans le sou dans une ville inconnue. Et maintenant il tournait dans un film. Bien sûr, ce n'était pas exactement la superproduction dont les affiches s'étaleraient sur le fronton des salles d'exclusivité. Mais tout de même...

Il se demandait aussi, honnêtement, comment il allait réagir. Côté zizi, Simon se savait un joyeux baroudeur sans trop de complexes. Mais, jusqu'à présent, ses expériences de sexe en groupe s'étaient limitées à deux autres partenaires. Deux partenaires de sexe féminin, bien entendu. Alors...

Soudain, l'ombre agressive de deux seins obscurcit son

champ de vision. Penchée sur lui, la voluptueuse Annick lui présentait un plateau rempli de cigarettes en vrac.

— Non merci, sourit poliment Simon. Je ne fume pas.

— Prenez-en une quand même, fit la voix d'aéroport. Et aspirez bien la fumée. C'est de l'excellente qualité.

— Shit[17] ?

— Herbe. Ça dégage les blocages, ça rend aimable et ça donne envie de baiser.

— Votre mari ne lésine pas sur les frais de plateau, dites donc...

La panthère se redressa, bombant un torse qui n'en avait nul besoin.

— Heimi est très apprécié pour le réalisme et la spontanéité des scènes qu'il tourne.

Et elle poursuivit sa tournée, très maîtresse de maison.

Simon alluma sa cigarette et celle de Marjan. Puis, une main sur la cuisse contractée de la jeune fille, il se renversa contre le moelleux dossier du canapé, emplissant ses poumons de la fumée euphorisante.

Il commençait à trouver la situation plutôt cocasse.

La musique éclata soudain. Une musique étudiée pour, dirigée droit sur les tripes et soulignée par une chanteuse dont la voix rauque aurait fait bander un piano à queue. Annick, sa tournée achevée, vint s'affaler sur la moquette avec la grâce d'une liane qui tombe, l'épaule contre la cuisse de Simon Marjan lui décocha un regard à congeler un brasero, qui traversa la panthère sans l'émouvoir le moins du monde.

— Les caméras vont démarrer, roucoula la bouche écarlate entrouverte en direction de Simon. Heimi vient de faire signe.

Autour d'eux, le brouhaha des conversations allait bon

17. Shit : *haschich*

train. Enhardis par l'alcool et la marijuana, les couples d'invités se laissaient aller à se caresser prudemment.

Simon perçut soudain, à travers la musique, le léger ronronnement des caméras qui se mettaient en marche.

— Vous jouez dans les films de votre mari ? s'étonna-t-il.

La panthère se rengorgea, au sens propre du mot.

— Bien sûr, gloussa-t-elle. Je dirais même que c'est moi qui ai fait sa fortune, à cet homme.

À l'autre bout du faux salon, les deux jumeaux dépouillaient savamment la métisse de sa robe. La taille de l'Indonésienne avait sans doute perdu le délié de la jeunesse, mais son corps épanoui, luisant, ondulant, était un véritable appel à la possession du mâle.

Simon, du coin de l'oeil, constata que ce corps était entièrement épilé.

Battant des cils plus rapidement qu'une moissonneuse-batteuse, consciente des caméras braquées sur elle, Annick se frottait contre la cuisse du jeune Israélien avec des ronronnements de chatte inassouvie. Soudain, d'un geste vif, elle activa la fermeture éclair de sa salopette dont le devant s'ouvrit jusqu'à la taille sous la pression des seins. Beaucoup trop volumineux, trop fermes, trop raides... Simon soupçonna des injections de silicones. Et lorsqu'elle se saisit de sa main pour l'appliquer d'autorité sur les globes aux pointes durcies, il comprit instantanément qu'il avait vu juste.

Les seins d'Annick étaient en béton précontraint.

En dépit de ses efforts pour se laisser aller, Simon ne se sentait pas dans le coup. Au frémissement qu'il perçut à côté de lui il devina que Marjan, excédée par le manège de la panthère, était au bord de la crise de nerfs. Sans aucune raison valable, tout compte fait...

Se dégageant un moment de l'enveloppante caresse d'Annick, il alla chercher deux nouvelles cigarettes de marijuana, les alluma et, souriant, en tendit une à l'étudiante.

Les jumeaux, nus à leur tour, avaient écarté les tables et s'étaient accroupis sur le tapis. Très grands, presque frêles, ils paraissaient très jeunes. Mais l'expression dure de leurs traits, la tonalité trouble de leurs regards figés évoquaient davantage pour Simon la froideur des serpents que le charme de l'adolescence. La similitude de leurs corps était aussi parfaite que celle de leurs visages. On avait l'impression de voir un seul homme et son reflet dans un miroir.

Troublant.

La métisse, vêtue de son seul ruban, les embrassait à tour de rôle, savamment, tandis qu'ils jouaient négligemment avec les lourds seins bruns. Mais très vite les mains de l'Indonésienne glissèrent sur la poitrine des garçons pour s'emparer de leurs sexes, déjà vibrants.

D'un même mouvement, les jumeaux se laissèrent aller sur le dos, glissant l'un vers l'autre sur le tapis, les jambes entremêlées, jusqu'à ce que leurs fesses se touchent. Et la femme, penchée au-dessus d'eux, eut entre ses mains deux sexes identiques, pressés l'un contre l'autre, rigidement dressés.

Lentement, tandis qu'une des caméras se rapprochait, elle s'inclina.

Simon jeta un bref coup d'oeil à Marjan. Penchée en avant, fascinée, la jeune fille respirait un peu trop vite.

À petits coups de langue précis, la métisse lapait délicatement l'extrémité des membres congestionnés. Puis, l'un après l'autre, elle les engloutit dans sa bouche. De plus en plus loin. De plus en plus vite. L'action de ses lèvres se répercutait en vibrations qui parcouraient comme des ondes les deux corps allongés. Enfin, la superbe femelle se redressa et contempla avec orgueil les deux sexes luisant de salive.

À côté de Simon, le souffle de Marjan s'accéléra.

Gardant les deux membres réunis d'une seule main, la métisse détacha d'un geste rapide le ruban retenant sa coiffure. Et tandis que la masse noire de ses cheveux croulait sur ses épaules, elle noua vivement le ruban autour de la base des deux tiges de chair durcie, les soudant l'une à l'autre.

Pressentant ce qui allait suivre, Simon retint sa respiration. Il étreignit, sans même s'en rendre compte, la cuisse de Marjan. L'étudiante ne lui prêta aucune attention.

Toujours accroupie, la sculpturale Indonésienne chevaucha les deux corps frémissants. Face à l'une des caméras, elle écarta lentement des deux mains les lèvres de son sexe rasé.

Et d'un seul coup, avec un hurlement sauvage, elle s'empala sur le double membre.

Instantanément, sous l'effet conjugué de la douleur et du plaisir, la sueur jaillit de tous les pores de la peau brune. Agitée de tremblements convulsifs, alternant les cris et des gémissements de félin, la métisse ondulait, montait, descendait, se tordait, visiblement en proie à un plaisir rare et féroce.

La musique, lancinante, jouait toujours.

Simon faillit hurler.

Fasciné par la vue de cette femme distendue à la limite du possible, il n'avait même pas senti Annick, toujours à ses pieds, ouvrir doucement son pantalon.

Et, avidement, elle venait de l'engloutir.

Le bas-ventre brûlant d'adrénaline, Simon fut incapable de se retenir. Il jouit sur-le-champ. La panthère releva la tête, se léchant les lèvres d'un air gourmand.

— C'était pour me mettre en forme, expliqua-t-elle gentiment. Ça va être à moi. Regarde-moi bien.

Ondulante, elle se releva et se dirigea vers le trio qui feulait sur le tapis.

Marjan, apparemment, ne s'était rendu compte de rien.

Annick commença par rester debout derrière la métisse, lui caressant les cheveux et l'embrassant doucement dans l'oreille. Puis, progressivement, ses baisers se firent plus fougueux, plus précis, tandis que ses mains empoignaient presque sauvagement les seins de l'autre femme. Celle-ci, de plus en plus frénétique, répondait avec passion aux attouchements de la panthère.

La somptueuse créature en lurex, les seins bien en vue, contourna le trio et vint s'agenouiller devant la métisse, s'intercalant dans la vision de Simon. L'Indonésienne, les yeux exorbités, posa ses deux mains sur les épaules de son amie, tandis qu'Annick lui griffait le ventre et la poitrine. Doucement d'abord, puis de plus en plus fort. La métisse, déchaînée, criait tandis que des sillons rouges se multipliaient sur sa peau brune.

Avec un ensemble télépathique, les deux jumeaux mirent chacun une main sur une hanche d'Annick. Celle-ci, écartant les genoux, se pencha, posant sa bouche sur les trois sexes réunis.

Et Simon comprit pourquoi elle lui avait demandé de bien la regarder.

La salopette était fendue d'un bout à l'autre de l'entrejambe et la vision de ce sexe fauve et blanc encadré par la masse ronde des fesses tendues de lurex noir avait de quoi reléguer les meilleures productions scandinaves au rayon des images d'Épinal.

En dépit de la vulgarité de l'invité ou peut-être à cause d'elle, Simon faillit bondir. Mais il fut pris de vitesse par l'un des hommes qui, jaillit d'un canapé voisin, nu comme un ver, pour se ruer vers l'offrande d'Annick et l'empaler sans autre préambule.

La panthère poussa un cri terrible. Au même instant, avec une simultanéité stupéfiante, les deux jumeaux se tendirent comme des arcs. Tête renversée, la bouche démesurément ouverte, le corps en convulsion, la belle métisse poussa un hurlement de folie.

Puis, d'un seul coup, elle s'abattit.

Foudroyée de plaisir.

Un couple, également nu, se précipita. Tandis que la femme se jetait dans l'entrejambe de l'Indonésienne, la léchant avec avidité, l'homme s'enfourna sans plus de façon dans la bouche encore ouverte d'Annick.

Du coin de l'oeil, Simon vit que le trio qui était resté sur les canapés ne s'embêtait pas pour autant.

Pas mal, pour des amateurs.

Marjan se dressa d'un bond. Frénétiquement, elle s'extirpa de sa jupe plissée, envoya à l'autre bout du tapis ses souliers plats et arracha son chemisier. Sans cesser de fixer le grouillement de corps d'où émergeaient parfois le lurex noir et la chevelure fauve, elle dégrafa son soutien-gorge et ôta ses bas. Puis, pivotant brusquement vers le jeune Israélien, elle se jeta dans ses bras.

— Baise-moi, Simon, hoqueta-t-elle. Baise-moi vite, avant que cette salope ne revienne.

*

La musique avait cessé. Les techniciens rangeaient le matériel. Annick, les jumeaux et la métisse avaient disparu. Un peu étonnés de leurs propres performances, les trois autres couples se rhabillaient en silence, vidant les fonds de verres à la sauvette. Aimable, paternel, le barbu en costume de velours distribuait les cachets promis.

Il s'approcha de Marjan et de Simon et remit deux grands billets à la jeune fille, accompagnés d'un bref discours un peu sec.

— Qu'a-t-il dit ? interrogea Simon dès qu'Heimi tourna les talons.

La jeune fille eut un sourire amusé.

— Il n'est pas content de nous. Nous n'avons pas bien joué le jeu, paraît-il. Il nous demande de ne plus revenir nous présenter.

Simon lui donna un petit baiser sur l'oreille.

— Tu as très bien joué le jeu, Marjan, souffla-t-il gentiment. Pour moi, en tout cas.

Le sourire de l'étudiante s'élargit tandis qu'une chaleur douce illuminait ses grands yeux marron.

— Merci, Simon. Je t'aime bien, tu sais.

Simon vit le réalisateur héler le chef électricien.

— Ho, Andy ! Kom maar...

L'autre s'approcha du barbu, qui lui donna quelques

instructions. Un déclic se fit dans le cerveau de Simon

Andy.

Le copain que Largo avait chargé d'aller récupérer les rapports de Larsen à Vlieland s'appelait Andy. Il détailla l'électricien : grand, maigre, les cheveux longs, le visage sec.

Non, c'était idiot. Il devait bien y avoir dix mille Hollandais qui s'appelaient Andy. Hésitant, il s'approcha du technicien qui était revenu près de ses projecteurs.

— Andy...

L'autre pivota, fixant Simon de ses yeux durs.

— Ja ?

— Je..., je cherche un ami à Amsterdam. Largo. Ça ne vous dit rien ?

Les yeux du Hollandais ne cillèrent même pas.

— Rien du tout, répondit-il en anglais.

Et, indifférent, il retourna à sa tâche.

Simon revint vers Marjan et l'entraîna vers la sortie. Ça avait valu le coup d'essayer, même s'il n'y avait eu qu'une chance sur mille. La jeune fille serrée contre lui, il ouvrit la porte qui donnait sur l'escalier. Une main se posa sur son épaule. Simon se retourna. C'était l'électricien.

— Demain soir. Dix heures. Au Melkweg.

Et sans attendre de réponse, le grand Hollandais tourna les talons.

Le cerveau en feu, Simon descendit les escaliers.

Marjan habitait chez une amie momentanément absente. Elle pouvait donc loger Simon. La clé dans la serrure, elle sursauta.

— Oh, Simon, c'est affreux !

Protecteur, il la prit dans ses bras.

— Mais non, Marjan. Ne dramatise pas. Tout cela n'avait pas grande importance...

Elle le regarda, interloquée.

— Mais non, ce n'est pas à cela que je pensais. Bien sûr, que cela n'avait pas grande importance. Et dans un sens, je me serais plutôt bien amusée. Non, Simon, ce qui est affreux, c'est que dans tout ça j'ai complètement oublié de prendre des notes pour ma thèse.

AMSTERDAM/VLIELAND

Mercredi 20 octobre, 15h30
(heure locale)

Un miroir surplombait le téléphone posé sur un petit guéridon. La main sur le cornet, Ralph Morganson se jeta un coup d'oeil sans complaisance et se dit qu'il vaudrait peut-être mieux supprimer le miroir.

À trente-huit ans il avait le teint blafard, des poches sous les yeux, un petit ventre rond ridicule pour sa carrure étroite et le cheveu en vacance définitive, le tout sur 1m70, talonnettes comprises. Bref, pas de quoi pulvériser le coeur des minettes. D'ailleurs, il s'en foutait, des minettes. Il préférait les jeunes garçons. Beaux de préférence. Et avec la dégaine qu'il se payait, des beaux et jeunes garçons, ça coûtait cher. Très cher. Et c'est comme ça que tout avait commencé...

Il hésitait. Ce coup de téléphone à donner le rendait terriblement nerveux. En plus de ses éminentes qualités physiques, Ralph était assez lucide pour se savoir un cœur de lapin. Mais après tout, ce n'était pas de sa faute. Personne ne lui avait laissé choisir ses chromosomes...

Se décidant brusquement, il forma le numéro d'un doigt nerveux. La voix neutre répondit dès la première sonnerie.

— Oui ?

— Apollon, s'annonça-t-il.

C'était malin, ce nom de code. Même après quatre ans, un goût de bile lui montait à la bouche chaque fois qu'il devait s'identifier.

— Numéro ?

— 427856411

Le numéro, lui, changeait chaque semaine. Mais d'une manière archisimple. On se contentait de déplacer le dernier chiffre et de le mettre en tête, et ainsi de suite.

— Raccrochez, on vous rappelle.

Clac.

Avec le temps, Ralph avait compris que le numéro qu'il formait ne correspondait pas à la destination finale de son appel. Ce n'était qu'un poste-relais qui transférait sa demande de communication jusqu'à la personne qu'il désirait joindre, c'est-à-dire cette femme à la voix métallique dont il ignorait jusqu'au nom.

Il ignorait tous les noms, d'ailleurs. Mais l'argent, lui, tombait chaque semaine, avec la régularité d'une horloge bavaroise. Et cet argent, il en avait besoin pour gâter ses mignons. Ce n'était pas avec son salaire qu'il aurait pu se les amadouer.

Quatre ans, maintenant, qu'il était mécanicien d'escale de la Winchair à Schiphol. Depuis le tout début de la petite compagnie aérienne. Et ils étaient immédiatement venus le trouver, comme s'ils avaient su d'avance à quel genre de type ils avaient affaire. Pourquoi l'avait-on choisi, d'abord, pour un des rares postes si convoités en Europe ? La boîte avait des tas de gars plus qualifiés que lui pour le job. Bon mécano, d'accord, mais pour le reste... Car c'était un job en solo, tout de même. Pas fatigant mais en solo. Trois ou quatre charters par mois. Avec des pointes de cinq ou six en été.

Mais c'était fini, maintenant. La ligne régulière serait inaugurée dimanche prochain. Un vol par semaine pour commencer. La Winchair allait s'étoffer, à Schiphol. Déjà, on lui envoyait un assistant qui devait arriver vendredi. Comment allait-il se débrouiller avec ce type dans les pattes ? Et que se passerait-il si on le réexpédiait aux États-Unis ou à Nassau ? Il préférait ne pas y penser.

Son coeur bondit dans sa poitrine quand la sonnerie retentit. Pour lui laisser le temps de s'apaiser, il s'efforça d'attendre la quatrième sonnerie avant de décrocher d'une main un peu tremblante.

— Morganson ?

Cette voix sèche, métallique, lui flanquait une trouille diarrhéique. Comme ça, sans raison.

— C'est moi, madame.

— Vous vouliez me parler. Pourquoi ?

— Il y a un pépin, madame.

Un silence, infinitésimal.

— Quel genre ?

— Je... je ne pourrai pas faire l'envoi comme prévu.

Second silence, nettement moins infinitésimal.

— Pourquoi, Morganson ?

— Tous les charters ont été annulés, madame. Je viens de

recevoir un télex à mon bureau.

— QUOI ?! Vous vous payez ma tête ?

— Non, non, c'est... c'est le cyclone, madame.

— Quel cyclone ? Mais accouchez donc, imbécile !

En dépit de la fraîcheur qui régnait dans son appartement, Ralph sentit son front devenir moite.

— Vous... vous avez dû voir dans les journaux... le cyclone qui a ravagé les côtes de Floride et une partie des Caraïbes. Il a... il a détruit une partie des hangars de la Winchair, endommageant plusieurs appareils. Ils ont été forcés d'annuler tous les charters sur l'Europe, madame. Les clients ont été reportés sur Bahamas Airways.

— Nom de Dieu ! sacra la voix.

— Mais il y a une autre possibilité, madame, s'empressa d'ajouter le mécanicien.

— Laquelle ?

— Le cyclone a également atteint le nouveau DC 10 qu'ils comptaient mettre en service sur la ligne Amsterdam - New York à partir de dimanche prochain.

— Et alors ?

— Eh ben, heu... comme ils ne veulent pas renoncer à l'inauguration, ils envoient un des vieux 707 à la place. J'ai vérifié l'immatriculation, madame. C'est un des nôtres...

— Bon sang, Morganson ! Pourquoi ne l'avez-vous pas dit tout de suite. Faites l'envoi sur celui-là.

— Mais, madame, c' est... c' est un vol inaugural.

— Qu'est-ce que vous voulez que ça me foute ?

— Ce n'est pas comme un charter, tenta d'expliquer Ralph d'une voix suppliante. L'avion sera sans doute là dès vendredi. Il sera gardé, nettoyé, décoré, entouré...

— Démerdez-vous, Morganson C'est votre partie.

— Ils envoient aussi un autre mécanicien... pour m'assister, madame.

— Démerdez-vous, vous dis-je, aboya la voix. L'ennui, avec vous, c'est que vous êtes plus paniqué qu'une souris. Faites l'envoi dans ce vol-là et, comme d'habitude, le plus tard possible avant le décollage. C'est à quelle heure, ce décollage ?

— Onze heures, madame. Du matin.

— C'est noté. Et n'oubliez pas, Morganson...

— Oui, madame ?

— Comme d'habitude aussi, vous serez surveillé. Nous ne tolérons pas les erreurs, vous le savez. Surtout avec un enjeu de cette importance. Des questions ?

— Heu... non, madame.

— Bien. Au revoir.

Clac.

Le mécanicien regarda haineusement l'écouteur avant de raccrocher à son tour.

La salope !

800 kilos. Les fois précédentes, tous les quatre ou cinq mois, c'était entre 350 et 500 kilos. Trois fois par an, Ralph Morganson maigrissait de vingt livres en huit jours. Ce coup-ci, ils n'avaient plus rien expédié depuis sept mois...

8oo kilos de came !

Il connaissait les tarifs pratiqués aux States. Ça faisait... ça faisait 500 millions de dollars.

Un demi-milliard !

Il rencontra son regard fatigué dans le miroir. Le chiffre lui donnait le vertige. Ah, si seulement il avait de l'envergure !...

Avec un demi-milliard de dollars il pourrait vivre à l'année dans le meilleur appartement du Bellevue d'Acapulco et sc payer un danseur étoile tous les quarts d'heure sans même écorner les intérêts de son capital.

Mais voilà, l'envergure, il ne l'avait pas. Alors il valait mieux ne pas trop rêver.

Le mécanicien arpenta nerveusement le tapis de son petit salon.

Que se passerait-il si on le changeait de poste ? La réponse lui tomba dessus avec la précision d'un couperet de hguillotine : dès qu'il cesserait d'être utile à l'organisation qui le payait, il ne serait plus qu'un mort en très bref sursis.

Bon sang ! Pourquoi s'était-il fourré dans ce truc pourri ? Tout semblait pourri, d'ailleurs. Déjà, il y a quelques mois, cette mort bizarre du patron de la Winchair. Et maintenant Winch en personne qui alimentait la " une " des journaux, tous les flics de Hollande aux fesses.

Pourri.

Et soudain, Ralph eut l'intuition de ce qu'il devait faire. Okay, il chargerait la came. Comme prévu. Mais ce serait la dernière fois.

Une heure durant, sans cesser de marcher, il mûrit l'idée qu'il venait d'avoir.

Ça se tenait.

Il lui restait quatre jours pour se préparer.

*

La Cyclope raccrocha le combiné et transperça son vis-à-vis de l'éclair de son oeil unique.

— Comme vous l'avez entendu, cher monsieur, notre affaire est en bonnes mains. Vous n'avez donc aucune crainte à avoir.

Sir Benedict resta parfaitement impassible.

— Permettez-moi de m'inquiéter quand même, répliqua-t-il d'un ton sec. Mes informations, comme je vous l'ai déjà dit, me confirment que nous sommes entrés dans la ligne de mire de la D.E.A. américaine. Nous ne pouvons plus risquer de passer par les moyens d'expédition habituels. Au contraire, nous devons “ geler ” le stock et attendre un moment plus favorable.

L'industriel ignorait tout de la méthode utilisée pour passer l'héroïne aux États-Unis Mais ça, cette femme n'était sans doute pas censée le savoir. Il regarda discrètement son bracelet-montre. De toute manière, cela n'avait plus beaucoup d'importance. Dans dix minutes au maximum Dirk et ses trois hommes de main auraient atteint la villa.

Le garde du corps hollandais et les trois tueurs qu'il avait recrutés n'auraient pas bouleversé la loi des grands nombres en additionnant leurs quotients intellectuels. Tout ce que sir Benedict leur demandait était de tirer vite. Leurs consignes étaient d'une simplicité biblique : dès qu'ils pénétreraient dans la villa, abattre tout ce qui bougeait. Hormis, bien sûr, la Cyclope et lui-même. Et ce ne serait pas cette poignée de petits Noirs pouilleux qu'il avait aperçus en débarquant qui les arrêterait.

L'une des forces de sir Benedict était de savoir prendre d'une manière foudroyante des décisions qui engageaient toute son existence. Surtout quand cette existence était en danger. Dans le meilleur des cas le grand patron divulguerait aux autorités britanniques les preuves de son identité réelle. Ce qui ne vaudrait guère mieux.

Et ce petit salaud de Winch qui avait réussi à échapper aux flics ! Lui-même avait eu un mal fou à convaincre les policiers de sa bonne foi, sachant fort bien que, de ce côté-là, ce n'était que partie remise. Une fois qu'on entre dans le collimateur de la police, on y reste pour un sacré bout de temps.

Et, du temps, sir Benedict n'en avait plus à revendre. Deux heures après l'évasion spectaculaire de Winch, l'industriel savait déjà qu'il abandonnerait sans trop de regrets les Entreprises Killian, la high-society londonienne et son titre de baronnet... Avec un demi-milliard de dollars, même à cinquante-six ans, on se refait une virginité n'importe où. Et après tout, ce ne serait pas la première fois qu'il basculerait d'une ancienne vie dans une nouvelle.

Il ne lui restait qu'une seule issue digne de lui, un fabuleux coup de poker à tenter : s'emparer du stock d'héroïne de l'organisation. Et pour cela faire parler la seule personne à sa portée qui en connaissait la cachette actuelle.

Cette fameuse Cyclope aux cheveux rouges...

Il avait mis Stephanie dans un avion de nuit pour Londres. Quand il aurait réussi, elle le rejoindrait où qu'il soit. Aucune crainte à avoir à ce sujet, la jeune femme était forcée de lui obéir. Et elle le savait.

Puis il avait récupéré son ketch au Hemhaven, embarqué les quatre tueurs plus bardés d'armes que l'état-major d'Al Capone, fait le plein du réservoir et lancé le moteur à 4h30 du matin. Pour éviter la lenteur du Noordzee Kanaal et les courants côtiers, il avait quitté Amsterdam par l'Ijsselmeer, un immense lac d'eau douce séparé de la mer par l'Afsluitdijck, cette gigantesque digue de 30 kilomètres construite entre 1927 et 1932 dans le cadre du Plan Delta[18]. Après six heures de navigation, il passa sans difficulté l'écluse de Stevin, réservée aux bateaux de très faible tonnage à l'entrée sud de la digue, et moins de deux heures plus tard atteignit la côte ouest de Vlieland où il lâcha discrètement ses hommes. Ceux-ci connaissaient par coeur le plan de la propriété ; sir Benedict y avait effectué assez de travaux pour avoir su le reconstituer de mémoire.

Une heure après, il accostait à l'embarcadère proche de la villa. Il s'était fait reconnaître avec son nom de code et son numéro, et une espèce d'abruti albinos l'avait fouillé sans dire un mot. Inutilement bien sûr ; sir Benedict n'avait pas eu la stupidité de prendre une arme avec lui. En découvrant le visage dur d'Olenka, cette grande femme borgne à la tenue de corsaire, il avait immédiatement compris qu'il n'aurait pas réussi à la bluffer par des moyens ordinaires. Il se dit même qu'il ne serait sans doute pas facile de la faire parler.

Mais là, il était tranquille. La torture était un domaine qu'il connaissait bien.

On frappa à la porte.

Se détournant à demi, sir Benedict vit entrer l'albinos en compagnie d'un immense Indien ou Malais au mufle de brute. Ce dernier prononça quelques phrases dans un dialecte incompréhensible et la Cyclope hocha la tête avec un petit sourire. Mal à l'aise, l'industriel constata que les deux hommes ne faisaient pas mine de quitter la pièce.

Olenka reporta son attention sur lui.

18. Le Waterstaat *(ministère de l'eau) est aux Pays-Bas un véritable État dans l'État. C'est l'un des plus puissants ministères du gouvernement. Quand on sait qu'un bon quart du pays se trouve sous le niveau de la mer, cela se comprend.*

— Vous me parliez de vos inquiétudes, sir Benedict. C'est une préoccupation louable, mais pourquoi avoir pris le risque de venir jusqu'ici ? Pourquoi cette procédure inhabituelle au lieu de contacter tout simplement notre ami commun ?

— J'ai essayé de l'atteindre, mais en vain. Et le temps pressait. Je n'avais donc pas d'autre choix que de venir vous prévenir de mettre le stock en sûreté.

— Je vois... Dites-moi, sir Benedict, vous comprenez le malais ?

L'industriel tressaillit.

— Le malais ? Bien sûr que non. Pourquoi cette question ?

La grande femme se pencha légèrement vers lui, souriant de toute son éblouissante denture.

— Parce que si vous connaissiez le malais, vous auriez compris ce que Daong vient de me dire.

— Et que vous a-t-il dit ? demanda-t-il en jetant un regard de côté aux deux hommes immobiles près de la porte.

— Que lui et Karsh avaient été forcés d'égorger quatre hommes armés qui tentaient maladroitement de s'approcher de la villa.

En dépit de toute sa maîtrise de soi, sir Benedict ne put s'empêcher de sursauter violemment.

— Ce qui prouve combien vous aviez raison de vous faire du souci, poursuivit aimablement Olenka sans paraître prêter attention à la réaction de son vis-à-vis. 800 kilos d'héroïne presque pure, cela excite bien des convoitises, n'est-ce pas. Mais vous nous quittez déjà ?

L'industriel s'était levé brusquement.

— Oui, je suis désolé, mais je dois rejoindre Londres au plus tôt. Je vous ai prévenue, madame. J'espère que vous prendrez les mesures qui s'imposent.

Le sourire de la Cyclope se teinta d'ironie.

— Rassurez-vous, sir Benedict, je vais les prendre immédiatement. Asseyez-vous, ajouta-t-elle d'un ton soudain durci.

Haussant les épaules, il se rassit, résigné. Il ne s'était pas vraiment attendu à ce qu'elle le laisse partir aussi facilement. L'art d'un joueur de poker est aussi de savoir perdre. Mais il pouvait encore trouver un moyen de s'en tirer.

La grande femme se leva, sans cesser de le fixer.

— À moins que vous ne préfériez que je vous appelle Herr Hauptsturmführer von Trotta ?

Elle avait prononcé cette dernière phrase en néerlandais, d'une voix inhabituellement douce.

— Tiens ! constata-t-il dans la même langue, une trace d'amertume dans la voix. Je vois que notre ami commun, comme vous dites, vous a livré mon petit secret.

— Erreur, mon cher Stefan, c'est moi qui lui ai révélé, il y a quatre ans, qui vous étiez réellement.

Stupéfait, il contempla la silhouette de corsaire qui se découpait sur la grande fenêtre de la pièce.

— Que voulez-vous dire ? Comment auriez-vous ?...

— Le plus simplement du monde, Stefan. Regardez, cela va sûrement vous rappeler de bons souvenirs.

Et d'un geste brutal, elle arracha le bandeau noir qui lui couvrait l'oeil gauche.

L'orbite vide entourée de cicatrices boursouflées était horrible à voir.

— Regardez, dit-elle encore.

Et elle déboutonna son chemisier, l'écartant largement. De

la base du cou jusqu'aux seins, sa poitrine n'était plus qu'un affreux réseau de chair ravagée par d'écoeurants sillons rosâtres.

Comme dans un cauchemar il se retrouva plongé trente-deux ans en arrière, dans cette aube blême de septembre...

Fürst qui bondit, le cri terrible, le sang qui jaillit, l'oeil pendant sur la joue...

Pétrifié, épouvanté, il la fixa, sans y croire encore.

— Slaaf... balbutia-t-il d'une voix étranglée.

— Eh oui, Stefan chéri, murmura la Cyclope. Slaaf. Tu n'es pas plus content que cela de retrouver ta petite esclave hollandaise ?

*

— Malgré les bons soins de Fürst, je vivais encore quand les Américains m'ont trouvée. Plus beaucoup, mais je vivais. Un de leurs médecins militaires m'a rafistolée tant bien que mal ; je n'ai pas eu droit à la chirurgie esthétique, moi. Et à la fin de la guerre je me suis retrouvée dans un D.P.[19] avec quelques centaines de pauvres gens, en majorité de l'Est, qui, comme moi, n'avaient plus de papiers, plus de pays, plus d'identité.

Effondré dans son fauteuil, l'industriel la fixait. Sans réaction. Karsh et le Malais, debout derrière lui, le surveillaient du regard. Olenka, la voix un peu cassée, marchait de long en large tout en parlant.

— Au bout de huit mois, j'avais retrouvé un peu de cette personnalité que tu avais presque réussi à anéantir, Stefan. Et j'en ai eu assez du camp. J'ai couché avec un brave Américain du service administratif qui m'a procuré les papiers

19. Displaced persons Camp : *Camp de personnes déplacées*

nécessaires, et j'ai sauté sur le premier bateau d'émigrants en partance. Ce fut l'Indonésie. Pendant deux ans, j'ai été la seule pute blanche à trois roupies des bas-fonds de Djakarta. C'était ma seule ressource, et avec mon oeil crevé et ma poitrine en bouillie je ne pouvais pas espérer mieux. C'est là, Stefan chéri, que j'ai appris à tuer. Mais, à cette époque, c'était encore pour me défendre.

“ Le jour de mes dix-neuf ans j'ai réussi à passer aux Philippines, encore bourrées de soldats américains qui n'arrêtaient pas de fêter leur victoire sur les Japonais. À Manille, un Chinois industrieux m'a prise en main. Il ne manquait pas d'imagination et a mis au point un numéro d'arrière-salle dont au moins dix mille vétérans du Pacifique doivent encore se souvenir avec émotion. Avec un mulet. Un mulet bien membré. Mon Chinois faisait fortune. Moi pas. Le jour où il a voulu ajouter un bouc au mulet, je l'ai tué. Malheureusement, son argent était à la banque. Je me suis tirée avec un père jésuite belge qui partait évangéliser les Papous. Ce brave curé a été l'un des rares hommes, sinon le seul, à être gentil avec moi. Il me baisait, bien sûr, en rigolant dans sa grande barbe. Mais il était gentil. Quand ses catéchumènes l'ont tué, ils ont soigneusement récité leur bénédicité avant de le manger. Ça lui aura sûrement fait plaisir, au père Desmet...

“ De Nouvelle-Guinée j'ai atteint Singapour. Pute, de nouveau. Mais, cette fois, j'avais compris. Grâce à toi, Stefan, j'avais été à bonne école et je comptais bien faire payer mes talents à leur juste prix. Avec un joli bandeau de soie sur l'oeil gauche et un petit boléro pour cacher le haut de ma poitrine, j'ai gagné tout ce que je voulais. À Bangkok, j'ai ouvert mon premier bordel et j'ai commencé à faire travailler les autres. À Macao et à Hong-Kong, j'ai appris le jeu et l'argent. À Saigon et à Vientiane, j'ai compris le pouvoir de la drogue. En dix ans, Stefan, j'ai découvert plus de vices, plus de recoins tortueux de l'âme humaine que toi et tes pouffiasses de Maastricht n'auriez osé même l'imaginer. J'ai assisté aux tortures les plus atroces, aux humiliations les plus dégradantes, aux perversités les plus raffinées qu'aient pu accumuler quatre millénaires de civilisation asiatique. Et un jour je me suis aperçue que je n'avais plus en moi une seule larme. Je venais d'avoir trente ans et, ce jour-là, j'ai décidé de me faire pirate. "

Reprenant haleine, la grande femme se planta devant son auditeur immobile. L'industriel semblait figé dans le marbre.

— Pourquoi ne souris-tu pas en regardant mes bottes et mon bandeau sur l'oeil ? Pirate !... Et pourtant, vois-tu, c'est la vérité. Pendant douze autres années, j'ai commandé l'une de ces jonques de guerre qui écumaient les mers de Chine et de Java. Douze années de course, de meurtre et de pillage, pendant lesquelles j'entassais mes prises dans mon repaire des Moluques. Et, seule femme dans ce monde d'hommes, je devais me montrer plus cruelle, plus impitoyable que tous les autres pirates réunis. Je n'y ai pas manqué, Stefan. Cela me fut même facile. Et c'est ainsi qu'est née la Cyclope. Tu vois le beau destin que tu m'as donné l'occasion de vivre...

Un peu surpris par cette véhémence, il leva les yeux vers elle.

Elle haletait.

— Pourquoi es-tu revenue ? interrogea-t-il d'une voix rauque. N'avais-tu pas atteint la fortune que tu cherchais ?

Olenka le regarda plus calmement, presque radoucie de s'être libérée du poids de son récit.

— La fortune va et vient, Stefan. Tu en sais quelque chose. Un cher confrère, pirate comme moi, un ami, m'a capturée.

J'étais du métier, j'avais compris. La vie vaut mieux que quelques coffres de bijoux. En vrai Chinois, il a respecté sa parole et m'a libérée, intacte, après avoir pris possession de mon trésor de guerre. Mais il a eu la subtilité de ne le faire qu'après m'avoir expédiée en Europe. Et je me suis retrouvée sur un quai de Bremerhaven, un soir de décembre, sans rien d'autre que la robe de laine et le vieux manteau que je portais sur moi.

— Et la tête pleine de rêves de vengeance, je suppose ?

Elle le regarda, sincèrement étonnée.

— Vengeance ? Pourquoi ? Tchang T'saï s'était montré honnête, lui. Il avait joué un jeu dont nous connaissions tous les deux les règles. Un jeu auquel j'avais souvent gagné. Cette fois-là j'avais perdu, c'est tout. Non, Stefan, je n'ai jamais songé à me venger d'un Tchang T'saï. Ce dont je rêvais, c'était au moyen de reconquérir des richesses encore plus grandes que celles que je venais de perdre.

"Je suis descendue vers Amsterdam, la métropole de mon pays natal, où je n'avais jamais mis les pieds. J'y ai végété un an. En Asie, j'étais une reine pirate et le nom de la Cyclope était connu de Séoul à Colombo. En Europe, je ne connaissais personne et je n'étais rien. Rien d'autre qu'une femme laide, vieillissante et sans un sou. L'humiliation a été dure, Stefan. Très dure. Et puis, j'ai rencontré Michel Cardignac. Il avait entendu parler de moi au cours de ses voyages. Il m'a présentée à son associé, celui qui est aujourd'hui le chef de notre organisation. J'étais celle qu'il leur fallait. C'est ainsi que nous avons démarré. Et l'une des premières choses utiles que j'ai apportées à l'organisation a été une recrue de choix : toi, Stefan.

L'industriel baissa la tête, sans répondre.

— Je t'avais vu dans cet uniforme anglais. Ton plan était facile à deviner. Ce que j'ignorais, par contre, c'est s'il avait réussi. Mais ce fut un jeu d'enfant, pour nous, d'enquêter à partir de la liste des prisonniers libérés du camp de Maastricht. J'avoue qu'en découvrant ce que tu étais devenu, j'ai été impressionnée. Sir Benedict Killian-Vaughn... Mes compliments, Stefan. Toi aussi, tu auras été un être d'exception.

Il se leva lentement, comme s'il venait de prendre une décision, et la regarda bien en face.

— Merci, fit-il d'une voix redevenue ferme. Je suppose que tout est dit ?

La Cyclope hocha la tête.

— Oui, tout est dit. L'esprit humain est un étrange animal, Stefan. Tu vois, en dépit de tout ce que tu m'as fait subir à Maastricht, je n'ai jamais réussi à vraiment t'en vouloir. Pourtant, depuis trente-deux ans, je savais que je te chercherais et que je te tuerais. Et depuis trente-deux ans, je savais comment je te tuerais. J'avais prévu de te voir surgir à Vlieland ces jours-ci, attiré par l'appât de cette fortune en héroïne, et je me suis préparée à te recevoir. Tu as deviné ce qui t'attend, n'est-ce pas ?

Sans dire un mot, il baissa affirmativement les paupières. Elle eut un sourire triste.

— Comme c'est curieux, murmura-t-elle. J'ai fait hurler de

douleur pendant des jours entiers des hommes coupables de bien peu de chose. Et toi, qui as commis tant de crimes, tu vas mourir presque sans souffrances...

— Viens, Olenka. Finissons-en.

Et, très droit, il alla se mettre entre les deux hommes qui l'attendaient près de la porte.

Il connaissait bien cet escalier, suintant d'humidité, qui descendait en tournant. C'était lui qui l'avait aménagé. Et il savait que ces marches débouchaient sur un couloir voûté où s'ouvraient quatre portes de fer. Karsh et Daong s'arrêtèrent devant la troisième.

Il se retourna.

Quelques pas en arrière, l'oeil unique brillait dans la pénombre du couloir, sous la masse de flamme des cheveux.

— Dire que je ne savais même pas que tu t'appelais Olenka... murmura-t-il.

La porte s'ouvrit en grinçant, et il ne put contrôler un sursaut de peur. Mais Stefan von Trotta, meurtrier, amoral, sans scrupules, était un homme courageux. Il ne tenta même pas de se débattre quand les deux hommes le poussèrent dans la cage.

Et il ne poussa pas un cri lorsque, rendu fou de rage par cinq jours de jeûne forcé, l'énorme dobberman se jeta sur lui.

AMSTERDAM

Mercredi 20 octobre, 22 h
(heure locale)

Immense baraque décrépite à deux pas de la Leidseplein, le Melkweg[20] était géré, disait la pancarte, “ par des jeunes pour des jeunes ”. En payant ses dix-huit florins d’entrée pour lui et pour Marjan, Simon estima que les jeunes qui se trouvaient derrière le tiroir-caisse étaient nettement plus astucieux que ceux qui se pressaient devant.

Avec son jumeau le Paradiso, tout proche, le Melkweg était censé être la Mecque amstellodamoise des nostalgiques du marginal, et l’ensemble se présentait comme un effort pathétique pour recréer l’ambiance des communautés californiennes des années 60. L’ennui était que le seul point commun de l’endroit avec la grande période du [flower power] semblait être les cheveux longs et l’ostensible fantaisie vestimentaire. Pour le reste, c’était sale, c’était morne et ça tenait plus du ghetto que de l’appel à l’existence libérée.

20. Voie lactée

Deux bistrots dont un à l'étage, une salle de concert pour musique pop ou folk, une petite salle de projection, un marché d'articles artisanaux, c'était tout.

Ça grouillait de monde, jeunes et très jeunes, mais Simon n'apercevait que des regards éteints et des filles mal lavées. On n'entendait pas un rire, pas une discussion animée, rien que des murmures et le raclement des innombrables sabots suédois sur le pavement des couloirs. On ne dansait pas, on buvait peu, mais on se confectionnait à la chaîne une multitude de “ joints ” que l'on se passait avec des mines indifférentes de conspirateurs blasés.

Bousculé par la foule, Simon serra Marjan contre lui. Il aimait ce corps plein et soyeux. La jeune fille leva la tête en souriant. Il aimait ce sourire et ces yeux gais. Il l'avait prévenue qu'il devrait la planter là pour le reste de la soirée, mais Marjan avait tenu à l'accompagner quand même. Ne fût-ce que pour lui indiquer l'endroit. En prévision de cette soirée interrompue, ils avaient fait l'amour toute la journée.

— Alors, où il est, ton type ? demanda-t-elle.

Tout ce qu'elle savait, c'était que Simon devait retrouver ici cet électricien, Andy. Le jeune Israélien avait l'étudiante à la bonne, mais tout de même pas au point de lui parler de Largo.

Elle n'avait d'ailleurs posé aucune question.

Bien, cette fille, très bien.

— Comment veux-tu que je le repère dans cette forêt de tifs ? grommela-t-il.

— Ne t'en fais pas, s'esclaffa gentiment Marjan. Toi, il te trouvera facilement.

Avec son visage bronzé, ses yeux violets et ses cheveux noirs coupés très courts, Simon passait aussi inaperçu dans cette faune capillaire qu'un naevus sur le nombril de miss Monde.

Elle se colla contre son bras.

— Viens, allons au bistrot du premier. C'est l'endroit le moins sale, ici...

Ils venaient à peine de gagner durement une place assise que quelqu'un mit une main sur l'épaule de Simon

C'était Andy.

Sans prononcer une parole, le maigre Hollandais se détourna aussitôt et se dirigea vers l'escalier. Simon embrassa Marjan, lui caressa amicalement les seins, cligna de l'oeil et se précipita à la suite de l'électricien.

Dans la ruelle devant le Melkweg, Andy repoussa du bras un grand Noir au visage grêlé qui proposait du " hash-bonne-qualité-libanais-tant-que-tu-veux-pas-cher ", et se dirigea vers deux vélos liés entre eux par un cadenas. Perplexe, Simon le regarda défaire le cadenas. Il n'avait plus mis son derrière sur une selle de vélo depuis ses douze ans.

— Heu... on doit aller loin, sur ces machins ?

L'autre se contenta de lui indiquer une des bécanes. Philosophe, Simon l'enfourcha.

En débouchant sur la Leidseplein, à la sortie de la ruelle, il fut distrait par une voiture qui démarrait et manqua de s'étaler. Mais il reprit son équilibre et s'efforça de rejoindre son guide dont les longs cheveux flottaient à la lumière des néons. Côte à côte, ils franchirent le pont de l'Overtoom et se retrouvèrent bientôt longeant l'immense Vondelpark. Inquiet, Simon se retourna et, une nouvelle fois, faillit se retrouver dans le caniveau.

Une voiture les suivait à petite allure. Il reconnut sans peine celle qui avait démarré à leur sortie de la ruelle.

— Andy ! Nous sommes suivis. Une voiture...

Andy se contenta de hausser les épaules.

— Possible. Aucune importance.

Il ne gagnerait sans doute jamais le critérium mondial de la joute oratoire, mais il savait quand même parler.

— Ah bon..., fit Simon.

Et pour économiser un souffle dont il commençait à avoir grand besoin, il résolut de se taire aussi.

Vingt minutes plus tard, les deux cyclistes avaient dépassé les derniers faubourgs et pédalaient sur la piste cyclable qui longeait l'ancienne route de La Haye. Simon jeta un coup d'oeil par-dessus son épaule : la voiture suivait toujours. Discrètement, mais elle suivait.

Soudain, Andy bifurqua à angle droit et s'engagea dans un chemin macadamisé, juste assez large pour deux cyclistes de front. Rapidement, la grand-route fut loin derrière eux et Simon fut saisi par le silence. L'un suivant l'autre, ils roulèrent encore deux kilomètres, tournant sans cesse dans de nouveaux petits chemins identiques au premier. L'oeil rivé au feu arrière du vélo qui le précédait, Simon devait se concentrer pour ne pas tomber dans le fossé. Il se concentrait même tellement qu'il faillit lui rentrer dedans lorsque Andy s'arrêta brusquement.

— Nous sommes arrivés ? interrogea-t-il un peu surpris. La nuit était assez claire. Tout autour d'eux, la plaine archiplate semblait rejoindre l'infini. Le jeune Israélien ne voyait rien, sinon au loin les lueurs d'Amsterdam et, à des distances variables, les pointillés de lumière de l'une ou l'autre route.

— Retourne-toi, fit Andy. Et dis-moi ce que tu vois.

Simon obtempéra et ne vit rien.

— Ben, il n'y a rien, constata-t-il platement.

Les dents du Hollandais brillèrent dans la clarté lunaire.

— Très juste. Et si nous étions suivis, il y aurait quelque chose. C'est le meilleur moyen de décoller une sangsue, mon vieux. Seuls les vélos peuvent passer par ici. Ou bien ton suiveur est en bagnole et il est baisé ; ou bien il a aussi un vélo, et on le verrait à deux kilomètres. Allez, on repart.

L'oeuf de Colomb, quoi.

Sans paraître épuisé par cet exposé anormalement long pour lui, Andy repartit de plus belle. En gémissant sur ses fesses douloureuses, Simon s'empressa de le suivre.

Au bout de deux kilomètres, ils rejoignirent une grand-route. Un café se trouvait au coin. Ils mirent pied à terre et rangèrent les vélos dans un hangar. Prenant un trousseau de clés dans sa poche, Andy se dirigea vers une 2 CV garée dans le parking et ouvrit la portière.

Dix minutes plus tard, ils étaient de retour à Amsterdam.

Roulant lentement le long du Singelgracht, ils passèrent devant le Rijksmuseum, l'un des plus prestigieux musées d'art ancien du monde. Le canal était bordé de péniches à quai, résidence permanente de centaines de familles. Andy stoppa devant l'une d'elles et fit signe qu'on était arrivé. Suivi par l'Israélien, il descendit dans les entrailles du bateau.

Ils se retrouvèrent dans un petit salon encombré de tapis et de bibelots. Un homme, à leur apparition, s'extirpa d'un fauteuil. En plus âgé, il ressemblait à Andy comme un frère. Sans dire un mot, l'électricien tapa sur l'épaule de Simon, grimaça un sourire puis remonta le petit escalier et disparut. L'homme du fauteuil accorda à peine un regard à l'Israélien et alla frapper à une petite porte dans le fond de la pièce.

Le battant s'ouvrit et Largo surgit, l'avant-bras bandé, un large sourire aux lèvres.

— Bienvenue au quartier général, Simon. La bicyclette te réussit, dis donc... tu as encore meilleure mine que d'habitude.

*

Largo releva brusquement la tête du rapport que Sullivan avait remis à Simon et qu'il étudiait depuis vingt bonnes minutes.

— Il y a quelque chose qui ne colle pas, bon sang ! Ou alors notre homme est encore plus retors que je ne le pensais. Simon, ajouta-t-il en pivotant vers l'Israélien, il faudrait que tu ailles immédiatement faire une petite enquête en Allemagne.

— En Allemagne ? Mais d'abord, qu'est-ce que tu entends par immédiatement ?

— Immédiatement, c'est-à-dire dès que tu quitteras la péniche. Antoon, notre hôte, te procurera une voiture. Tu as toujours ton faux passeport, bien sûr ?

— Bien sûr.

Largo considéra son ami d'un air narquois.

— Désolé pour ta petite amie, mon vieux. Tu la retrouveras quand tout sera terminé...

— Ouais, fit Simon, de la nostalgie mammaire plein les yeux. Quand tout sera terminé... Ecoute, Largo, ça fait quatre mois qu'on se défonce sur ce truc. Et regarde où on en est : toi, tu es en passe de devenir l'ennemi public numéro un, avec en prime les tueurs de la Cyclope aux fesses. Et moi, dans un registre mineur, j'admets, je n'ose plus regarder un flic en face de peur de me retrouver derrière les barreaux. Alors, ce sera terminé quand, à ton avis, ce pastis ?

— Dimanche, fit calmement Largo.

Simon le regarda sans comprendre.

— Dimanche ? Quoi, dimanche ?

— Ce sera terminé dimanche prochain. D'une manière ou d'une autre. Mais ce sera définitif.

Le jeune Israélien soupira.

— O.K., Largo, c'est toi le cerveau. Explique.

Ils se trouvaient tous les deux dans la petite pièce du fond de la péniche, qui servait visiblement de bureau au propriétaire des lieux. Encombré de paperasses, l'endroit tenait plus du placard à balais que de la salle de bal du P.-D.G. ! Et la présence inattendue d'un énorme téléscripteur flambant neuf n'arrangeait pas l'espace vital.

En plus ça manquait un peu d'air, en dépit du hublot ouvert et les deux amis, installés tant bien que mal dans ce fatras, transpiraient à grosses gouttes.

Largo tenta en vain de se carrer plus confortablement sur sa chaise.

— Écoute, Simon. Notre projet initial tombe à l'eau, ça, c'est indiscutable. Où que soit Quinn en ce moment, il ne voudra plus se mouiller avec nous. Et, d'autre part, à en croire Killian-Vaughn, nos amis de Vlieland ont plié bagage ou presque. Or, je suis certain que ce bon sir Benedict n'a pas menti sur ce point. D'accord jusque-là ?

— D'accord, grogna Simon

— Bon. Donc ils plient bagage, mais il leur reste un stock d'héroïne à expédier avant de mettre définitivement la clé sous le paillasson. Un stock important. Et nous savons depuis le début qu'ils se servent de certains appareils de la Winchair. Cela fait un moment que Kaplan a identifié les quatre Boeing 707 trafiqués par Cardignac. Je t'ai dit à l'époque comment, dans ces quatre avions, les planchers de cale ordinaires avaient été remplacés par des planchers évidés et renforcés. De véritables containers, invisibles, indétectables et capables de contenir pour chaque appareil jusqu'à 1 500 kilos de n'importe quoi de poudreux. Comment ils flanquent leur came là-dedans, et comment on la retire à l'arrivée, je n'en sais rien et ça n'a pas beaucoup d'importance pour l'instant. Tu sais aussi que Kaplan a immédiatement mis tous les vols de ces quatre appareils sous surveillance spéciale, surtout les vols Europe-U.S.A. et que ça n'a rien donné. Soit que nos amis aient été particulièrement habiles, soit qu'ils n'aient rien expédié depuis que nous avons identifié les zincs trafiqués. Vu l'importance du stock qui leur reste sur les bras, je pencherais pour cette deuxième hypothèse. Toujours d'accord ?

— Ouais.

— Tu m'en vois ravi, sourit Largo. Bien. La Winchair dispose de quatre points de départ charter en Europe : Londres, Amsterdam, Francfort et Paris. L'héroïne ne pouvait donc être chargée que dans l'un de ces quatre aéroports. Le centre de production se trouvant aux Pays-Bas, Amsterdam partait grand favori. En effet, pourquoi le réseau prendrait-il le risque supplémentaire de faire passer une frontière terrestre à sa marchandise ? Mais à l'époque, souviens-toi, nous n'avions aucune certitude qu'il s'agissait des Pays-Bas. Larsen semblait en être persuadé, d'après certaines rumeurs qui avaient filtré jusqu'à lui, mais c'est tout. J'ai donc fait faire une enquête approfondie sur nos quatre mécaniciens d'escale dans ces grandes villes.

— Je sais ça aussi, fit impatiemment Simon. Mais tu ne m'as pas dit quels avaient été les résultats.

— J'y arrive, mon vieux. Hier soir, après mon steeplechase, je me suis réfugié ici et j'ai télexé à Freddy Kaplan, dans notre code prévu, pour lui demander de se démerder pour remplacer le beau DC 10 du vol inaugural de dimanche par l'un des Boeings trafiqués. Il a trouvé un prétexte impeccable. Résultat : dans les deux mois à venir, le seul appareil de la Winchair qui quittera l'Europe sera celui qui décollera de Schiphol dimanche à 11 heures. Et, ô miracle, c'est justement l'un des 707 trafiqués. Que vont faire nos petits copains, à ton avis ?

— Soit se précipiter dessus, soit planquer la came et attendre des jours meilleurs, dit Simon.

— Correct. Alors, écoute ceci.

Se penchant, Largo pêcha un petit magnétophone qu'il déposa devant lui. Maladroitement, à cause de son bras bandé, il le régla et le mit en marche. Deux voix s'élevèrent dans la minuscule pièce. L'une lointaine, sèche, métallique, l'autre plus proche, plaintive, presque aiguë.

"... Vous voulez me parler. Pourquoi ? — Il y a un pépin, madame. — Quel genre ? — Je... je ne pourrai pas faire l'envoi comme prévu... "

— Qu'est-ce que c'est que ce duo ? s'étonna Simon. Largo lui fit signe de se taire et d'écouter. L'enregistrement était court, pas plus de deux minutes.

"... Nous ne tolérons aucune erreur, vous le savez. Surtout avec un enjeu de cette importance. Des questions ? — Heu ...

non, madame. — Bien. Au revoir. — Clac. ”

Largo réenroula la bobine, puis dévisagea son ami, amusé par son air perplexe.

— La voix du fond, expliqua-t-il, est à coup sûr le timbre délicat de notre amie la Cyclope. Quant au ténor du premier plan, c'est un certain Ralph Morganson, notre mécanicien d'escale à Schiphol. Andy, que tu connais, est un passionné d'électronique. Ce matin il s'est débrouillé, Dieu sait comment, pour mettre la ligne de Morganson sur écoute.

— Ce Morganson, tu le soupçonnais ?

— Par la force des choses, mon vieux. D'abord parce que Schiphol était de loin notre probabilité n° 1. Ensuite parce que l'enquête sur lui a révélé qu'il n'était pas du tout le gars qu'on choisit normalement pour un poste en solo à l'étranger. De plus, c'est un homo, ce qui est son droit le plus strict, mais qui s'affiche avec des petits minets de luxe qui ne se laissent certainement pas emboutir pour ses beaux yeux. Donc, Morganson a des sources de revenus dépassant de loin son salaire.

— Conclusion ?

— Conclusion, fit Largo en écartant les bras, nous savons avec certitude que 800 kilos d'héroïne seront chargés sur le vol inaugural Amsterdam-New York qui décollera dimanche prochain à 11 heures.

Il y eut, dans la petite pièce, un moment de silence. Simon pouvait presque entendre les rouages de son propre cerveau tourner comme une rotative.

— Ça nous fait une belle jambe, tiens, marmonna-t-il. Qu'est-ce que tu veux faire, Largo ? Balancer le coup aux flics ?

Le jeune milliardaire le considéra, une lueur de reproche dans ses yeux fauves.

— Simon, c'est toi qui parles comme ça ? Toi, l'ancien roi des casseurs de Tel-Aviv ? Tu t'embourgeoises, mon vieux. Si les flics saisissent la drogue, ils seront persuadés que j'étais l'instigateur du réseau et que je leur ai lâché le stock pour tenter de me dédouaner. Et comme ledit réseau aura disparu, je serai définitivement incapable de prouver le contraire.

— Oui, bien sûr..., admit l'Israélien, mal à l'aise.

— Je ne parle même pas du coup que ce serait pour la Winchair et pour le Groupe tout entier. Mais le plus grave de tout, Simon, c'est que nous aurions perdu notre dernière chance de coincer celui que nous cherchons. Après tout, c'est pour lui, et pour lui seulement, que nous avons déclenché toute cette opération. Tu as déjà oublié Miri, Simon ?

— Non, je ne l'ai pas oubliée, gronda Simon en serrant les poings. Mais je ne vois pas...

— Nous devons mettre la main sur ce stock d'héroïne, Simon, dit doucement Largo. Nous et personne d'autre. C'est le dernier moyen qui nous reste de coiffer notre bonhomme. Nous pourrions bien sûr surveiller à fond Morganson et le coincer au moment où il charge sa came. L'ennui, c'est que je nous vois mal nous trimbaler dans l'aéroport avec 800 kilos de drogue sur le dos. Nous n'avons donc qu'une seule autre solution, mon vieux...

— Oh non ! gémit Simon, qui venait de comprendre.

— Oh si, fit Largo avec un large sourire. Nous allons détourner l'appareil en vol.

— Et moi qui croyais que le pognon t'avait mis un peu de plomb dans les semelles, ricana Simon. Le grand patron du

Groupe W, meurtrier en cavale, détourne un avion de sa propre compagnie aérienne !... C'est plus la “ une ” que tu auras dans les canards, Largo. C'est quatre pages à toi tout seul.

Largo ignora le sarcasme.

— Nous avons un sérieux atout, expliqua-t-il patiemment. C'est Freddy qui sera le commandant de bord.

— Kaplan ? Qu'est-ce que ce foutu Suisse allemand connaît aux Boeings ?

— Avant de piloter mon Mowgli Jet, Freddy était pilote de ligne à la Swissair. Il a profité de son séjour à Nassau pour rafraîchir ses souvenirs.

— Soit. Admettons que ça nous donne une chance de ne pas nous émietter dès le décollage. Mais pour le reste ?

— Pour le reste, voilà...

Et Largo exposa son plan. Calmement. Posément. Quand il eut fini, Simon avait retrouvé le sourire.

— Tu es resté un vrai cow-boy, hein ? gloussa-t-il, admiratif. C'est dingue, ton truc, mais ça devrait marcher. J'en suis.

— Tu as tout retenu, Simon ?

— Bien sûr. Pas de problèmes. Mais... il y a tout de même une chose que je ne comprends pas. Puisque tu avais la possibilité d'affecter un zinc trafiqué à n'importe quel vol de ton choix, pourquoi avoir pris ce vol plutôt qu'un bête charter ? Ç'aurait été plus simple avec un charter, non ?

Largo se leva pour se dérouiller un peu les jambes.

— Je me demandais quand tu me poserais la question, sourit-il. Et voilà la réponse : À bord du vol inaugural de dimanche, il y aura cinq présidents de mon Groupe.

— Et alors ?... Et d'abord, comment le sais-tu ? Tu as une boule de cristal ?

Largo tapota le flanc de l'énorme téléscripteur.

— Non, mieux que ça : un télex. Hier soir, j'ai pris un risque, Simon ; j'ai télexé à Sullivan.

— Il a un télex dans sa chambre à coucher ? Tiens, à propos, j'ai oublié de te raconter...

— Plus tard, mon vieux. Hier soir, pour ici, il était deux heures de l'après-midi à New York. J'ai d'abord fait un appel et John est venu lui-même au télex, avec sa secrétaire pour remplacer la télexiste.

— Sa secrétaire ? gloussa Simon hilare. La chouette blonde avec un cul à mordre dedans ?

Largo soupira.

— Toi, si tu pouvais penser à autre chose qu'à ta braguette, tu serais pas le mauvais cheval...

— C'est justement pour ça que j'en suis un bon, se marra Simon, la bouche fendue jusqu'aux oreilles. O.K., O.K., s'empressa-t-il d'ajouter en voyant le regard de Largo virer en flammes. J'ai rien dit, continue.

— Merci. Le risque est que Sullivan me balance aux flics. Ils ont certainement dû faire pression sur lui. Mais je ne crois pas qu'il le fera. Toujours est-il qu'il m'a donné diverses informations, et entre autres le nom des membres du Big Board qui, pour une raison ou l'autre, participeront au vol inaugural. Il y en a cinq : Cochrane, Wallenstein, van Dreema, Buzetti et Scarpa. C'est en voyant ces noms que j'ai décidé de transférer le 707 trafiqué sur ce vol.

— Mais pourquoi, bon sang ?

— Parce que notre homme est l'un de ces cinq-là, Simon.

Les yeux du jeune Israélien se dilatèrent comme des hublots.

— Tu veux dire... Merde, Largo ! Tu sais qui c'est ? Hein, tu sais qui c'est, ce salaud ?

Mais Largo haussa les épaules.

— Non, malheureusement. J'espérais...

Il saisit le rapport que lui avait donné Simon et l'agita sous le nez de son ami.

— Tu comprends, j'espérais trouver son nom là-dedans.

Ce fut au tour de l'Israélien de hausser les épaules.

— Non, je ne comprends pas. Mais je suppose que ça n'a pas beaucoup d'importance...

— J'avais fait faire une étude informatique, expliqua Largo d'un ton plus calme. Une énorme étude baptisée " Beachcomber " dont le résultat est ceci : une petite série de transactions pouvant se rapporter, de près ou de loin, à tout ce qui touche une organisation comme celle de nos amis.

— Eh bien ?

— Eh bien, c'est le jackpot : deux de ces transactions sont indiscutablement liées à notre réseau. En bonne logique, ces deux transactions auraient dû être réalisées par un seul président : notre homme. Et nous aurions été fixés. Eh bien non : ces deux opérations ont été faites par deux présidents différents. Deux des cinq hommes qui seront dans le vol de dimanche.

— Je vois, fit sentencieusement Simon.

— Alors tu as de la chance. Moi pas. Ou bien, comme je le disais tout à l'heure, ce salaud est encore plus retors que je ne l'imaginais. Ou bien mon Big Board ne compte pas une brebis galeuse, mais *deux*.

— Oh merde ! gémit Simon.

— N'est-ce pas. Et c'est pour essayer de tirer ça au clair que je voudrais que tu ailles en Allemagne. Voilà ce que tu devras y faire, mon vieux...

*

Une demi-heure plus tard, Simon se levait. Il se cogna en jurant au téléscripteur.

— Tu parles d'un bahut, pesta-t-il. D'un discret !... Dis donc, Largo, tu ne risques pas de te faire repérer, avec ce truc ?

— Pas tout de suite, sourit son ami. Antoon s'occupe d'exportation d'oignons de tulipes. Il en vend dans le monde entier. Un télex est parfaitement justifié. Et ceci, c'est son bureau.

— Tout de même... Et d'abord, pourquoi ce type, et l'autre, là, Andy, acceptent-ils d'aider un criminel en fuite ? Tu crois que tu peux leur faire confiance ?

Instinctivement Simon avait baissé la voix, un oeil sur la porte qui les séparait du petit salon.

— J'en suis sûr, affirma Largo ; je connais les frères De Ruyter, Antoon et Andy, depuis longtemps. Ils aiment l'argent mais sont réguliers. En fait, ajouta-t-il, une lueur amusée dans les yeux, le commerce d'Antoon m'appartient. De même que cette péniche et le petit labo d'électronique dont s'occupe Andy. Et les papiers de cession sont prêts : tout sera à eux dès que cette affaire sera terminée. Mais pas avant.

Il sourit de l'air intrigué du jeune Israélien.

— Ça t'étonne ? Il y a trois mois que j'ai préparé cette planque à Amsterdam. À tout hasard. Je m'étais dit qu'elle risquait d'être utile lors du baroud final. Et tu vois, je ne m'étais pas trompé. La seule raison pour laquelle je ne suis pas venu ici directement en venant de Londres, c'est que cette chère Stephanie ne voulait plus me quitter et que personne ne devait connaître cet endroit. Et là aussi, j'ai eu raison, conclut-il d'un ton plus amer.

Simon balaya le minuscule bureau du regard.

— N'empêche... Trois jours dans cette boîte à chaussures... Je ne t'envie pas, mon vieux.

Le sourire de Largo réapparut, clair et gai.

— Bah ! On a connu pire dans notre cellule d'Istanbul, non ? Et là aussi, nous nous en sommes sortis. Allez, file, maintenant. Et... bonne chance, vieux frère !

À la porte, Simon se retourna, le bras levé en un toast imaginaire.

— *Lekhaïm*, Largo.

AMSTERDAM

Jeudi 21 octobre, 10 h
(heure locale)

En sortant de l'ascenseur, Marjan Texel faillit télescoper un homme qui voulait y entrer. Elle leva la tête pour lui exprimer sa façon de penser et éclata de rire.

L'homme avait le visage couvert d'une multitude de pansements.

— Tu trouves ça drôle ? s'indigna-t-il d'une voix affreusement nasillarde. Je te prie de croire qu'un nez cassé, ça n'a rien de marrant.

— Excuse-moi, Aldo, pouffa la jeune fille, essayant en vain de se retenir. Mais ta tête... Et puis, c'est de ta faute, après tout. Pourquoi as-tu cru nécessaire de sortir ce couteau ?

— Pour faire plus réaliste, tiens. Fallait que ton bonhomme se prenne pour un héros, oui ou non ?

Marjan tournait autour de lui, faussement apitoyée.

— Mon pauvre vieux... Faut dire que tu n'es pas mal

arrangé : nez cassé, arcade sourcilière fendue, coupures diverses... Tiens, et cette superbe bosse, c'est aussi lui qui t'a fait ça ?

— Non, reconnut piteusement Aldo. Ça, c'est la grosse pute qui m'a balancé une potiche sur le crâne quand j'ai voulu me tirer...

La jeune fille en avait les larmes aux yeux.

— Ne m'en veux pas, Aldo. C'est... c'est nerveux. Je te vois encore atterrir sur les genoux de cette... pffff...

Le blessé la fusilla du regard.

— C'est ça, marre-toi. Mais tu te marreras moins quand tu seras chez le patron. Tu as un quart d'heure de retard et il n'est pas précisément de bonne humeur, ce matin.

— Enfin, vous voilà ! tonna le commissaire Karel quand elle pénétra dans le bureau. Qu'est-ce que vous foutiez, bon sang ?!

— Mais, patron...

— Ça va, ça va... Donahue, ajouta-t-il en anglais en se tournant vers un grand type aux cheveux en brosse, voici l'inspecteur-adjoint Texel. C'est elle qui était chargée d'emmailloter Ben Chaïm... Marjan, James Donahue est un agent de la D.E.A. Il est arrivé hier soir. Nous allons faire équipe jusqu'à ce qu'on coince ce satané Winch.

L'Américain ne fit pas un geste pour se lever ou serrer la main de la jeune fille.

— Toujours pas de nouvelles ? interrogea-t-il d'un ton bref.

— Non, répondit Marjan. Simon... je veux dire Ben Chaïm, n'a plus donné signe de vie. Je l'ai attendu chez moi jusqu'à il y a une heure.

— Mais qu'est-ce qui m'a foutu une équipe d'enfoirés pareils ? rugit Karel en défonçant son bureau du poing. Même des louveteaux se seraient mieux démerdés ! C'est un comble ! ajouta-t-il en transperçant la jeune fille, toujours debout, d'un regard furieux. Par un coup de pot inouï les Américains repèrent Ben Chaïm dans la cohue de Kennedy Airport. Ils nous préviennent. Nous le prenons en charge à Schiphol, nous montons tout un cinéma et pfouit... envolé !

La moustache du jeune commissaire en tremblait de rage. Marjan se raidit.

— Désolée, patron, fit-elle froidement. Mais ce n'est pas de ma faute si les collègues ont perdu la piste à la sortie du Melkweg.

Karel se calma à moitié.

— Vous avez raison, Marjan. Excusez-moi. Vous avez fait du bon boulot.

— Ah, tout de même...

— Dites-moi, intervint Donahue. J'ai lu votre rapport et il y a une question que je voulais vous poser.

— Oui ?

— Eh bien, heu... Pourquoi avez-vous jugé bon d'emmener Ben Chaïm à ce... enfin, à l'endroit où vous avez passé la soirée. Vous saviez qu'il y rencontrerait cet électricien, Andy, ou quelque chose comme ça ?

Marjan eut un sourire amusé.

— Pas le moins du monde, je n'avais jamais entendu parler de cet Andy et la raison était tout autre. Le but était de mettre le suspect le plus vite possible dans mon lit, n'est-ce pas ? Or je ne le connaissais pas et vous seriez surpris, monsieur Donahue, du nombre d'hommes qu'il est difficile de séduire en un seul soir. Je voulais donc mettre Ben Chaïm en... disons en condition, et le tournage d'un film porno, sous prétexte d'une thèse, m'a paru un moyen plus plausible que de l'emmener platement voir un life-show. Cela répond-il à votre question ?

— Oui, bien sûr, marmonna le grand Américain, gêné. Je... je comprends ce que cette mission a eu de pénible pour vous, miss, et je vous félicite pour votre sens du devoir.

Les yeux marron de la jeune fille pétillèrent de gaieté.

— Merci, monsieur. Mais je peux vous rassurer sur un point : ça n'a pas été pénible du tout. Au contraire.

James Donahue, qui souffrait d'une éducation baptiste, de parents végétariens et d'abstinence chronique, préféra garder pour lui ce qu'il pensait des moeurs néerlandaises.

— Bref, conclut le commissaire Karel, nous savons que Winch et Ben Chaïm sont à Amsterdam et qu'ils se sont retrouvés. Et nous sommes tout aussi certains qu'ils peuvent nous mener au réseau, seul motif valable de leur présence dans ce pays. La seule chose qui nous manque, c'est l'endroit où ils se planquent.

— Léger détail, ricana Donahue.

— On pourrait tenter de retrouver cet électricien, suggéra Marjan.

— Bien entendu. En espérant qu'il ne se soit pas évanoui, lui aussi.

— Il n'y a qu'à retourner toute cette putain de ville, jeta Donahue. Oh, pardon. Je voulais dire...

— Merci pour elle, railla Karel, sarcastique. C'est ce que nous allons essayer de faire, figurez-vous. Mais Amsterdam, même si c'est plus petit que New York, ce n'est pas non plus

Trifouillis-les-Oies. Je vais convoquer mon équipe et mettre un maximum de gars sur cette affaire. Vous, Marjan, vous rentrez chez vous jouer les Pénélopes en espérant que votre bel Ulysse se manifestera. Plus rien à ajouter ? Donahue ?

— Rien pour l'instant, grogna sobrement le grand Américain.

— Marjan ?

La jeune fille, les yeux dans le vague, la bouche un peu crispée, semblait ailleurs.

— Marjan, avez-vous quelque chose à ajouter ?

Elle sursauta et rougit légèrement, comme une élève prise en faute.

— Hein ? Non, non... rien du tout.

Ça ne ferait tout de même pas sérieux, pour un flic, d'aller raconter à son supérieur qu'on croit être tombé amoureux d'un suspect...

TROISIÈME ACTE

Dimanche

SCHIPHOL

Dimanche 24 octobre, 05 h 45
(heure locale)

Il fallait connaître son existence pour déceler, sous la couche de minium argenté, le petit disque métallique découpé dans l'épaisseur du plancher de cale. Mais ensuite, un simple tournevis suffisait à le faire sauter. Malgré cela, les mains de Ralph Morganson tremblaient tellement qu'il dut s'y reprendre à deux fois avant d'y arriver.

Il n'y avait pourtant pas de quoi s'affoler. Ici, près du Boeing 707 fraîchement repeint en vert et or, sous le hangar loué spécialement pour la circonstance, il était sur son territoire. Il s'était dûment présenté au service de sécurité, en arrivant à l'aéroport et, à cette heure-ci, aucun superviseur de trafic[21] ne risquait de venir voir ce qu'il fabriquait. Et même si un employé matinal ou un garde de la sécurité jetait un coup d'oeil dans le hangar, il ne verrait que le mécanicien d'escale de la Winchair, en salopette vert et or au nom de sa

21. Employés de l'aéroport chargés de coordonner la maintenace au sol des appareils en transit.

compagnie, en train de s'affairer auprès de son appareil.

Alors, pourquoi cette peur ?

Le petit disque tomba enfin, dégageant une ouverture d'environ trois centimètres de diamètre. Ralph s'empressa d'aller chercher le faux compresseur et de le haler sous l'aile, à hauteur du panneau d'accès à la soute à bagages.

C'était ça le seul risque véritable, au fond : introduire le faux compresseur dans l'enceinte de l'aéroport. Il fallait remplir des tas de paperasses au bureau du trafic... Mais après tout, y avait-il un risque ? Qui songe à se méfier d'un compresseur régulièrement amené par un mécanicien d'escale ? Pourtant, cette fois, il y avait eu quelques alertes inattendues.

D'abord ce morveux plein de boutons qu'on lui avait envoyé comme assistant et qui s'était étonné de la présence de deux compresseurs dans le matériel mis à la disposition de la Winchair. Ralph avait été forcé de le rembarrer sèchement, et l'autre l'avait regardé avec un drôle d'air.

Et puis Kaplan, le nouveau patron de la compagnie, qui était arrivé lui-même aux commandes du Boeing, vendredi. Avec son visage marqué de baroudeur désabusé, le Suisse l'avait pris à part et l'avait longuement interrogé sur ses activités et son emploi du temps...

Ralph Morganson en avait encore des sueurs froides.

Pourri.

Tout était vraiment devenu pourri, dans cette combine.

Le compresseur était d'un volume nettement supérieur à ce qui pourrait sembler nécessaire pour la maintenance d'un avion de ligne. Et en y regardant bien, l'embout du tuyau d'amenée était, lui aussi, différent des normes habituelles. En fait, cet embout s'encastrait très exactement dans le petit orifice ouvert dans l'épaisseur du plancher de la soute. Nerveusement, Ralph jeta un coup d'oeil vers la porte grande ouverte du hangar. Il faisait encore nuit, mais l'aéroport commençait à s'animer. Le premier décollage de la journée, un petit vol local vers Eindhoven, recevrait le “ clearing ” dans quarante minutes. Ensuite, ce serait la ronde infernale des grands départs internationaux.

Glissant le bras sous la cuve du compresseur, Ralph trouva le bouton. Il le pressa, empoignant fermement l'embout. Il y eut l'explosion étouffée de l'air comprimé qui se libérait brutalement et le tuyau se cabra comme un serpent à l'agonie tandis qu'un chuintement sourd résonnait sous la voûte du hangar. Et, en vingt secondes très exactement, 800 kilos d'héroïne furent projetés à haute pression dans le plancher de cale évidé.

Ralph essuya vivement les flocons de poudre blanche qui adhéraient sur les bords de l'orifice, puis il remit le disque métallique en place, le scella et le recouvrit rapidement d'une couche de minium argenté.

Il recula d'un pas : l'ouverture était devenue invisible. Sans se hâter, il repoussa le faux compresseur dans le fond du hangar. Ses mains ne tremblaient plus et il se risqua même à esquisser un sourire.

Normalement, il aurait dû ressortir immédiatement le faux compresseur de l'aéroport. C'étaient les ordres de cette horrible femme et il s'y était toujours conformé les fois précédentes.

Mais aujourd'hui il avait d'autres plans.

S'“ ils ” voulaient lui jouer un mauvais tour, “ ils ”

l'attendraient dehors. Mais “ ils ” l'attendraient en vain. Dans trois heures, Ralph Morganson serait confortablement assis avec les autres passagers du vol Air France à destination de Mexico.

Superstitieusement, il tâta son billet dans sa poche. Il l'avait pris la veille au nom de Mitchum Brown, le premier nom qui lui était venu à l'esprit. Il était aussi passé à sa banque vider son compte — 3 713 florins — juste de quoi s'organiser quand il serait là-bas.

Il avait joué le jeu jusqu'au bout et correctement effectué ce dernier chargement. Il y avait donc de bonnes chances qu' “ ils ” ne se donnent pas la peine d'aller le débusquer jusqu'au Mexique.

Le sourire de Ralph s'élargit. La vie redevenait belle...

Il retrouva sans difficultés son sac de voyage là où il l'avait caché la veille au soir : dans le placard à balais contigu aux toilettes du personnel administratif. Il savait depuis longtemps que ce placard ne fermait plus à clé. D'autre part, l'équipe des nettoyeuses et des femmes de ménage n'arrivait qu'à 7 heures.

Il était 6h30.

En un tournemain il se débarrassa de sa salopette qu'il roula en boule et fourra sous un tas de vieux chiffons. Quand on s'étonnerait de la présence du vêtement, Ralph serait déjà loin. Il saisit son sac et alla s'examiner dans l'un des miroirs. Pull à col roulé, veston de sport, pantalon gris... Sa tenue était parfaitement neutre ; il passerait inaperçu.

Un éclair de plaisir anticipé éclaira ses yeux de batracien.

Il n'était jamais allé au Mexique, mais on lui avait souvent dit que les jeunes Mexicains étaient de superbes petits fauves à la peau délicieusement lisse... Ralph avait bricolé lui-même le double fond de son sac de voyage avant d'y insérer les trois kilos d'héroïne prélevés dans le faux compresseur. Là-bas, il réussirait bien à trouver acheteur à la moitié du prix de détail. Et avec 750 000 dollars, il pouvait mener joyeuse fête sans trop s'en faire pour ses vieux jours. Oui, la vie était belle...

Les halls encore déserts lui parurent dangereusement immenses.

Il se faisait l'effet d'un renard traqué traversant un lac gelé. Serrant son poing sur la poignée de son sac, il pressa le pas, atteignit l'extrémité du hall C, tourna à droite, longea un couloir et poussa une porte.

La chapelle catholique de Schiphol était sans doute le seul endroit de l'aérogare qui fût accessible au public vingt-quatre heures sur vingt-quatre. Un lieu de méditation et de prière, aux murs blancs de cellule, où le voyageur et le simple passant devaient pouvoir venir se recueillir à n'importe quelle heure du jour et de la nuit. L'autel et les bancs de prière étaient scellés dans le sol, le grand crucifix était en simple bois verni, il n'y avait rien à voler.

Ralph choisit un banc à mi-distance de l'autel et s'installa confortablement. Il avait deux heures et demie à attendre.

Dans la lumière douce du lieu saint, sans se soucier le moins du monde de la croix qui le dominait, Ralph laissait son esprit s'égarer en des pensées impures qui avaient la subtile saveur de beaux éphèbes aux reins accueillants. Il y était si bien plongé qu'il ne sursauta même pas lorsque, dans son dos, la porte de la chapelle s'ouvrit pour se refermer aussitôt. Sans doute un passager de l'un des vols de 8 heures, venu en avance pour prier le Seigneur de bien vouloir faire voler droit l'avion qu'il allait prendre. Entendant le nouvel arrivant prendre place à sa hauteur, de l'autre côté du couloir central, il tourna machinalement la tête.

Et son sang se congela.

Ralph avait souvent vu, pointé droit sur lui, le gros rond noir d'un silencieux vissé sur un canon de pistolet.

Souvent, mais uniquement à la télévision.

Au-dessus du rond noir, un être de nausée le fixait sans broncher d'un regard presque blanc. Un homme d'une écoeurante couleur rosâtre, sans poils ni cheveux, dont la bouche semblait absente à force de se dissoudre dans le reste du visage.

Ralph se dressa en hurlant, se cognant durement les genoux au dossier du banc devant lui. L'autre tendit le bras et ferma un oeil. Avec un glapissement de rat piégé, le mécanicien plongea dans la travée, se tortillant désespérément sous les bancs.

Plop.

La balle frôla sa joue et percuta un montant de dossier, projetant une écharde de bois qui se ficha dans son oeil gauche. Il rugit de douleur, se jeta en avant, buta contre l'estrade et roula derrière l'autel. Là, haletant, il risqua un regard de son oeil valide.

Le tireur n'avait pas bougé. Mais la porte, à l'autre bout de la chapelle, semblait aussi inaccessible que la galaxie d'Andromède.

Ralph s'aperçut qu'il tenait toujours son précieux sac à la main. Se dressant comme un diable d'une boîte, il balança le bras pour projeter le lourd bagage en direction de l'albinos. N'importe quoi pour créer une diversion et atteindre cette porte.

Plop.

Touché de plein fouet par la balle explosive, son poignet vola en éclats d'os ensanglantés tandis que le sac s'écrasait sur l'autel. Le choc projeta Ralph contre le mur du fond, juste sous le crucifix. Avant même de ressentir la douleur, il eut un hoquet d'horreur : le double fond du sac s'était éventré, et trois kilos de paradis auréolaient le tabernacle d'un halo de poussière blanche.

L'abominable souffrance jaillit brutalement, l'inondant de lave en fusion. Il se cabra, la bouche ouverte dans un cri d'agonie qui ne vint pas.

L'albinos souriait.

Une nouvelle fois, il leva son pistolet.

Fou de terreur, Ralph griffait le mur, cherchant inutilement à échapper à la mort qui allait sortir de ce petit trou noir. Son moignon zébrait follement la brique blanche de son sang. Soudain, il sentit les doigts de sa main gauche se refermer sur le crucifix. Il s'accrocha et la croix tomba.

Les forces décuplées par sa rage de vivre, Ralph projeta le crucifix vers son ennemi. Touché à la tête, l'albinos s'écroula. Sans un regard pour son sac éventré, le mécanicien se jeta en avant, enfonça littéralement la porte de la chapelle et s'élança en criant dans le couloir.

Comme il atteignait l'entrée du hall C, un coup de poing brûlant le projeta sur le sol. Il voulut se relever et retomba aussitôt. Là où aurait dû se trouver sa hanche droite, il n'y avait plus qu'un trou répugnant d'où le sang s'échappait en bouillonnant. Tournant la tête, Ralph vit le tueur courir vers lui, d'une longue foulée de carnassier.

Éperdu, il se tortilla sur le dernier mètre qui le séparait encore du hall, laissant derrière lui une épaisse traînée sanguinolente. Il y parvint et voulut appeler ; mais aucun son ne sortit de sa gorge étranglée d'angoisse.

Là-bas, très loin, quelques rares employés traversaient le hall d'un pas indifférent.

Ralph comprit qu'il allait mourir.

Tout à coup, d'un escalier proche, un homme surgit, le visage barré d'une épaisse moustache noire. D'un effort inhumain, Ralph réussit à se dresser et claudiqua vers lui, agitant son moignon dans un pathétique appel au secours.

L'homme sursauta et ses yeux s'écarquillèrent.

Ralph ouvrit la bouche pour lui crier...

Plop.

Son foie éclata.

Plop.

Son genou gauche cessa d'exister.

Fauché net, il s'écroula.

Le commissaire Karel affectionnait les pistolets à canon long et avait de bons réflexes. Morganson n'avait pas encore touché le sol que déjà il avait saisi son Walther 9 mm dans le holster sous son aisselle gauche et mettait le tueur en joue.

Celui-ci hésita un minuscule instant avant de pivoter et de se ruer vers la sortie la plus proche.

Karel visa soigneusement. Aux jambes, comme l'enseigne le manuel. Vingt-cinq mètres... un coup difficile. Lentement, son index pressa la détente. À deux mètres du grand exit vitré, le fuyard fit une grotesque pirouette avant de s'abattre comme un sac sur les dalles de vinyle.

Karel avait laissé le canon de son arme dévier de quelques millimètres. Karsh mourut sur le coup, le bulbe rachidien pulvérisé.

*

Dwight Cochrane se réveilla d'une humeur à déclencher la Troisième Guerre mondiale. Enfin, se réveilla, c'était beaucoup dire... Il n'avait pas fermé l'oeil de la nuit.

Et le décalage horaire n'y était pour rien.

La première chose qu'il avait apprise en débarquant la veille à Schiphol, après huit heures d'un vol parfaitement insipide, était que le beau DC 10 tout neuf du vol inaugural avait été remplacé par un vieux 707 hâtivement rafraîchi. Fulminant, l'Administrateur s'était jeté à la recherche de Kaplan. Bien entendu, il l'avait trouvé au bar du Schiphol Hilton, en train de faire admirer son bel uniforme de commandant de bord à deux hôtesses de la Lufthansa.

Impavide, le Suisse allemand lui avait expliqué que le DC 10 avait été endommagé par un cyclone et qu'il n'y avait pas eu d'autre solution.

— Mais..., avait hoqueté Cochrane, pourquoi ne m'avez-vous pas prévenu à New York ? De quoi allons-nous avoir l'air ? Et les invitations ?! Bon sang, Kaplan, qu'est-ce que nous allons faire de nos " maiden guests " ? Il y a 90 places de moins dans un 707 que dans un DC 10...

La tradition et les bonnes règles de marketing veulent qu'un vol inaugural ne comporte que des passagers invités à faire ce " maiden trip " aux frais de la compagnie aérienne. Invités soigneusement choisis, bien sûr, dans les sociétés commerciales susceptibles d'utiliser abondamment les services de ladite compagnie.

Le pilote avait nonchalamment haussé les épaules.

— Si c'est tout ce qui vous tarabuste, Cochrane, vous

pouvez cesser de martyriser ce malheureux paquet de chips. J'ai annulé toutes les invitations.

— Vous avez QUOI ?!?

Même le pianiste dur d'oreille avait failli en tomber de son tabouret.

L'autre n'avait pas bronché d'un cil.

— Annulé toutes les invitations. Puisqu'il fallait en éliminer un tiers, pourquoi faire des jaloux ? J'ai donc tout supprimé.

Cochrane l'avait regardé comme si le Suisse venait d'avouer qu'il s'était servi de l'encaisse de sa Division pour allumer son poêle à bois. Mais lorsqu'il l'avait saisi par le revers de sa veste d'uniforme, les yeux de Kaplan avaient brutalement flamboyé.

— Bas les pattes, Cochrane ! Vous pouvez vérifier les comptes de ma Division si ça vous chante ; mais la manière dont je dirige la Winchair ne regarde que moi... et Largo Winch.

Bavant de rage et d'humiliation, Cochrane s'était précipité à la direction commerciale de l'aérogare. Au nom de la Winchair il avait obtenu qu'une quarantaine de passagers ordinaires, en liste d'attente sur New York auprès d'autres compagnies, soient reportés sur " son " vol du lendemain. Puis, un peu rasséréné, il était parti dîner en ville. Heureusement qu'il avait su réagir avec sa promptitude habituelle. Au moins, grâce à lui, le " maiden trip " de la Winchair ne serait pas celui d'un appareil totalement vide.

Amer, Cochrane se détailla dans le miroir de la salle de bains et se dit que, ce matin, il avait vraiment une gueule en fesse d'éléphant. Il lui restait deux heures pour retrouver un peu de tonus avant d'affronter la presse.

Ce maudit Kaplan !

Deux années de négociations difficiles, de chausse-trapes tortueuses, de marches arrière et d'interminables conférences chiffrées pour enfin décrocher une première ligne régulière sur l'Atlantique Nord... Et tout ça pour déboucher sur ce pitoyable fiasco orchestré par un demeuré à tête de videur de boîte de nuit.

Dès que Winch referait surface, l'Administrateur exigerait que cette question soit réglée au plus tôt. Depuis quatre mois, les résultats de la Division " Tourisme " fléchissaient d'une manière alarmante. Aussi, quelle idée d'avoir envoyé un individu aussi manifestement incapable de faire ne fût-ce qu'une addition sans faute !...

Cochrane blêmit.

Winch !

C'est vrai que Largo se terrait quelque part dans ce pays, toujours recherché par la police et manigançant Dieu savait quoi. Depuis six jours, l'Administrateur s'était efforcé de chasser de sa mémoire les révélations de Sullivan.

Que tout cela finisse, mon Dieu ! Que tout cela finisse et que le Groupe retrouve une vie normale consacrée à des activités normales. Pourquoi ce gamin s'acharnait-il à poursuivre ses chimères ? Qu'allait-il y gagner ? Pourquoi ne pouvait-il pas solder le passé par pertes et profits et se consacrer un peu plus aux obligations qui l'attendaient ?

Instinctivement, Cochrane toucha son épaule handicapée, revivant, comme chaque fois qu'il faisait ce geste, l'horreur de ces deux corps ensanglantés sur le plancher du grand chalet de Götz, le meurtrier qui levait son arme, sa propre épaule qui se volatilisait...

Il ferma les yeux.
Mon Dieu, que tout cela finisse...
Et qu'on n'en parle plus !

SCHIPHOL

Dimanche 24 octobre, 10 h
(heure locale)

Du petit bureau mis à leur disposition par la Sécurité de l'aéroport, James Donahue et le commissaire Karel avaient une très belle vue d'ensemble sur les pistes. Et tout particulièrement sur un Boeing 707 vert et or, parqué sur son aire d'embarquement.

— Quand je pense, murmura le Hollandais, que nous savons que ce zinc est bourré de came jusqu'aux réacteurs et que nous allons le laisser bravement s'envoler. C'est fou, non ?

Le grand Américain haussa les épaules.

— Pas le choix, mon vieux. Où en est Morganson ?

— Sur le billard. Hépatectomie d'urgence. Mais il n'a aucune chance de s'en sortir ; perdu trop de sang. De toute façon, ajouta Karel en regardant son collègue dans les yeux, je doute qu'il en sache beaucoup plus que ce qu'il m'a balbutié avant de perdre conscience. Morganson n'était qu'un comparse.

— Ouais. Si au moins vous n'aviez pas descendu raide cet albinos...

— Désolé... Mais nous aurions eu du mal à le faire parler, celui-là.

— Ah oui ? Pourquoi ?

— Il n'avait plus de langue. On la lui avait coupée. Son employeur devait aimer la discrétion...

Interloqué, Donahue haussa un sourcil. Puis il se reprit.

— Tant pis, on ne peut pas trop se plaindre. Que vous ayez été là quand ce mécano s'est fait descendre, c'est déjà un coup de pot terrible. L'ennui, c'est que maintenant la seule piste qui nous reste ce sont les 800 kilos d'héroïne cachés dans le plancher des soutes de ce Boeing... Ne vous en faites pas, mon vieux, on les coincera à l'arrivée. Il faudra bien que quelqu'un vienne la chercher, cette came, non ?

Karel grimaça.

— Je n'aime pas ça, Donahue. Laisser partir cette drogue est, pour moi, une trop grosse responsabilité.

L'Américain lui donna une bourrade.

— Relax, mon vieux. C'est coiffer le réseau qui compte. Et dans cette opération, la D.E.A. vous couvre.

— Ouais, grogna le Hollandais. Le genre de couverture qui vous colle une pneumonie... Si quelque chose foire, Donahue, je me retrouverai aussi sec, un sifflet entre les dents, en train de régler la circulation sur le Dam. Et vous le savez aussi bien que moi.

— Exact. Être flic, c'est un métier de con, mal payé et plein de risques, n'importe quel môme pourrait vous le dire... À part ça, poursuivit l'agent de la D.E.A. d'un ton moins sarcastique, je comprends vos inquiétudes, Karel Kaplan aux commandes, toutes les invitations annulées en dernière minute... Ça sent le coup fourré. Il ne manque plus que Winch et son copain israélien pour compléter le tableau. Toujours aucune trace de ceux-là ?

— Rien. J'ai fait venir à l'aéroport tout ce que j'ai pu rassembler de collègues en civil, mais ils n'ont pas vu l'ombre de nos deux lascars. Vous pensez qu'ils seraient assez fous pour tenter quelque chose ?

— Je ne vois pas comment. Mais si Winch est venu se planquer aux Pays-Bas avec Ben Chaïm, c'est certainement pour une raison bien précise. Et cette raison ne peut être qu'en liaison avec cette héroïne qui va s'envoler dans une heure...

— De toute façon, le rassura Karel, n'oubliez pas que j'ai quelqu'un à moi sur ce vol. S'ils se pointent, d'une manière ou d'une autre, ils seront repérés tout de suite.

— Ouais... J'espère que votre homme est un type à la hauteur.

Le jeune commissaire sourit.

— Il l'est, Donahue. C'est l'inspecteur-adjoint Texel.

L'Américain le dévisagea, sidéré.

— Quoi ?! Texel ? Cette petite bêcheuse amateur de partouzes ? Vous êtes fou, Karel.

— Pas tellement... Marjan est réellement un flic doué. Ceinture noire de judo, licenciée en psychologie et capable de mettre sept balles dans sept cartes à jouer à trente mètres en quatre secondes. Elle n'est là qu'à titre d'observatrice, Donahue. Et elle a insisté pour rester sur l'affaire.

— Si Ben Chaïm se pointe, il la repérera du premier coup d'oeil, nom d'un chien !

Sous la moustache noire, le sourire s'élargit.

— Moi-même je ne l'ai pas reconnue quand elle est venue faire enregistrer son billet...

Perplexe, le grand Américain se grattait le crâne.

— Ouais, maugréa-t-il. Comme vous l'avez dit, c'est votre responsabilité, Karel. Il n'empêche... Bon. Si on revoyait encore une fois cette liste de passagers, maintenant que les enregistrements sont clos.

— D'abord une dizaine d'hommes d'affaires, commenta Karel. Très exactement, neuf hommes d'affaires et la secrétaire de l'un d'eux.

— Fouillés ?

— Bien entendu. Et leurs coordonnées vérifiées auprès des sociétés hollandaises qu'ils ont mentionnées.

— Pour ce que ça vaut !...

— Je sais, Donahue. Mais c'est le mieux que nous ayons pu faire en aussi peu de temps.

— Ensuite ?

— Une équipe américaine de hockey, les " Wisconsin Wizzards ". Douze joueurs, un entraîneur, un soigneur et le manager, quinze personnes en tout.

— Hockey sur glace ou sur gazon ?

— Glace.

— Qu'est-ce qu'ils venaient foutre ici ?

— Rencontrer l'équipe universitaire de Leiden, paraît-il.

— Qui a gagné ?

— Personne. Le match n'a pas eu lieu.

— Les " Wisconsin Wizzards " hein ?...

— Comme ça se prononce. 340 kilos d'excédent de bagages. À la fouille pour l'instant.

Donahue parut songeur un moment, puis il se secoua.

— O.K. La suite ?

— Trois couples de pensionnés américains, retour d'un tour d'Europe.

— Identité vérifiée ?

— Dans la mesure du possible, oui. De toute manière, le plus jeune va sur ses soixante-deux ans. Après cela, nous avons quatre rabbins new-yorkais.

— Seigneur Jésus ! Le coup du rabbin... Vous les avez fait fouiller à fond, j'espère ?

— Jusqu'au prépuce. Les gars de la Sécurité ont eu droit à une diatribe sur les persécutions racistes.

— On s'en fout. Ensuite ?

— C'est tout. Trente-cinq personnes en " economy ". Plus les invités de la " first "...

L'agent de la D.E.A. se pencha sur la liste.

— C'est tout ? Et ce " Zuster Madeline van het Heilig Hart van Jezus ", qu'est-ce que c'est ? Un orchestre pop ?

En dépit de la tension qui régnait dans le petit bureau, le jeune commissaire éclata de rire.

— Ça ? C'est soeur Madeline du Sacré-Coeur de Jésus...

— D'où sort-elle, celle-là ?

— De mes services. Elle est plus connue sous le nom de Marjan Texel, inspecteur-adjoint attachée à la Brigade antidrogue de la police néerlandaise.

— Voyons les " huiles ", grogna Donahue, maussade.

L'unique présence policière de la petite Texel à bord du Boeing l'agaçait prodigieusement. Mais il se rendait compte que son collègue hollandais avait dû improviser et s'organiser dans un laps de temps terriblement court. Et c'était lui, Donahue, qui avait pris le risque d'exiger de laisser l'avion décoller.

— Plus grand-chose non plus, de ce côté-là, répondit posément Karel. Invitations annulées en dernière minute. Notez qu'il n'est pas impossible que, suite à la mise hors service de ce DC 10, la Winchair ait tenu à assurer ce premier vol tout en évitant l'humiliation de n'offrir qu'un vieux 707 à des hôtes de marque.

— Possible... Il reste pourtant deux noms, là, en plus des membres du groupe. Jan Poot et Sir Roderick Spade...

— Oui, je sais. Il paraît qu'ils n'ont pas été touchés par l'annulation. Poot est notre sous-secrétaire d'État au Tourisme. Quant à Spade, c'est tout simplement le consul des Bahamas à Amsterdam.

— Immunité, évidemment ?

— Évidemment. Fouille impossible. Mais le visage de Poot est connu ; c'est bien le bon. Quant à Spade, il a été formellement identifié par un officier des douanes de mes amis.

— Soit. Il ne nous reste donc plus que nos cinq présidents du groupe W : Cochrane, Buzetti, Scarpa, van Dreema et Wallenstein. Vous les avez laissés en paix, je suppose ?

— Bien entendu. En admettant que l'un d'eux ait, comme Malcombe et vous le supposiez, partie liée avec le réseau, il est inutile de lui mettre la puce à l'oreille. Et un ponte ne serait pas assez maladroit pour avoir sur lui quelque chose de compromettant.

— Vous avez bien fait, Karel. Il ne reste plus qu'à croiser les doigts...

Donahue, tout en parlant, fixait le mur en face de lui, songeur.

— Quelque chose qui vous tracasse ? l'interrogea le commissaire.

— Oui. Dans tout ce que vous m'avez dit au sujet de ces passagers il y a un point qui ne colle pas. L'ennui, c'est que j'ai oublié lequel. Ça a dû me frapper au moment même, et puis je n'y ai plus pensé. Mais ça va me revenir... Où en sont ces braves présidents, Karel ?

— Toujours à leur conférence de presse dans le salon réservé aux V.I.P. je suppose.

*

Les traits impassibles, sir Roderick Spade rongeait son frein.

Il était le seul représentant du corps diplomatique à être présent. En fait, à part Poot et ce gros directeur des relations publiques de la KLM, il était même le seul représentant tout court de quoi que ce soit.

Humiliant.

Et tout ça parce que, sa secrétaire en congé de maladie, il avait trouvé en dessous de sa dignité d'ouvrir lui-même son courrier des trois derniers jours.

Le salon des V.I.P. n'était même pas décoré. Derrière Spade, au-delà de trois rangées de chaises vides, le buffet offrait ce qu'il avait vu de plus minable en vingt-cinq ans de carrière. Quelques saucisses de Francfort, des paquets de chips, de la bière, du jus d'orange en boîte et cinq ou six bouteilles de Riesling bon marché. Le consul était bien placé pour savoir que les puissances occidentales étaient à l'heure de l'austérité, mais il y a des limites à la médiocrité, tout de même...

Sir Roderick avait bien été forcé de s'asseoir au premier rang, avec les présidents de ce triste Groupe et les deux autres malheureux “ invités ”. Et encore, le type de la KLM avait de la chance, lui ; il ne serait pas forcé de faire le voyage dans cet avion ridiculement vide. Quant aux présidents, quatre d’entre eux s’entre-regardaient avec des mines navrées, écoutant le cinquième répondre tant bien que mal aux questions des journalistes.

Parce que des journalistes, par contre, il y en avait un paquet. Des Pays-Bas, bien sûr, mais aussi les correspondants des principaux journaux d’Europe et des États-Unis. Sans parler des photographes, des reporters radio et, même, des caméras de la première chaîne hollandaise de télévision. Et il n’y en avait pas un qui aurait eu l’idée de s’adresser à lui, sir Roderick Spade, et de lui poser des questions sur son pays. Non, une seule chose intéressait cette bande d’excités qui se bousculaient devant eux : Winch.

Largo Winch.

Ce gamin irresponsable qui jouait avec des têtes coupées, tuait des flics anglais et démolissait un hôtel à lui tout seul au lieu de profiter sagement des milliards de papa.

Ulcéré, sir Roderick Spade se promit d’examiner avec ses relations politiques comment il pourrait décider son gouvernement à expulser la Winchair de Nassau.

Malade de colère rentrée, Jan Poot fixait obstinément la pointe de ses chaussures, tentant vainement d’esquisser un sourire contraint chaque fois qu’éclatait la lueur d’un flash.

Qu’est-ce qu’il foutait là, bon Dieu ? Mais qu’est-ce qu’il foutait là ?! Son ministère, son parti, ses amis en feraient des gorges chaudes pendant six mois.

Swuzten, du Commerce extérieur, Boendaal, de la Coopération, Veenstra, des Communications, tous avaient reçu l'annulation de leur invitation à ce vol inaugural. Et pas un de ses " chers collègues ", bien entendu, pas un n'aurait pris la peine de le prévenir dans sa maison des Ardennes belges où il passait quelques jours de vacances en famille. Et lui, comme un con, il avait même écourté son congé de vingt-quatre heures pour venir se jeter tête baissée dans cette triste pantalonnade.

Ah, il devait avoir l'air malin, tiens, dans cette forêt de chaises vides, avec des saucisses de Francfort à l'arrière-plan ! Et ce Cochrane qui, au lieu de s'excuser, s'était accroché à lui comme s'il avait craint de le voir repartir. Le sous-secrétaire s'était fait une joie de cette petite escapade impromptue à New York. Au lieu de quoi, il serait parfaitement ridicule dans un avion désert entre ces présidents du Groupe W, gais comme des mannequins au rebut, et ce bougnoule guindé qui jouait à être consul des Bahamas.

Si au moins ces journalistes s'intéressaient un peu à son département et au développement du tourisme. Même pas...

Il n'y en avait que pour ce jeune crétin de Winch. Même le vol inaugural d'aujourd'hui, tout le monde s'en foutait royalement. À commencer par le propre directeur de la Winchair, d'ailleurs.

C'était cette espèce de sinistre type au visage balafré, Kaplan, qui était, paraît-il, responsable de cette lamentable inauguration. Et comme il s'amusait à piloter lui-même son Boeing, le salaud avait même poussé le culot jusqu'à se défiler en prétextant les contrôles et la procédure de pré-décollage.

Ah ça, il s'en souviendrait de ce vol, Poot !

Et ces questions qui n'en finissaient pas. Cochrane s'en

tirait habilement, d'ailleurs. Il aurait fait un bon politicien, celui-là. Mais la question n'était pas là. Il fallait...

Soudain, Jan Poot sursauta. De violents coups de feu venaient d'éclater à l'extérieur de l'aérogare.

*

En moins d'une minute, tout ce que l'aéroport comptait de policiers fut en état d'alerte. Les coups de feu continuaient, partant de la terrasse extérieure où était admis le public non voyageur. Les gardes de la sécurité cernèrent les accès à la terrasse, tandis que quatre gendarmes de la section d'assaut s'y ruaient, mitraillette au poing.

Pour tomber sur un père affolé, secouant comme un prunier son sale gosse de fils qui venait de s'amuser à faire éclater une demi-douzaine de pétards de gros calibre.

L'incident fut rapidement clos, le gosse tancé d'importance et le père condamné à une amende de principe de 50 florins.

Mais pendant trois minutes, tous les regards s'étaient portés vers le théâtre des brillants exploits du moutard. Et personne n'avait donc vu le bagagiste en salopette bleue du personnel d'aéroport s'écarter de ses collègues qui chargeaient le vol WR 101 de la Winchair, et escalader quatre à quatre l'échelle d'accès arrière du Boeing vert et or.

*

Essoufflé, le bagagiste fut accueilli par un steward en uniforme qui le poussa précipitamment dans l'un des lavatories arrière et l'y suivit avant de refermer la porte. Les deux hommes avaient juste assez de place pour ne pas s'écraser les pieds.

— Pas de problème, murmura le steward. Les toilettes ont déjà été vérifiées. Ça a marché ?

— Au poil. Les hôtesses ?

— À l'avant, en train de s'étirer comme des girafes pour essayer d'apercevoir les terroristes qui tirent de la terrasse.

— Antoon et son mouflet ont été parfaits, sourit Largo. Tu as le pistolet, Simon ?

— Bien sûr, fit l'Israélien en ouvrant sa veste d'uniforme et en saisissant un pistolet sous sa chemise. Il n'est pas chargé, comme tu l'avais demandé.

— J'espère bien. Inutile de blesser quelqu'un. Et comme Freddy est dans le coup...

— Ouais, il est dans le coup. Mais pas le copilote, le radio-mécanicien ni les trois hôtesses.

— Ne t'en fais pas, le rassura Largo. Ils obéiront aux ordres de leur commandant de bord. À propos, qu'avez-vous fait du vrai steward ?

— Kaplan lui a fait une petite piqûre, ricana doucement Simon. L'heureux garçon ne se réveillera que vers quatre heures de l'après-midi. Moi, je suis censé être un steward aimablement prêté à Kaplan par El Al.

— Bah ! comme tu n'auras personne à servir, on ne risquera pas de juger tes talents. L'avion est vide comme prévu, j'espère ?

Simon grimaça d'un air malheureux.

— Justement non. C'est le gros pépin, Largo. Paraît que cet enfoiré de Cochrane s'est démerdé pour racoler une quarantaine de passagers en liste d'attente ailleurs. Je viens de voir la liste...

— Merde ! souffla Largo, le visage soudain contracté. Merde, merde, merde, merde !

— Comme tu dis. Qu'est-ce qu'on fait ?

— On n'a pas le choix, mon vieux. On continue. Mais ces touristes ne vont pas simplifier les choses.

— Alors dépêche-toi d'intervenir, gémit le faux steward. Parce que pour jouer les serveurs de luxe, je suis aussi doué qu'un cul-de-jatte pour la partie de jambes en l'air.

Largo sourit et tapota le ventre de son ami.

— T'en fais pas, mon vieux. Tout se passera bien. Taille-toi. maintenant. Tes petites hôtesses doivent se demander où est passé leur beau steward aux yeux bleus...

— J'y vais, soupira le jeune Israélien. Boucle le loquet derrière moi, je mettrai la pancarte " hors service "...

Et sur un dernier clin d'oeil, il se glissa prestement hors de l'étroit réduit.

Largo poussa le loquet et déposa le pistolet sur le lavabo. Puis, silencieusement, il s'extirpa de la salopette qu'il plia soigneusement avant de la déposer dans un coin, et se retrouva en jean, espadrilles et chandail à col roulé. Se penchant, il vérifia machinalement si les deux poignards que lui avait procurés Antoon étaient toujours bien fixés à ses mollets. Le geste le fit grimacer ; son poignet luxé et ses brûlures le faisaient encore souffrir. Mais ça irait.

S'asseyant sur la lunette du W. -C. il consulta sa montre.

10h30.

Le compte à rebours était commencé.

*

Des sièges déserts de l'exit voisin, les deux hommes pouvaient examiner à leur aise les quarante-trois passagers qui attendaient le signal d'embarquement.

Les cinq présidents du Groupe W, accrochés à leurs attachés-cases, les traits semblablement fermés, ne prononçaient pas une parole. À quelques mètres d'eux, le consul des Bahamas et le sous-secrétaire au Tourisme se regardaient en chiens de faïence, provisoirement associés dans le même vain souhait d'être ailleurs. Les hommes d'affaires bavardaient deux par deux ou lisaient un magazine. Donahue nota que celui qui était accompagné de sa secrétaire, aussi blond qu'elle avait les cheveux noirs, était déformé par un pied-bot ; la jeune femme, dont le visage était mangé par d'épaisses lunettes d'écaille, devait également lui servir d'infirmière, voire probablement de maîtresse. Les quatre rabbins jacassaient en s'agitant comme des sémaphores et les vieux pensionnés américains, hurlant de couleurs criardes, étaient visiblement ravis de constater qu'ils n'auraient pas à se battre pour atteindre une place au hublot. De soeur Madeline du Sacré-Coeur de Jésus, on ne voyait que la cornette pieusement penchée sur un livre de prières ouvert sur ses genoux drapés de gris. Quant aux " Wisconsin Wizzards ", comme toute équipe sportive en déplacement, ils faisaient à eux seuls autant de bruit qu'une école entière de garçons à l'heure de la sortie des classes.

Soudain, Donahue poussa une exclamation étouffée.

— Qu'y a-t-il ? demanda Karel

L'Américain se reprit.

— Rien. J'avais... j'ai cru reconnaître une silhouette. Mais c'est complètement idiot. Je dois être un peu nerveux.

— Un peu ? ricana amèrement le commissaire. Alors vous avez de la chance, Donahue. Moi, mes surrénales produisent assez d'adrénaline pour faire flotter un cuirassé moyen... Un coup de poker d'un demi-milliard de dollars !... Même dévalués, ça me fout les jetons.

L'agent de la D.E.A. s'abstint de répondre. Les deux policiers étaient venus là par acquit de conscience, se tordant le cerveau pour trouver l'élément qui aurait pu leur échapper.

L'hôtesse de sol de la KLM annonça l'embarquement et les quarante-trois passagers se dressèrent d'un même mouvement. Sans cesser de blaguer à voix trop haute, les hockeyeurs empoignèrent leurs innombrables bagages à main, et, leurs crosses coincées sous le bras, se précipitèrent vers l'hôtesse qui déchirait les cartes d'embarquement.

— Donahue, murmura Karel. Vous avez entendu parler de ces nouveaux fusils fabriqués par les Tchèques ? Extra-plats, pas plus d'un centimètre d'épaisseur, démontables et remontables en vingt-cinq secondes...

— Hein ? Quoi ? Heu... oui, vaguement... Quel rapport ?

— Rien, fit songeusement Karel, sans quitter les hockeyeurs des yeux. Je pensais à un certain Largo Winch qui entraînait un commando dans l'Idaho. Et je regarde une douzaine de malabars bien musclés trimballer leurs crosses de hockey. Des crosses qui pourraient renfermer n'importe quoi ne dépassant pas un centimètre d'épaisseur...

Donahue fixa son collègue comme si celui-ci venait de lui proposer des distractions contre nature. Puis, d'un seul coup, son visage vira au blanc total.

— Merde ! rugit-il. J'y suis ! C'était ça... Karel ! J'ai passé ma jeunesse à jouer au hockey et, depuis, j'ai suivi tous les matches importants aux États-Unis... Et je veux bien devenir pédé si j'ai jamais entendu parler d'une équipe qui s'appelle les " Wisconsin Wizzards "...

*

— C'est un scandale ! Une honte ! Une insulte au sport américain ! Je connais tous les journalistes... On en parlera, de cette histoire, vous pouvez y compter.

Écarlate et suant, le petit manager fulminait. En face de lui, dans le petit bureau des douanes, Donahue et Karel soutenaient ses invectives sans broncher. À quelques pas, un responsable de la sécurité et un officier des douanes essayaient de comprendre ce qui se passait.

Les douze crosses étaient empilées sur une table. Les joueurs, l'entraîneur et le soigneur étaient restés dans la salle voisine, sous bonne garde.

— Je suis désolé, monsieur Bornstein, fit calmement Donahue. Mais des circonstances exceptionnelles nous obligent à des contrôles exceptionnels. Tout ce que nous désirons, c'est vérifier les crosses de vos joueurs.

— Mais nous sommes passés au détecteur, bordel de bonsoir ! Comme tout le monde !

— Le détecteur ne repère que le métal. Or, actuellement, il existe bien des objets dangereux qui ne sont faits que de bois ou de plastique. Pour la dernière fois...

— Nous ne pouvons pas manquer ce vol, s'égosilla le petit bonhomme. Nous avons des contrats à respecter, nous, monsieur.

Donahue eut un soupir patient.

— Je vous ai déjà dit que l'avion vous attendra. Pour la dernière fois, monsieur Bornstein, acceptez-vous de votre plein gré de nous laisser vérifier vos crosses ?

Le manager devint encore plus rouge et plus suant.

— Je connais personnellement le gouverneur de l'État de New York, glapit-il. Vous pouvez déjà calculer le montant de votre retraite, jeune homme.

— Tout ça pour quelques crosses à 60 dollars pièce, laissa tomber l'agent de la D.E.A. avec un sourire froid. Vous ne trouvez pas que vous en faites un peu trop, Bornstein ?

Et il empoigna l'une des crosses.

— Non ! hurla Bornstein en s'accrochant à son bras. Non ! Vous n'avez pas le droit...

D'une bourrade excédée, Donahue le renvoya de l'autre côté de la table. Il palpa le bois... Tout semblait indiquer qu'il s'agissait d'une crosse parfaitement normale.

Les yeux hors de la tête, le petit manager hoquetait.

— Si... si vous touchez à cette crosse, je... vous entendrez parler de cette histoire jusqu'à la fin de vos jours !

Donahue le transperça d'un regard glacé.

— Je commence à en être tout à fait persuadé, Bornstein.

Et d'un geste brusque, il brisa la crosse sur son genou.

Un silence sidéral s'abattit sur la petite pièce.

Bouche ouverte, figés, incrédules, les quatre officiels regardaient le flot de diamants taillés qui s'écoulait en tintant de l'intérieur du manche brisé.

Comme un pantin dont on coupe les fils, le petit manager s'effondra. Sur ses joues devenues aussi blêmes qu'elles avaient été rouges, de grosses larmes coulaient.

— O.K., bégaya-t-il d'une voix cassée, O.K., vous avez

gagné. Ça fait trois ans que cette combine marchait sans pépins. Et ce que je voudrais bien savoir, c'est le nom du salaud d'enfant de putain qui m'a donné...

Il ne comprit jamais pourquoi le grand flic américain et son acolyte hollandais partirent soudain d'un immense fou rire nerveux qui semblait ne plus devoir s'arrêter.

*

" Whisky Romeo one-o-one, clearance for taxying to runway four. Repeat : runway four. "

Freddy Kaplan répéta l'instruction de la tour de contrôle et enclencha la commande de progression.

Doucement, le Boeing 707 s'ébranla.

Kaplan se sentait soulagé d'un grand poids. Lorsque la tour l'avait prévenu que son départ était retardé par un contrôle de police, il avait craint le pire. Mais les flics s'étaient contentés de retenir ces hockeyeurs, pour Dieu savait quelle raison, et on venait de lui envoyer le clearing.

Il engagea lentement l'appareil sur le tarmac de l'accès aux pistes. Puis, arrivé à l'extrémité de la piste n° 4, il tourna, serra les freins et s'immobilisa, faisant son point fixe en attendant l'autorisation de décollage.

À côté de lui le copilote et le radio-mécanicien, précis, professionnels, exécutaient leurs contrôles de routine. Kaplan sourit en imaginant la tête de Ben Chaïm à l'arrière. Dans dix minutes, l'Israélien allait devoir enfiler une veste blanche et orchestrer le service des apéritifs. Et encore, il avait de la chance : les hockeyeurs disparus, il ne restait plus que 21 passagers en " economy " — sur 160 sièges disponibles...

Lui, Kaplan, se sentait bien. Après quatre mois d'épouvantable ennui à faire semblant de jouer au patron de division, il se trouvait enfin plongé dans l'action.

C'était tout ce que le Suisse demandait à la vie : des filles, des avions et un peu d'animation pour tromper la grise monotonie de l'existence.

" O.K., Whisky Romeo one-O-one-Clearance for take off. Go ahead, Whisky Romeo... "

Les réacteurs hurlèrent. Kaplan lâcha les freins d'un seul coup, et le Boeing se jeta en avant.

À 310 km/heure, le lourd appareil dévorait la piste d'envol qui se précipitait sous les roues.

Kaplan pesa sur les commandes.

Avec une grâce rugissante, le Boeing s'élança à l'assaut des nuages.

Il consulta la montre du bord.

Il était exactement 11h18.

MER DU NORD

Dimanche 24 octobre, 10 h 45
(GMT)

Le vol WR 101 de la Winchair avait atteint l'altitude fixée par son plan de vol, 32 000 pieds. Freddy Kaplan régla le pilote automatique sur le cap de son couloir aérien, desserra sa cravate et s'étira sur le dossier de son siège.

Tout allait bien.

Le copilote lui grimaça un sourire et se replongea dans le manuel de procédure d'atterrissage forcé qui faisait partie de la matière de son prochain examen. Le radio-mécanicien notait consciencieusement les signaux de repère émis automatiquement par les stations radar mer et terre. Ils venaient de passer à 8 miles à l'ouest de Great Yarmouth, la pointe extrême-est de l'Angleterre. Dans un quart d'heure environ, pour respecter le couloir imposé, Kaplan devrait virer de 42 degrés vers l'ouest et ne plus changer de cap avant d'arriver à hauteur de l'Islande.

Un avion de ligne, quand tout va bien, ça se conduit plus facilement qu'un tramway. C'est en cas de pépin que se reconnaît le talent du pilote.

L'appareil glissait sans heurts au-dessus de la couche de nuages, mais Jan Poot ne parvenait pas à se concentrer sur le roman qu'il avait eu à coeur d'acheter en anglais pour perfectionner son vocabulaire. Devant lui, trois des présidents du Groupe Winch discutaient avec animation. Le quatrième, ce type épais avec des favoris de tueur sicilien, Buzetti ou quelque chose comme ça, s'était plongé dans une pile de dossiers. Quant à Cochrane, les lèvres serrées et les narines pincées, il regardait obstinément par le hublot.

À la hauteur du sous-secrétaire, le consul des Bahamas avait tenté d'engager la conversation. Mais Poot l'avait poliment rembarré. C'était plus fort que lui : il se sentait mal à l'aise avec les Noirs. Même ceux que la reine d'Angleterre avait jugé bon d'anoblir avant de leur donner l'indépendance. L'autre avait aussitôt senti son manque d'enthousiasme et n'avait pas insisté.

Mécontent de lui-même, de ce vol absurde et des événements en général, Poot repiqua du nez dans son livre.

Suant d'angoisse sous la veste blanche trop étroite de son infortuné prédécesseur, Simon regardait les deux hôtesses de la classe “ economy ” servir les apéritifs. Sa grande crainte était qu'elles l'appellent à la rescousse. Mais avec vingt et un passagers seulement, elles pouvaient s'en tirer seules.

Selon l'usage et les règles de sécurité, les hôtesses avaient installé les passagers le plus à l'avant possible. Ce qui arrangeait fort bien Simon. Mais, à peine leur ceinture de siège débouclée, plusieurs d'entre eux s'étaient empressés de refluer vers le milieu de l'appareil.

Trottinant sous la robe grise qui lui tombait jusqu'aux chevilles, Marjan Texel s'avança dans le couloir et se choisit une place de hublot, à une dizaine de rangées seulement du lounge arrière. Le steward avait suivi sa progression d'un regard courroucé. Marjan dissimula un sourire et se replongea dans son missel.

Elle avait, bien entendu, reconnu Simon du premier coup d'oeil. Tandis qu'elle-même, avec sa cornette, ses lunettes épaisses comme des doubles vitres, les pastilles de caoutchouc qui lui grossissaient les joues et le film plastique pour jaunir les dents, sa propre mère l'aurait reniée en hurlant.

Mais il ne fallait tout de même pas trop forcer la chance.

Grimaçant de douleur réprimée, l'homme d'affaires blond se pencha et commença à défaire les lacets de la lourde chaussure orthopédique à supports métalliques qui enserrait son pied-bot.

Fran Harrison, trente-cinq ans, 6 300 heures de vol, était la plus âgée et la moins jolie des trois hôtesses du bord. Tout en débouchant un quart champagne impatiemment réclamé par un vieil Américain en chemise à palmiers, elle jeta un coup d'oeil au steward qui l'observait du lounge, à l'autre bout du couloir.

En principe, sur ce vol, c'était le steward qui faisait fonction de chef de cabine. Mais ce type d'El Al n'avait vraiment pas l'air de s'en faire. Il s'était proprement défilé, invoquant la fatigue d'une gueule de bois... Tu parles !

Haussant les épaules, Fran versa le champagne dans un verre en plastique. Elle savait qu'elle devait lutter contre un antisémitisme instinctif. Mais ce Juif-ci, franchement, avec sa tête de dragueur de plage et son poil dans la main, ne risquait pas de pulvériser le record de qualification professionnelle de la catégorie.

Par contre, il devait sûrement bien faire l'amour, l'animal...

Wilbur Hockenmeyer avala goulûment son verre de champagne afin d'avoir le temps d'en recommander un second avant que le chariot ne se soit trop éloigné.

À côté de lui, Edna, son épouse, dormait déjà, la bouche entrouverte.

Wilbur eut un rot discret. Il s'était promis de ne boire que du champagne pendant tout le voyage. Du champagne français, et en duty free ! Fallait en profiter, non ?

De ces trois mois de vacances itinérantes en Europe, il ramenait plus de 2 000 dias. De quoi épater les voisins et amis jusqu'à l'année prochaine.

Wilbur s'en délectait d'avance.

Kaplan consulta sa montre et pressa le bouton d'appel relié au lounge avant.

*

— Commandant ?

L'hôtesse de la “ first ” était une grande blonde aux narines épatées et aux lèvres voraces. Depuis la nuit précédente, Kaplan savait que sa blondeur ne devait rien à la nature.

— Hello, Joyce, sourit-il en tournant la tête. Ça marche, chez les “ huiles ” ?

Elle lui rendit son sourire, complice.

— Sans problème, commandant. Ils ont l'air bien partis pour battre le record de constipation longue durée. De vrais têtes d'enterrement.

Kaplan lui tendit un bout de papier plié en quatre.

— Voudriez-vous porter ça au steward, mon chou ? Il sait de quoi il s'agit.

L'hôtesse lui frôla la main au passage.

— Pour moi vos désirs sont des joies, commandant.

Simon vit la grande hôtesse de la “ first ” remonter le couloir, un bout de papier à la main.

— Ah oui, murmura-t-il après l'avoir déplié. C'est vrai, c'est l'heure de sa cure...

— De sa cure ? s'écarquilla l'autre.

Simon prit l'air ennuyé.

— Zut ! je n'aurais pas dû en parler... Mais après tout, je m'en fous, hein !...

Il lui fit signe de l'accompagner dans le recoin du petit évier, hors de vue de la carlingue. Intriguée, elle le suivit. Simon se pencha et saisit une petite mallette.

— Votre commandant a... Je devrais garder ça pour moi, vous savez...

— Mais non, mais non, s'excita l'hôtesse, les yeux brillants de curiosité.

— Il a des problèmes d'ordre... heu... sexuel...

— Quoi ?! Lui ?! Ça, mon vieux, je peux vous assurer...

Elle s'interrompit, rougissante.

Sans lui prêter attention, Simon avait ouvert sa mallette et en avait extrait un petit flacon et un gros tampon d'ouate.

— Pourtant c'est ainsi, affirma-t-il sérieux comme un sous-préfet. Seulement, il a déniché je ne sais où une espèce de sorcier africain qui lui a donné un remède terrible... Il doit s'en badigeonner toutes les quatre heures. Paraît que le résultat vaut la visite.

— Vous rigolez ? rigola la blonde.

— Ma petite, fit gravement Simon, sachez qu'on ne rit pas avec ces choses-là.

Tout en parlant, le jeune Israélien imbibait généreusement le tampon d'ouate du contenu du flacon.

L'hôtesse renifla.

— Dis donc, ça sent drôle, ce truc. On dirait du...

— Mais non. Tenez, penchez-vous, vous allez voir...

Elle se pencha.

Saisissant la nuque de la jeune femme, Simon pressa fortement le tampon sur son nez. Elle se débattit, mais il maintint sa prise. Quinze secondes plus tard, elle s'écroulait dans ses bras.

Comme il installait tant bien que mal la grande blonde endormie sur un siège de la dernière rangée, la plus jeune des deux hôtesses les aperçut du couloir et s'approcha précipitamment.

— Il est arrivé quelque chose à Joyce ?

— Je ne sais pas, grimaça Simon. Un malaise. Elle était en train de préparer un médicament pour le commandant quand...

— Un médicament ? Quel médicament ?

— Venez voir, bougonna Simon en l'entraînant dans le recoin de l'évier.

— Dites donc... Ça sent l'hôpital, ici...

— Ben forcément... Ces médicaments, vous savez... Regardez : elle a versé un peu de ce flacon sur ce tampon d'ouate, comme ceci...

— Mince, quelle odeur ! Mais c'est du...

— Et moi j'ai fait comme ça, acheva vivement le jeune

Israélien en l'empoignant.

Une minute plus tard, la jeune fille avait rejoint sa collègue dans les bras de Morphée et du fauteuil voisin. Dans le couloir, fort occupée à ouvrir des boîtes de jus de fruits, la troisième hôtesse n'avait rien vu. Simon réussit, du geste, à attirer son attention.

— Que se passe-t-il ? interrogea sèchement Fran. Où est Cynthia ?

Puis elle vit les corps endormis des deux jeunes femmes et eut une sorte de hoquet. Simon ne lui laissa pas le temps de réagir. Celle-là, il avait compris qu'il était inutile de lui faire le coup du médicament. Lui plaquant la main sur la bouche, il la tira violemment vers l'arrière.

Fran était maigre, sèche et vigoureuse. Une nerveuse. Grognant sous son bâillon, elle se débattait avec rage. Suant comme un beau diable, Simon réussit à cogner à la porte du lavatory hors service.

— Largo, haleta-t-il. Vite...

Il faillit hurler quand l'hôtesse lui mordit le doigt mais réussit à tenir bon. La porte du lavatory s'ouvrit et, la seconde d'après, Fran ouvrait des yeux comme des roues de bicyclette en découvrant un grand type maigre aux yeux fauves qui lui enfonçait en souriant le canon d'un pistolet dans les côtes.

— Calmez-vous, murmura Largo. Calmez-vous, miss, vos passagers ne risquent rien. Tout ce que nous vous demandons, c'est de prendre un peu de repos...

Fran se débattait encore, mais se savait déjà vaincue. Simon réussit à attraper d'une main le tampon qui lui avait déjà servi deux fois et à l'appliquer sur le nez de la jeune femme.

Après l'avoir installée à côté de ses deux collègues, Simon

jeta un coup d'oeil en direction des passagers. Ceux-ci ne s'étaient aperçus de rien.

La tête lui tournait un peu. Il rejoignit Largo en vacillant.

— Hé ! Simon ! Ça ne va pas ?

— Ce... c'est ce foutu chloroforme, gémit l'Israélien.

Largo l'empoigna par les épaules et le secoua.

— Passe-toi la tête sous le robinet, mon vieux. Ce n'est pas le moment de flancher.

— Je sais, je sais... Dommage qu'on ne puisse pas ouvrir une fenêtre, hein ?

Largo sourit.

— En effet. Combien de personnes en plus, dans la " First " ?

— Hein, quoi ?... Ah oui... Deux. Deux types.

— Bon. Je te les envoie.

— Tu ?... Oh, non !

Mais déjà Largo ne l'écoutait plus. À grandes enjambées, le pistolet glissé sous son chandail, il descendait le couloir, un léger sourire aux lèvres.

Quatre mois d'enquêtes, de tension, d'attente et de doute venaient de prendre fin.

Largo se sentait en grande forme.

— Winch ! ?!

Médusés, les cinq membres du Big Board fixaient Largo avec les yeux d'un cocu trouvant sa femme seule dans son lit. Sans parvenir à y croire.

— Messieurs, fit Largo, debout devant eux, je crois que je vous dois quelques explications.

Il leur tira mentalement son chapeau. Les cinq grands patrons, dont le plus jeune aurait pu être son père, étaient des durs. Déjà, ils avaient repris leur contenance et certains d'entre eux, même, esquissaient un léger sourire.

Il n'en était pas de même pour les passagers du fond, un vieux Noir distingué et un gros homme au teint de brique pilée, qui le regardaient avec un effarement comique. Ce fut à eux que Largo continua à s'adresser.

— Quant à vous, gentlemen, je suis au regret de vous prier de bien vouloir vous installer momentanément en classe " economy ". J'aimerais avoir une petite conférence privée avec les présidents de mon Groupe...

Le teint de Poot vira à l'aubergine.

— Dites donc, mon garçon, s'indigna-t-il. Si vous croyez que...

Mais sa tirade s'interrompit dans une sorte de gargouillement étranglé à la vue du pistolet que Largo venait de saisir sous son pull.

— Permettez-moi d'insister, dit sèchement le jeune homme. Et soyez assez aimable pour ne pas affoler inutilement les passagers de l'arrière. Je vous en voudrais beaucoup.

Le diplomate et le politicien se bousculaient pour franchir le rideau de séparation.

— Mes compliments, monsieur Winch, lança Dwight Cochrane. Je vois que vous avez gardé le goût des coups de théâtre. Et, peut-on savoir ?...

— À l'instant, monsieur Cochrane, répondit Largo en consultant son bracelet-montre. Mais vous ne devrez pas m'en vouloir si mes explications sont brèves : dans environ quatre minutes, je vais être forcé de détourner cet avion.

Simon dissimula un sourire à la vue des deux hommes qui remontaient hâtivement le couloir. Ils arboraient l'expression horrifiée de diamantaires dévalisés et n'eurent même pas un regard pour les trois hôtesses dormant sagement côte à côte.

— Steward ! Vite ! Il faut alerter l'aéroport...

— Ce fou, Winch, est devant... avec une arme !

— Il faut faire quelque chose...

— Nous devons trouver un moyen...

Simon s'efforça de se composer un air de rassurante autorité paternelle.

— Messieurs, je vous en prie, pas de panique. Restez calme.

— Mais nous sommes calmes ! hurla presque Poot. Puisque je vous dis...

— Taisez-vous ! le coupa Simon. Vous voulez affoler les autres passagers ? Venez avec moi.

Et les prenant par les bras, il poussa les deux hommes dans le lounge. Saisissant deux verres, il les remplit de whisky et y ajouta le contenu d'une petite fiole brunâtre.

— Mais... que faites-vous ? s'étonna sir Roderick Spade, encore gris d'émotion.

— Buvez, leur intima le jeune Israélien en leur tendant les verres.

— Mais...

— Buvez. La première chose à faire est de reprendre le contrôle de vos nerfs. Je vous ai servi un whisky avec un calmant prévu pour ces cas-là. Vous comprenez, ajouta-t-il avec le plus grand sérieux, nous autres, nous avons l'habitude...

Dociles, les deux hommes vidèrent leur verre.

— Je... je me sens la tête un peu lourde, balbutia le consul.

— C'est bizarre, j'ai les jambes en coton, grommela le sous-secrétaire.

— Normal, affirma Simon. C'est la réaction. Asseyez-vous un moment. Dans une minute, vous ne sentirez plus rien.

Son pronostic s'avéra rigoureusement exact. Une minute plus tard les deux hommes ronflaient comme des bienheureux.

S'épongeant le front, l'Israélien enveloppa du regard les cinq corps inanimés qui occupaient toute la dernière rangée de sièges. Et il se demanda si, tout compte fait, il ne serait pas plus simple d'endormir les uns après les autres les vingt et un passagers qui restaient...

— Voudriez-vous répéter ça ? s'étrangla Buzetti.

— Huit cents kilos d'héroïne, monsieur Buzetti. Sous vos pieds. Au prix de détail, ça va chercher dans les 500 millions de dollars. Mais pour nous, ça vaut tout juste quelques millions d'emmerdements.

— Comment... comment le savez-vous ?

— Trop long à vous expliquer. Disons que j'ai découvert qu'un réseau de trafiquants de drogue utilisait la Winchair pour passer l'héroïne en gros. C'est pour m'être approché trop près de la vérité que j'ai eu... les petits désagréments dont vous avez sûrement entendu parler. Inutile de vous préciser que je n'ai pas le moins du monde tué ces policiers londoniens.

— Nous n'en avons jamais douté, mon garçon, murmura le vieux Joop van Dreema en regardant Largo par-dessus ses lunettes à double foyer.

— Ben voyons... ricana Largo entre ses dents. À votre avis, enchaîna-t-il à voix plus haute, que va-t-il se passer si la police découvre ce chargement dans un de nos appareils ?

Les cinq hommes s'entre-regardèrent. Leur silence était aussi éloquent qu'un flot de paroles.

— Que comptez-vous faire ? grogna Georg Wallenstein.

— Je vous l'ai dit : détourner l'avion. Et je le ferai sous ma seule responsabilité. Nous atterrirons sur un terrain militaire désaffecté que je connais au nord de l'Écosse. Des amis m'y attendent, avec une pompe aspirante montée sur un camion-citerne. Nous viderons le plancher de soute jusqu'au dernier grain et Simon et moi resterons sur place quand Kaplan redécollera. Vous serez à New York avec moins de deux heures de retard sur l'horaire.

Un silence songeur pesa sur le compartiment. Largo scrutait attentivement les cinq présidents. Celui d'entre eux qui, lui, savait, s'était montré très fort. Pas un instant son jeu de la surprise ou de l'indignation ne s'était désaccordé des autres.

— Et la drogue ? interrogea Marcello Scarpa de sa voix flûtée. Que comptez-vous en faire, monsieur Winch ?

Le jeune homme haussa les épaules.

— La détruire, bien entendu. Et taire, ainsi que vous, messieurs, toute cette affaire aux autorités. Le Groupe n'aurait rien à y gagner et moi, j'aurai déjà assez de mal à m'innocenter des accusations qui pèsent sur moi. Je vous demande simplement de pouvoir compter sur votre, disons... neutralité.

L'ombre d'un sourire éclaira la bouche sévère de Dwight Cochrane.

— Vous êtes un patron peu ordinaire, monsieur Winch, mais un sacré patron quand même. Je ne peux vous dire qu'une chose : bonne chance.

Largo, pour toute réponse, lui fit un clin d'oeil. Puis, étreignant la crosse de son pistolet, il se détourna et alla ouvrir la porte d'accès au poste de pilotage.

Il avait amorcé le détonateur. Maintenant, il devait lancer la mise à feu.

Freddy Kaplan avait sursauté avec un parfait naturel. Mais la surprise du copilote et du radio-mécanicien, elle, n'était pas feinte. Ils dévoraient des yeux ce jeune et tout-puissant propriétaire de leur compagnie qui défrayait la chronique mondiale depuis plus d'une semaine. Ils dévoraient surtout des yeux le pistolet que ledit propriétaire pointait négligemment vers leur commandant de bord.

— Tu as très bien entendu, Freddy, répéta Largo. Tu descends à 2 000 pieds, sous le faisceau des radars. Ensuite, tu prends le cap 335.

— Largo, mon vieux, tu es complètement givré ! Tu as dû voir des mauvais films, ces derniers temps...

Largo crispa les mâchoires. Il savait que son visage, quand il le désirait, pouvait prendre une expression dure et glacée.

C'était le moment ou jamais.

— Ne m'oblige pas à répéter une troisième fois, Freddy.

Je sais ce que je fais et j'ai d'excellentes raisons pour le faire.

Tu as lu les journaux, je n'ai plus rien à perdre. Tes trois hôtesses sont hors circuit et le steward est un homme à moi. 2 000 pieds, Freddy. Immédiatement.

Le Suisse échangea une mimique résignée avec le copilote, haussa les épaules, débrancha le pilote automatique et reprit les commandes.

— Si c'est un de tes petits jeux, je ne le trouve pas drôle, bougonna-t-il.

— Ferme-la et descends, lui intima sèchement Largo.

Soudain la radio grésilla et le radio-mécanicien, ses

écouteurs aux oreilles, se raidit. Largo bondit comme un fauve, arracha les écouteurs et enfonça rudement le canon de son pistolet dans une narine du technicien.

Celui-ci était très jeune. Il blêmit, mais conserva son calme.

— Coupe ta radio et va t'asseoir sur le sol derrière le copilote.

L'homme, docilement, s'exécuta.

— Je crains que vous n'alliez au-devant de gros ennuis, monsieur Winch, remarqua-t-il.

— C'est toi qui vas en avoir si tu ne la boucles pas.

La couche de nuages se rapprochait. Kaplan tourna la tête.

— Je dois faire une annonce aux passagers. Sinon, ils vont s'inquiéter en nous voyant piquer vers la flotte.

— Alors, vas-y. Mais pas de conneries, hein ? Trouve quelque chose de plausible.

Le Suisse décrocha le micro qui le reliait aux haut-parleurs de la carlingue et le brancha.

— Ladies and gentlemen, this is your captain speaking...

Et il raconta une belle histoire d'orage magnétique annoncé sur le trajet. Pour éviter les turbulences, on allait descendre sous les nuages, en vue de la mer, mais il n'y avait aucune raison de s'inquiéter, et caetera...

Ça ne tenait pas debout, mais ça, aucun des passagers, en principe, n'était censé le savoir.

— Parfait, sourit Largo. Tu as ton avenir tout tracé comme bonimenteur de foire. Combien de temps pour être à 2 000 pieds ?

— Dix minutes, si on veut éviter la décompression.

— Va pour dix minutes...

Largo jeta un coup d'oeil vers les deux hommes à sa droite.

Ils le dévisageaient comme s'ils n'attendaient que la première occasion pour lui sauter dessus. Le tout était de ne pas leur en donner la possibilité.

— Et moi qui croyais que tu avais les moyens de payer ton billet, grogna Kaplan d'un ton rauque. On peut savoir où tu comptes nous emmener comme ça ?

— Tu le verras bien, rétorqua Largo.

En réalité, le Suisse le savait parfaitement.

Ils avaient mis leur scénario au point, ensemble, l'avant-veille. Les liens d'amitié de Largo et de Freddy Kaplan étaient trop connus ; il fallait que ce dernier ait une petite chance de pouvoir plaider l'innocence quand il atterrirait à New York.

Avec la majesté d'une star hollywoodienne entrant dans son bain de mousse, le Boeing se glissa dans les premiers nuages.

Dès qu'il entendit l'annonce de Kaplan, Simon s'avança dans le couloir jusqu'à la hauteur des passagers. Il se doutait bien que ceux-ci chercheraient des yeux quelqu'un à interroger sur ce fameux orage magnétique. Mieux valait se porter à la rencontre des questions plutôt que de laisser ces braves gens s'étonner de l'absence des hôtesses.

Les questions vinrent, inévitablement stupides. Simon s'amusa à répondre n'importe quoi avec la calme autorité d'un vieux baroudeur de l'air. Puis, sachant qu'il ne tiendrait pas parole, il promit le déjeuner pour dans une demi-heure, prit note de quelques nouvelles commandes d'apéritifs et remonta le couloir, légèrement penché pour compenser l'inclinaison de l'appareil.

Lorsqu'il passa à hauteur de la dernière passagère, la religieuse, celle-ci lui fit signe de s'approcher et bredouilla quelque chose d'incompréhensible.

— Comment ? fit Simon. Je n'ai pas compris, ma soeur.

Se glissant le long du premier siège, il se pencha vers elle pour tenter de mieux percevoir ses paroles. Souriant de toutes ses dents jaunâtres, la religieuse leva vers lui deux yeux perdus sous les hublots de ses épaisses lunettes. Puis, saisissant la main de Simon, elle la pressa amoureusement sur ses deux seins.

— Ça ne te rappelle rien, mon chéri ?

Éberlué, l'Israélien crut avoir mal entendu, mal vu et mal senti.

— Guezguezaveudire ?... bafouilla-t-il.

Pour toute réponse, la religieuse le tira par le bras, achevant de le déséquilibrer. Simon trébucha et s'affala sur les genoux drapés de gris. Il eut à peine le temps de lever vers elle un visage ahuri que, déjà, la cornette plongeait et que deux lèvres chaudes s'écrasaient farouchement sur sa bouche.

D'infernales visions de messes noires explosèrent dans la tête du garçon.

— Mmm..., fit la religieuse en relevant la tête. Ça m'a manqué tu sais.

Simon crut que sa mâchoire ne se remettrait jamais en place tant il béait de stupeur. Le rabbin de son enfance lui avait bien laissé entendre que les catholiques menaient une vie de turpitudes et de dépravations, mais de là à ce que ce soient les bonnes soeurs qui ouvrent la danse...

Et puis, cette voix...

Posément, l'humble servante du Seigneur retira les pastilles de caoutchouc de sa bouche et le film qui lui recouvrait les dents. Puis elle ôta ses lunettes et éclata de rire.

— Ta tête, mon pauvre vieux ! Ha ! ha ! ha ! On payerait

pour la voir !...

De fait, la bouche de Simon avait atteint des dimensions qui eussent ému un anthropologue chevronné. Il réussit tant bien que mal à la refermer.

— Marjan !! Mais... qu'est-ce que tu... Nom de Dieu !

Tentant de se redresser, il venait de réaliser que quelque chose l'en empêchait. Incrédule, il fixa l'anneau des menottes qui encerclait son poignet gauche. Simon tira. En vain. Le second bracelet enserrait tout aussi fermement l'accoudoir de la jeune fille. Avec un début d'affolement, il tourna la tête vers elle.

— Marjan, ne fais pas l'idiote ! À quoi joues-tu ? Détache-moi, tu vas tout faire rater...

Il se mordit les lèvres.

La jeune fille ne riait plus.

— Je vais faire rater *quoi*, mon bel Israélien ? C'est précisément de cela que je voudrais que nous bavardions un peu...

L'un et l'autre étaient bien trop occupés pour faire attention aux deux passagers qui venaient de se lever et qui se dirigeaient vers le rideau masquant l'entrée de la “ First ”.

Curieusement, l'homme d'affaires au pied-bot était en chaussettes. Et ses deux pieds semblaient parfaitement normaux.

Curieusement, sa secrétaire aux cheveux noirs n'avait plus les cheveux noirs mais blond cendré.

Curieusement, la vue de la jeune femme avait dû subitement s'améliorer, car elle ne portait plus ces grandes lunettes d'écaille qui lui mangeaient le visage.

Mais tout à fait normalement, les autres passagers ne leur jetèrent qu'un machinal coup d'oeil indifférent.

Largo s'était calé plus ou moins derrière le dossier de Kaplan, à distance prudente des deux autres.

Pour autant qu'on puisse parler de distance dans un espace aussi réduit.

C'était la première fois qu'il se trouvait dans le poste de pilotage d'un avion de ligne en vol et il avait été fasciné par la vitesse à laquelle les nuages se fracassaient sur le pare-brise du cockpit. Fasciné aussi, comme tout profane, par ces innombrables cadrans, manettes et autres instruments mystérieux qui conféraient à l'étroit habitacle une aura de temple sacré voué au rituel de la technique.

L'atmosphère confinée était lourde du silence de ses quatre occupants. Dans moins d'une minute l'altimètre indiquerait 2 000 pieds et Kaplan prendrait le cap nord-nord-ouest pour atteindre le plus rapidement possible le terrain isolé où, Largo l'espérait, Andy les attendait déjà.

Le jeune homme grimaça intérieurement.

Si le Hollandais n'était pas au rendez-vous, il y aurait de sérieux problèmes. Mais il fallait espérer. Largo avait eu si peu de temps... Il avait dû improviser, utiliser au maximum les ressources dont il disposait à partir de son refuge du Singelgracht.

Et, jusqu'à présent, tout s'était déroulé conformément au plan.

Comme de bien entendu, ce fut à ce stade de ses pensées que tout ce plan s'écroula.

La porte derrière lui s'ouvrit violemment. Largo eut à peine le temps de sursauter. Un coup de pied brutal l'atteignit au poignet et son arme vola et vint s'écraser contre l'émetteur-radio.

— Personne ne bouge ! intima une voix teintée d'accent germanique.

Largo sentit son cerveau se figer.

Ahuri, Kaplan se retourna.

— À tes commandes, papa ! cracha l'homme. Le spectacle continue. Seule modification au programme : on passe au cap 110 est-sud-est.

— Mais..., voulut dire le Suisse.

— Ta gueule ! Exécute, papa ! À la moindre entourloupe, je descends tes petits copains.

L'homme, prestement, rafla le pistolet de Largo sur la table radio et l'empocha sans cesser d'agiter le sien, une vilaine chose trapue à canon court. Largo entrevit des cheveux blonds, un visage tout en angles et un regard trop pâle.

Figés, le copilote et le radio-mécanicien ouvraient des yeux comme des long-playings. Deux détournements qui se succèdent en un quart d'heure, ça ne s'était encore jamais vu dans les annales du hijacking.

Les dents serrées, Kaplan fit entamer à l'appareil la courbe qui lui permettrait de prendre le cap exigé par le pirate.

— Et n'essaye pas de me rouler, aboya ce dernier. Des bacs comme celui-ci, j'en ai piloté pendant six ans avant de me faire virer de ma boîte.

— Je vois, ricana le Suisse. Un collègue qui a eu des problèmes de bonne conduite... Aah !

Il gémit sous le coup que l'homme venait de lui assener sur la nuque.

— Ta gueule, je t'ai dit ! Pilote et ferme-la !

Largo se sentit empoigné par sa ceinture. Sans réagir il fixa les yeux pâles.

— C'était gentil de nous avoir mâché la besogne, Winch. Mais maintenant il est temps de passer la main aux vrais professionnels et d'aller te reposer un peu. Il y a quelqu'un, là derrière, qui meurt d'envie de te revoir...

Et l'homme le projeta par la porte restée ouverte.

Largo trébucha, roula dans le petit couloir du lounge et se retrouva à quatre pattes à l'entrée de la “ First ”, le nez sur deux chevilles gainées de Nylon.

Il reconnut les chevilles avant même de redresser la tête pour rencontrer l'éclat ironique des yeux pervenche.

— Largo, très cher, je ne t'en demandais pas tant. Relève-toi, voyons, relève-toi...

Il obtempéra et la jeune femme recula d'un pas.

— Qu'est-ce que c'est que ces façons, Stephanie ? Et ta bonne éducation ? Tu te lances dans l'action directe, maintenant ?

Pétrifiés dans leurs sièges, les cinq présidents évoquaient les spectateurs non avertis d'une pièce symbolique d'avant-garde. Oscillant sans cesse de Largo à la jeune femme, leurs regards étaient pathétiques de l'effort qu'ils faisaient pour comprendre la situation.

La belle Anglaise eut un sourire narquois.

— Pourquoi voudrais-tu avoir le monopole des détournements aériens, mon joli chat sauvage ? Je te l'ai déjà dit : j'aime les expériences nouvelles. L'ennui, dans ce cas-ci, c'est qu'il semblerait bien que nous ayons choisi le même avion pour exercer nos talents.

Largo se raidit.

Les longs doigts fuselés de lady Stephanie ne réussissaient pas à faire le tour de la lourde grenade quadrillée qu'elle serrait dans son poing.

*

Le radariste de service à la station de contrôle de Norwich repéra immédiatement la disparition de la tache claire qui se déplaçait sur son écran. Il se rua sur le tableau des plans de vol de la journée et appela son supérieur.

Moins de trois minutes plus tard tous les services d'alerte et les aéroports du secteur étaient avertis qu'il était arrivé quelque chose au vol WR 101 parti trois quarts d'heure auparavant de Schiphol.

Mais il fallut vingt autres minutes avant que la nouvelle n'atteigne le commissaire Karel qui, en compagnie de Donahue, avait rejoint son bureau du centre-ville. La variété de jurons et d'obscénités que l'Américain réussit à éructer en moins d'une minute aurait confondu d'admiration n'importe qui de moins préoccupé que son collègue hollandais. Que l'avion ait été détourné ou soit tombé dans la mer, pour eux, le résultat était le même : la merde noire !

Karel se leva et se dirigea vers la porte.

— Où allez-vous ? lui cria hargneusement Donahue. Vous avez une idée ?

Le jeune commissaire, du pas de la porte, lui lança un regard misérable de cancéreux sans mutuelle.

— Bien sûr que j'ai une idée. La seule qui me reste d'ailleurs. Aller en vitesse m'inscrire à un cours du soir de recyclage dans la plomberie.

MER DU NORD

Dimanche 24 octobre, 11 h 25 (GMT)

Très mondaine, adoptant le ton enjoué du chef de meute expliquant les mystères de la nature à ses petits louveteaux, lady Stephanie avait levé la main qui enserrait la grenade pour s'adresser aux six hommes éberlués.

— Ceci, messieurs, est une grenade défensive. Aussi embarrassant que cela puisse vous paraître, c'est une vraie. La goupille en a été retirée et, pour l'instant, ma paume appuie sur le petit levier que vous voyez là et qu'on nomme la cuiller. Libérée, cette cuiller déclenche irréversiblement la mise à feu de la charge. Si, pour quelque raison que ce soit, ma pression se relâchait, rien au monde ne pourrait empêcher la grenade d'exploser cinq secondes plus tard. Et je crains bien, étant donné l'espace réduit où nous sommes, qu'elle ne fasse pas mal de dégâts.

C'était peu dire.

À voir cette jeune femme élégante brandir délicatement une arme aussi incongrue, les cinq présidents avaient du mal à prendre la situation au sérieux. Et pourtant, chacun d'eux eut l'intime conviction que la belle Anglaise ne bluffait pas.

Largo, quant à lui, se rongeait le cerveau pour essayer de comprendre les motifs de cette déconcertante lady. À 600 mètres d'altitude, la mer paraissait proche à la toucher. Mais la taille des nombreux bateaux survolés par le Boeing rétablissait la perspective à sa profondeur réelle. Il réfléchit qu'à cette faible hauteur l'appareil devait probablement voler à une vitesse inférieure à celle que lui permettait l'air raréfié de son altitude de croisière habituelle. 500 ou 600 km/heure au maximum. Il leur faudrait donc trois bons quarts d'heure pour traverser cette portion de la mer du Nord et atteindre leur destination finale. Car cette destination ne faisait aucun doute.

Dans ce secteur maritime et aérien surencombré, le 707 kidnappé avait dû être repéré depuis longtemps. Bientôt, sûrement, la chasse néerlandaise viendrait leur faire escorte. Mais ça, les autres s'en moquaient. Comme il ne s'en était pas soucié lui-même pour la réalisation de son plan initial. Les autorités n'interviendraient pas tant qu'elles estimeraient que les passagers pouvaient courir un risque quelconque.

Une heure à peine s'était écoulée depuis le décollage de Schiphol...

Incroyable.

À l'arrière, les occupants de la classe “ Economy ” semblaient ne s'être rendu compte de rien. Fugitivement, Largo se demandait ce que pouvait bien fabriquer Simon. Pourvu que l'Israélien n'ait pas la mauvaise idée de surgir par le rideau et de provoquer un drame. Une grenade dans un avion, c'est l'arme imparable...

Souligné par le grondement sourd des réacteurs, le silence devint vite oppressant. Mal à l'aise, Waldo Buzetti, assis dans un siège de la première rangée, s'agita et se racla la gorge.

— On peut savoir où vous comptez nous emmener, ma petite dame ? D'abord New York, ensuite l'Écosse, et maintenant Dieu sait où... Pas mal, pour un seul billet, gratuit en plus.

Stephanie, toujours debout à l'entrée du lounge, lui sourit aimablement.

— Nous atterrirons à un endroit qui s'appelle Vlieland, cher monsieur. C'est tout ce que je peux vous dire.

— C'est quoi ça, Vlieland ? grommela l'Italo-Américain. Un parc d'attraction ?

— C'est une île, intervint Largo d'une voix claire. Une île de Frise occidentale.

Les cinq hommes se tournèrent vers lui. Et, se décidant brusquement, il leur raconta tout.

Absolument tout.

Les révélations de Cardignac, son associé encore au sein du Big Board, la longue enquête, le rôle de Freddy Kaplan à la tête de la Winchair, l'envoi de Sveig Larsen pour s'infiltrer dans le réseau, le premier succès et puis l'échec du Norvégien, la tête coupée, la machination de Killian-Vaughn, la fuite hors d'Angleterre, le rôle de Stephanie, le chantage de l'entrepreneur, l'organisation de la Cyclope et finalement le plan mis au point par lui, Largo, pour s'emparer du fabuleux chargement d'héroïne.

Même Stephanie l'écoutait avec passion.

Le jeune homme lut dans les yeux écarquillés de ces hommes cuirassés par les combats du pouvoir qu'ils le croyaient. Et il ressentit l'immense soulagement de s'être déchargé sur eux du poids qui l'oppressait depuis tant de mois.

— Mais, murmura pensivement Cochrane, qu'espériez-vous donc en escamotant l'héroïne ? Que celui d'entre nous que vous dites être le chef de cette organisation se révélerait en tentant de vous la reprendre ?

— C'était une possibilité, monsieur Cochrane, mais dans le fond elle m'importait peu. Non, je voulais surtout détruire cette saleté sans que les autorités aient une chance de plonger leur nez dans nos affaires. Ce qui, par la même occasion, abattrait l'homme que j'aurais ainsi privé des 500 millions de dollars escomptés.

— Et cela vous aurait suffi ?

Largo sourit. Mais ce sourire était dur et ses yeux fauves brasillaient.

— Non, monsieur Cochrane, non, cela ne m'aurait pas suffi. Mais je n'aurais plus eu besoin de ce stock de drogue pour débusquer celui que Simon et moi nous étions juré d'abattre. Car depuis hier, je sais avec certitude qui il est. Et il est parmi nous messieurs !

Avec un bel ensemble, les présidents avalèrent leur salive.

— Ah... fit Georg Wallenstein.

— Comment ?... souffla Joop van Dreema.

— Vous... commença Dwight Cochrane.

— Qu'est-ce que... s'exclama Marcello Scarpa.

— Qui c'est ? croassa Waldo Buzetti.

Ignorant les quatre autres, Largo continua à s'adresser à l'Administrateur.

— Vous vous souvenez de “ Beachcomber ”, monsieur Cochrane ?

— Bien entendu. Mais j'avoue n'y avoir rien compris.

— Parce qu'il vous manquait la clé. À travers cette montagne d'opérations réalisées par les présidents, je cherchais les indices qui pouvaient avoir, de près ou de loin, un rapport quelconque avec une organisation de trafiquants d'héroïne. Et, plus particulièrement, avec celle qui m'intéressait. De tels indices, j'en ai trouvé deux. Irréfutables.

Il s'interrompit, détaillant une nouvelle fois les cinq visages tendus vers lui.

À l'avant, dans la cabine de pilotage, un homme blond au faciès brutal pointait un revolver à canon court dans la nuque de Kaplan. À côté d'eux, une femme étreignait à se blanchir les jointures une mortelle grenade quadrillée.

Mais tout cela semblait ailleurs, dans un autre monde. Pour ces cinq grands managers, seule comptait à présent l'accusation qui allait tomber des lèvres de l'étrange garçon dont leur puissant Groupe portait le nom.

— Le premier, fit Largo, est le rachat par l'un d'entre vous, il y a trois ans et demi, d'une petite usine de produits alimentaires au bord de la faillite. La " Gewürtz Produktion Gmb H " à Krefeld.

Georg Wallenstein sursauta et rougit violemment.

— Mais, balbutia-t-il, mais... C'est moi qui ai racheté cette usine. Pour abaisser le prix de revient de ces produits dans mes supermarchés. Je... je ne comprends pas...

Conscient du regard de ses pairs soudain braqués sur lui, le massif Allemand se tortillait sur son siège, l'air éperdu.

— C'est très simple, monsieur Wallenstein. Pour la fabrication de certaines de ces denrées, la Gewürtz utilise de l'anhydride acétique, qu'elle achète aux industries chimiques de votre pays. Mais une partie seulement de l'anhydride commandé arrive effectivement dans les entrepôts de l'usine.

Wallenstein s'était ressaisi.

— Désolé, monsieur Winch, mais je ne vois toujours pas où vous voulez en venir.

— La transformation de la morphine en héroïne exige de grandes quantités d'anhydride acétique, monsieur Wallenstein, fit Largo d'une voix douce.

Pour la seconde fois, l'Allemand sursauta. Sortant un mouchoir de sa poche, il épongea son front moite.

— C'est... c'est absurde. Vous n'allez tout de même pas croire...

Largo l'interrompit du geste.

— Non, monsieur Wallenstein, je ne vais pas croire... J'avoue que votre nom derrière cette opération m'a troublé. J'ai envoyé Ben Chaïm faire une petite enquête à Krefeld. Il en est revenu hier, avec tous les éléments nécessaires pour vous innocenter. Mais peut-être vous souvenez-vous de celui d'entre nous, ici présent, qui vous a signalé à l'époque la bonne affaire que représentait cette petite usine ?

L'Allemand plissa comiquement son large front, creusant sa mémoire.

— Non, finit-il par murmurer, non, je ne me souviens pas... Vous savez, monsieur Winch, je m'occupe de tant de choses...

— C'est sans importance, monsieur Wallenstein. Je vous signale, pour la petite histoire, que c'est ce même homme qui a suggéré à votre responsable du cadre supérieur l'engagement de l'actuel chef de production de l'usine. Il est vraiment très fort, messieurs.

— Mais vous nous avez parlé d'un autre indice, intervint

Marcello Scarpa de sa voix haut perchée.

Largo pivota vers le trop élégant Italien.

— Exact, monsieur Scarpa. Et celui-là est tout à fait déterminant, même s'il ne représente pas encore une preuve formelle en soi. Notre homme, tout fort qu'il soit, a commis une grave erreur ; encore que cette erreur ne me soit apparue qu'après que j'eus reçu le premier rapport de ce malheureux Larsen. Dans le portefeuille d'investissements immobiliers de sa Division figure tout simplement la propriété de Vlieland où nous allons être forcés d'atterrir dans une vingtaine de minutes.

— Bon sang ! aboya Buzetti. Pourquoi tourner autour du pot, Winch ? Dites-nous qui c'est, qu'on le sache une bonne fois !

— Mais oui, mon garçon, renchérit Joop van Dreema, pourquoi nous faire languir ainsi ?

— Si j'ai bien compris, ce n'est pas Wallenstein, intervint Cochrane.

— Ni moi non plus.

— Pourquoi pas ? C'est vous qui le dites.

— Allez au diable.

— N'entamons pas un jeu ridicule, messieurs. Monsieur Winch, il serait temps d'abattre vos cartes, de nous dire le nom de celui d'entre nous que vous accusez et de nous prouver sa culpabilité.

Largo les dévisagea en souriant.

— Ce sera inutile, répondit-il gaiement. Notre homme se dénoncera de lui-même, fournissant ainsi la preuve que vous réclamez.

— Qu'est-ce qui vous fait croire ça ? s'étonna Scarpa, un

sourcil élégamment levé.

— La logique, cher monsieur. J'ai appris à haïr cet homme, mais je reconnais son sang-froid. Être capable de perdre sans broncher un demi-milliard de dollars exige des nerfs d'acier.

— Pourquoi les perdrait-il ? demanda le vieux van Dreema, l'air étonné.

— Ce n'est pas lui qui a organisé ce détournement, voyons. C'est la Cyclope. L'idée de cette aimable personne est d'une aveuglante simplicité : l'organisation étant dissoute, elle a décidé de finir en beauté en soufflant purement et simplement au nez de son patron les 800 kilos d'héroïne que contient cet appareil. Pourquoi se contenterait-elle, dans cette dernière affaire, de son pourcentage habituel ?

— Je vois, murmura Cochrane. Mais je ne comprends toujours pas...

Le sourire de Largo s'élargit.

— Il y a une heure, notre homme me voit m'emparer du chargement. Ses rêves de fortune s'écroulent et il se retrouvera, au contraire, criblé de dettes et de trous de trésorerie. Mais que peut-il faire ? En outre, il se dit que lui, malgré tout, réussira à s'en tirer. C'est un homme réaliste qui sait que la vie reste son bien le plus précieux. Soudain, coup de théâtre : ce n'est pas moi qui le dépouille, mais sa propre associée. Et surtout, maintenant il sait que je le connais. Et que même s'il accepte de se laisser doubler par la Cyclope, j'aurai sa peau. Comme j'ai eu celle de Cardignac. Il ne lui reste donc plus qu'une seule alternative, messieurs : soit me tuer, soit tenter de refaire alliance avec la Cyclope et s'enfuir avec elle. Dans les deux cas, son acte le dénoncera aux yeux de tous.

Par le hublot, Largo regardait les F 104 G “ Starfighters ” aux cocardes rouge-blanc-bleu de la chasse néerlandaise encadrer leur appareil. La côte n’était plus loin, et tous les services d’alerte devaient se creuser les méninges pour tenter de deviner la destination du Boeing.

Personne ne pouvait évidemment se souvenir de cette piste construite dans les années 20 sur l’une des grandes plages désertes d’une petite île. Une piste agrandie par les Allemands pendant la guerre et secrètement remise en état par le plus gros entrepreneur industriel de Grande-Bretagne. Habituellement dissimulée sous une couche de sable, les mécaniciens de la Cyclope devaient pour l’instant achever en hâte de la dégager.

Sa grenade toujours serrée dans son poing, lady Stephanie glissa dans le couloir et s’assit sur l’accoudoir extérieur de la rangée où Largo se trouvait seul.

— La première fois que je t’ai vu, chat sauvage, je me suis dit que tu devais être l’homme le plus vulnérable ou le plus dangereux qui soit, selon le terrain où l’on t’attaquait. J’avais raison.

Le nez contre le hublot, il ne se retourna pas.

— Tu ignorais tout de cette histoire, n’est-ce pas ?

— Presque, oui.

Pivotant brusquement, il plongea en elle ses yeux tachés de roux.

— Alors qu’y fais-tu, Stephanie ? Pourquoi travailles-tu pour eux ? Ça ne te va pas, tu sais, de jouer les dynamiteros...

— C’est Benedict, souffla-t-elle sans détourner le regard. Cette horrible femme le détient dans son repaire et elle a eu l’audace de venir me voir à Londres. Si je voulais retrouver mon mari, je devais aider cet ancien pilote que tu as vu à détourner cet avion pour l'amener jusqu'à Vlieland. C'est elle qui nous a fourni le revolver, la grenade et le faux soulier orthopédique pour les dissimuler.

— Mais pourquoi toi ? s'étonna Largo. Pourquoi te demander une chose aussi peu dans tes cordes alors qu'elle ne doit pas manquer d'hommes de main pour réussir ce genre de coup ?

— Je n'en sais rien, Largo. Je ne sais plus rien. Depuis trois jours je suis comme folle. J'ai l'air de crâner, comme ça, mais je suis prête à tomber en morceaux. Je n'en peux plus...

Le jeune homme dut repousser un violent désir de la prendre dans ses bras.

Ils n'étaient plus dans le même camp.

— Ton mari... tu l'aimes donc tant que cela ?

La lueur de détresse réapparut au fond des yeux pervenche. Cette lueur que Largo avait déjà vue sans la comprendre.

— L'aimer ? Bien plus que ça, Largo. Je suis sa chose. En vingt ans, Benedict a fait de moi non seulement sa femme mais aussi sa maîtresse, son amante, son esclave, la compagne aveugle de ses folies comme de ses plus sordides combinaisons. Je ne sais pas comment, mais il... il me fascine. C'est plus fort que moi, je ne peux pas l'expliquer. Sans lui, Largo, je ne suis plus rien.

Largo sentit une boule d'émotion lui obstruer la gorge en entendant cette femme si fière lui avouer aussi banalement sa totale dépendance.

— Pourtant, murmura-t-il, tu aurais pu... Pourquoi as-tu accepté ? Cet avion, ces passagers qui risquent leur vie...

— Elle m'a promis de ne pas leur faire de mal. Seul l'avion l'intéresse. L'avion et son chargement.

— Et tu l'as crue ? Qu'est-ce qui te prouve que Benedict est encore vivant ?

Stephanie eut un sursaut brutal.

— Tais-toi ! Ne dis pas ça, Largo. Je... je n'avais pas le choix.

— Si, tu l'avais. Tu pouvais prévenir la police, par exemple.

Elle eut un curieux rire sans joie.

— La police ?... Mais alors... tu n'as pas encore compris ?

Elle avait presque crié.

Hypertendus, les cinq présidents sursautèrent et se tournèrent vers eux. Mais la belle Anglaise semblait avoir oublié leur existence.

— Compris quoi ?

— Pourquoi je garde mon chemisier pour faire l'amour, répondit-elle d'une voix radoucie.

Le jeune homme haussa les sourcils sans comprendre.

— Regarde, mon chat sauvage, regarde ce qu'est en réalité la femme que tu as tenue dans tes bras, l'étincelante lady Stephanie Killian-Vaughn, l'éblouissante reine des réceptions du tout Londres... Regarde...

Et, de sa main libre, elle retroussa sa manche le long du bras qui tenait la grenade.

Une brusque nausée secoua Largo.

Le creux du coude, du biceps à l'amorce du poignet, n'était plus qu'un horrible réseau violacé de veinules torturées par les cicatrices d'innombrables piqûres.

Stephanie rabattit la manche avec un sourire désabusé.

— Ça va faire dix ans maintenant... À l'heure actuelle, il m'en faut deux par jour. J'ai toujours une réserve avec moi dans mon sac. C'est Benedict, bien sûr, qui me la fournit. Si je n'avais pas eu un coeur en excellent état, sans doute serais-je déjà morte. Mais de toute manière je n'en ai plus pour très longtemps à vivre. Tu comprends, Largo, pourquoi tout m'est égal, sauf de retrouver Benedict ? Tu comprends pourquoi je n'hésite pas à brandir cette grenade, quitte à sauter avec elle s'il le faut ?

— Tu pourrais... commença-t-il

— Me faire désintoxiquer ? Ne dis pas de bêtises. La drogue m'a rongée, je suis irrécupérable. Et puis, je ne veux à aucun prix que l'on sache que la fille de lord Vaughn est devenue une héroïnomane au dernier degré.

— Alors, pourquoi me l'avoir dit ?

— Parce que toi, chat sauvage, je voulais que tu...

Le bruit du rideau de séparation qui s'ouvrit dans son dos l'interrompit. Elle bondit sur ses jambes tandis que tous tournaient la tête, fixant avec étonnement la religieuse qui s'encadrait dans le chambranle.

Celle-ci n'avait pas l'air moins surpris que les sept personnes qui la dévisageaient dans un silence total.

Et c'est alors que l'accident survint.

Stupidement.

Dans un réflexe incontrôlé de ses nerfs trop tendus, Stephanie se précipita sur la religieuse et tenta de la repousser derrière le rideau. L'autre, sans comprendre, résista, s'accrochant aux vêtements de la jeune femme. Stephanie heurta un accoudoir, poussa un cri bref et, battant des bras, s'affala sur le siège tandis que la grenade tombait sur le sol du couloir.

Figés de terreur, les cinq présidents fixaient sans vouloir y croire cette mort quadrillée qui roulait vers eux.

Cinq secondes.

C'est long, cinq secondes. C'est parfois interminable.

C'est aussi atrocement court.

Le cerveau en feu, Largo s'arracha à son fauteuil, plongeant dans la travée pour atteindre le couloir et...

Et quoi, au fond ?

Mais il n'eut même pas le temps de se poser la question. Avec une vivacité surprenante, la religieuse bondit en avant, saisit la grenade, se rua dans le lounge, ouvrit à la volée la porte du lavatory, y balança la grenade et reclaqua la porte.

L'explosion fut d'une violence inouïe.

Tout l'appareil se cabra comme un pur-sang fouetté tandis que des cris suraigus éclataient derrière le rideau de la classe " economy ".

Un peu hébété, Largo redressa la tête.

La porte du lavatory avait été à demi arrachée par le souffle, mais avait suffisamment tenu le coup pour protéger l'incroyable religieuse qui se trouvait encore derrière. Enveloppée d'une épaisse fumée grise, empêtrée dans ses jupes, la cornette de travers, la jeune fille, indemne, se relevait déjà.

Instantanément, Largo retrouva son calme. Il savait ce qui allait suivre. Retroussant la jambe de son pantalon, il saisit l'un de ses couteaux au moment précis où, émergeant comme un fou du poste de pilotage, le pirate blond bouscula la religieuse et se rua en avant, revolver au poing.

— Donnerwetter ! was ist...

Son aboiement s'interrompit net. Ses yeux pâles exorbités de stupeur incrédule, il tourna lentement la tête vers le manche du couteau qui venait de se planter jusqu'à la garde dans son biceps droit.

Le lancer de Largo avait été si fulgurant que personne n'avait vu l'arme quitter sa main.

Les doigts de l'Allemand s'ouvrirent et le revolver trapu tomba sur le sol. Largo voulut bondir et s'en emparer mais, une fois de plus, fut pris de vitesse par l'invraisemblable religieuse qui venait de leur sauver la vie. D'une détente digne d'un arrière de rugby, elle plongea et se saisit de l'arme. Au même instant, Freddy Kaplan surgit du poste. Il balaya d'un regard médusé la porte à demi arrachée, le pirate blessé, les visages décomposés des présidents, les traits crispés de Largo et les têtes effarées des passagers de l'arrière qui venaient aux nouvelles, pour s'arrêter sur cette bonne soeur agenouillée sur le tapis de sol, qui maniait le revolver avec l'aisance d'un vieux desperado.

— Qu'est-ce que c'est que ce bordel ? rugit-il. Et tout d'abord, donnez-moi ça, ma soeur. Ce n'est pas un jouet pour vous.

Mais la religieuse se redressa en l'écartant sèchement du bras. Son visage aux traits serrés livrait l'émotion intense qu'elle venait de subir.

— Ne touchez pas à cela, commandant, cria-t-elle d'une voix tendue. Je prends le contrôle de l'appareil.

— Vous *quoi ?!?* hurla presque le Suisse, à la limite visible de l'apoplexie immédiate. Ça ne va pas recommencer, non ?

— Non, commandant. Ça va se terminer. Et tout d'abord, l'explosion a-t-elle endommagé l'appareil ?

— Mais... subjugué par le ton de cette femme, Kaplan la considéra avec effarement. Non, je ne crois pas, finit-il par dire. Aucun signal de défectuosité ne s'est déclenché. La seule chose, ajouta-t-il en jetant un coup d'oeil éberlué sur la porte arrachée, c'est qu'il faudra aller à l'arrière de l'avion pour pisser. Quelqu'un aurait-il la bonté d'expliquer à un pauvre pilote idiot ce qui vient de se produire ?

Se libérant enfin de leur léthargie, tous les assistants se mirent à parler à la fois.

— Silence ! hurla la religieuse. Et que personne ne bouge.

Je répète : je prends le contrôle de cet appareil. Mon nom est Texel, Marjan Texel, et je fais partie de la police néerlandaise. Tous les occupants de cet avion sont en état d'arrestation jusqu'à ce que nous ayons regagné Schiphol. Retournez à vos commandes, commandant.

— Schiphol ?

— Évidemment, Schiphol. Mes collègues seront ravis de saisir le chargement d'héroïne que transporte cet appareil et de poser quelques questions à plusieurs de ses passagers.

Un silence de cathédrale s'abattit sur les spectateurs, seulement troublé par les gémissements du blessé, affalé sur l'un des sièges.

Éperdu, Kaplan chercha Largo des yeux. Mais celui-ci semblait fasciné par ce petit bout de femme en robe grise que personne n'attendait et qui venait de s'affirmer, à deux reprises en moins d'une minute, comme l'instrument d'un destin imprévu.

Le destin...

— Largo, qu'est-ce qu'on fait ?

La voix de Kaplan lui parut venir d'un autre monde. Peut-être, après tout, Parlang Khee, le Vieil Homme, avait-il raison... Peut-être devait-il apprendre à accepter la roue du destin...

— Largo !

Il se secoua et rencontra le regard du Suisse.

— On obéit, Freddy. On rentre à Schiphol. La pièce est finie.

Sans même se tourner, il sentit sur lui le regard de Stephanie.

— NON !

Le cri avait jailli, véritable hurlement de bête blessée à mort. Celui qui l'avait poussé bondit de son siège, empoigna Marjan qui ne pouvait s'y attendre, la plia en deux d'un violent coup de poing et lui arracha brutalement le revolver.

— Non, pas la police ! Ni personne ! Tu avais bien deviné, Winch. Et tu m'as forcé, en effet, à choisir. Personne n'aura ma fortune. Je saurai m'entendre avec Olenka. Elle m'a toujours obéi...

Un grondement de stupeur courut sur tous les assistants de ce coup de théâtre. L'homme, la bave aux lèvres, l'arme serrée dans une main qui tremblait, semblait avoir d'un seul coup basculé dans la folie.

Largo sentit, comme une chape, un grand calme l'envelopper.

Ainsi, c'était fini.

Il y était arrivé.

— À tes commandes, Kaplan, rugit l'homme. Nous continuons sur Vlieland.

Tassée sur le plancher, Marjan suivait la scène sans comprendre. Largo se dressa.

— Voici donc celui dont je vous ai parlé, lança-t-il d'une voix claire. Le vieil ami de mon père qui avait percé le secret de mon adoption. Le président qui a favorisé la carrière de Cardignac et s'est servi de lui pour tenter d'atteindre ses rêves de folle puissance. Le seul d'entre vous qui, de par sa fonction, disposait des énormes rouages financiers nécessaires à ses entreprises criminelles. L'homme qui a poussé Nerio Winch au suicide et a ordonné le meurtre des seuls êtres que je chérissais. L'homme qui a provoqué la mort de Miri, la femme de mon ami Simon. L'homme qui est responsable de tant de morts et de tant de larmes. L'homme que je m'étais juré de découvrir et qui vient de se trahir devant vous...

Derrière ses petites lunettes à double foyer, tandis qu'il haletait, debout contre la cloison, en étreignant son arme, les yeux de Joop van Dreema dardaient sur Largo un regard brûlant de haine totale.

VLIELAND

Dimanche 24 octobre, 14 h 15
(heure locale)

Les nuages roulaient bas sur la mer grise et plate. Tous les yeux, sans exception, étaient fixés sur le Boeing vert et or qui achevait son virage en bout de piste.

Au-dessus d'eux, trois hélicoptères des brigades d'assaut de la gendarmerie faisaient du surplace. À quelques centaines de mètres du rivage, deux vedettes des patrouilles côtières croisaient patiemment. Largo était certain que d'autres éléments, soldats ou gendarmes, s'étaient déjà infiltrés dans la propriété, n'attendant que le décollage du Boeing pour se ruer et délivrer les trente-cinq prisonniers allongés, pieds et poings liés, sur le sable des dunes.

Près de lui, Simon soupira.

— Tu parles d'un gâchis... quelle merde ! Enfin, heureusement qu'on tient toujours celui-là.

Et de ses deux pieds garrottés, il donna une bourrade dans

les côtes de l'homme qui marmonnait sourdement devant lui. Prostré, Joop van Dreema ne réagit même pas.

Le regard complètement éteint, le président de la M.D. " Banques ", l'ex-grand patron du plus vaste réseau de trafic d'héroïne des temps modernes, n'était plus qu'un très vieil homme aux ressorts déglingués.

Brisé.

Largo n'eut pour ce vieillard qu'un coup d'oeil indifférent, comme si, maintenant qu'il était vaincu, son ennemi avait cessé de l'intéresser.

Autour de lui, les visages des passagers oscillaient entre la peur de l'heure écoulée et le soulagement de se retrouver indemnes, la police à deux pas. Les trois hôtesses, le sous-secrétaire au Tourisme et le consul des Bahamas dormaient toujours. Ceux-là, ils ne sauraient jamais ce qu'ils avaient manqué.

Se tortillant sur le sable, Marjan Texel se glissa contre Simon. Sans mot dire, elle mit sa tête contre la poitrine de l'Israélien.

Largo se tourna vers la silhouette assise à l'écart. Très droite quoique liée comme les autres, Stephanic était la seule d'entre eux qui n'était pas tournée en direction de la piste. Le regard fixe, elle ne quittait pas des yeux la grosse maison grise qui émergeait du sable à cinq cents mètres de là.

À trois cents kilomètres/heure, le Boeing effleura le tas des bagages en vrac au bord de la piste, enveloppant les prisonniers du grondement de ses réacteurs. Et sans effort apparent, il s'éleva, grimpa en chandelle et disparut en quelques secondes dans le plafond nuageux.

Freddy Kaplan avait toujours été un excellent pilote.

*

Tout s'était déroulé très vite.

À peine Kaplan avait-il immobilisé l'appareil qu'une dizaine de petits Noirs aux cheveux extraordinairement crépus avaient appliqué une échelle contre le flanc du Boeing et s'étaient rués, armés de sortes de machettes, dans la carlingue. Le regard halluciné, criant des ordres incompréhensibles, ils avaient brutalement poussé les passagers terrorisés hors de l'avion et les avaient emmenés vers une dune proche pour les ligoter en série avec une rapidité stupéfiante.

Entraîné comme les autres, juste derrière Marjan et Stephanie, Largo vit van Dreema se ruer hors de l'appareil, revolver toujours au poing, et se précipiter vers une grande femme borgne dont les cheveux rouge vif tranchaient comme une blessure sur sa cape noire et ses pantalons blancs.

La Cyclope, évidemment.

Le vieil Hollandais, que Largo avait toujours vu si pondéré, gesticulait comme un automate déréglé, manifestement ivre de rage.

Ce qui pouvait se comprendre.

Mais sans lui prêter beaucoup d'attention, la grande femme se détourna et marcha vers la file des prisonniers, un gigantesque Malais sur ses talons. Blême de fureur, van Dreema se précipita à sa suite, agitant toujours son revolver. Avec son veston croisé et ses petites lunettes, il était presque pathétique d'incongruité.

À l'approche d'Olenka, Stephanie se dégagea sèchement des mains du petit Mélanésien qui la maintenait.

— Qu'est-ce que ça veut dire ? cria-t-elle. Où est Benedict ?

La Cyclope enveloppa la jeune femme d'un sourire étrange.

— Dans la villa, répondit-elle d'une voix aux accents de métal. Il vous attend, enfermé dans une des caves.

— Pourquoi n'est-il pas ici ? Vous m'aviez promis...

— Ça suffit, trancha sèchement la grande femme maigre. Je vous ai promis que vous retrouveriez votre mari si vous suiviez mes instructions. Vous l'avez fait et je tiendrai parole. Mais vous attendrez pour le rejoindre que moi et mes hommes soyons partis d'ici. J'ai vraiment trop peu de temps pour vous faire les honneurs de mon petit domaine, ma chère...

D'un seul coup, la tension accumulée craqua. Les épaules de Stephanie s'affaissèrent et des larmes jaillirent de ses yeux pervenche.

— Laissez-moi le voir, implora-t-elle. Je vous ai obéi, j'ai fait tout ce que vous avez voulu... Je vous en prie...

L'oeil unique flamba d'un bref éclair de haine.

— Vous avez aussi tué Rollie, gronda-t-elle d'une voix si basse que Largo ne fut pas sûr d'avoir bien entendu.

— Qu'avez-vous dit ?

— Rien. La Cyclope s'était reprise. Laissez-vous lier sans nous offrir le spectacle d'une crise de nerfs. Sinon je serai obligée de vous faire assommer.

— Mais pourquoi... voulut encore plaider la belle Anglaise.

— Assez !

Olenka jeta un ordre guttural et le Mélanésien ressaisit le bras de Stephanie. Vaincue, la jeune femme se laissa faire sans protester davantage.

Un sourire railleur étira les lèvres dures de la Cyclope et elle se tourna vers Largo qui avait assisté à la scène sans broncher. Marjan, Simon et les autres avaient déjà été entraînés sur la dune où les petits Noirs jouaient de la corde avec la dextérité de prestidigitateurs consommés.

Un bref instant ils se toisèrent sans broncher.

Elle était presque aussi grande que lui.

— Dommage que je sois si pressée, Winch. J'aurais aimé vous connaître un peu mieux. Ce que je sais de vous me plaît, mon garçon.

— Je ne suis pas sûr de pouvoir vous en dire autant, répliqua-t-il froidement. Quant au temps, vous en aurez encore moins que vous ne le pensez. Regardez qui arrive...

Venant de l'intérieur de l'île, trois hélicoptères de la gendarmerie venaient de surgir, rasant les pins et emplissant l'air du vacarme de leurs rotors.

Olenka haussa les épaules.

— Aucune importance, c'était prévu. Kurt, l'homme que vous avez blessé, est déjà en communication radio avec eux. S'ils ne nous laissent pas partir tranquillement, je fais massacrer vos passagers.

— Ils vous empêcheront de décoller.

— Mais non. Jusqu'au dernier moment, quand nous roulerons sur la piste, je peux envoyer l'appareil s'écraser sur la dune où sont rassemblés les prisonniers. Croyez-vous que les flics voudront prendre ce risque ?

— Soit. De toute manière, ils vous coinceront un peu plus tard. Où espérez-vous aller avec ce Boeing, Cyclope ? Vous serez repérés n'importe où.

Elle eut un large sourire et Largo fut surpris de l'éclat de ses dents, inattendu dans ce visage prématurément usé.

— Ça, Winch, c'est mon petit secret. Regardez...

Du geste, elle montra les Mélanésiens qui vidaient

hâtivement la soute à bagages, jetant pêle-mêle les valises et les sacs sur le sol. Au passage, Largo intercepta le regard rageur de van Dreema posé sur lui. Face à cette femme impressionnante, il avait presque oublié la présence du vieil Hollandais.

— À vide, avec une quinzaine seulement de personnes à bord, cet appareil a encore une autonomie de 9 ou 10 000 kilomètres. Ça fait une belle distance, Winch.

— Vous n'en ferez pas le dixième, fit calmement Largo. Vous ne croyez tout de même pas que les flics vont laisser se promener 800 kilos d'héroïne à travers le monde sans réagir, non ?

— Ils y seront forcés si j'ai un otage à bord...

On y était.

— Évidemment. Moi, bien sûr...

Olenka le considéra d'un air railleur.

— Vous voudriez bien, hein ? Vous avez peur que je prenne quelqu'un d'autre parce que vous vous en sentiriez responsable ?

— Vous pourriez exiger une rançon, grogna Largo. Mon Groupe paierait.

— À moins qu'ils ne soient ravis d'être débarrassés de vous, ricana-t-elle. Je ferais plus volontiers confiance à un usurier japonais qu'à un dirigeant d'entreprise ambitieux. Non, Winch, vous risqueriez d'être une mauvaise affaire et vous seriez encombrant. En outre, avec ce que transporte l'avion, je n'aurai plus besoin d'argent avant un bon petit moment.

— Si, intervint âprement van Dreema d'une voix rauque. Prenons-le avec nous, Olenka. Il est dangereux. Ou alors tuons-le avant de partir. Je ne peux pas le laisser derrière moi.

La Cyclope ignora l'interruption et continua de s'adresser à Largo. Celui-ci, du coin de l'oeil, vit que les hélicoptères s'éloignaient. Les menaces de Kurt avaient porté leurs fruits.

— Vous avez blessé mon pilote, Winch. Je vais donc prendre le vôtre. Lui, ce sera au moins un otage rationnel : il pourra piloter le Boeing à la place de Kurt.

Largo frémit.

Kaplan !...

Olenka eut un petit rire.

— Ne faites pas cette tête, voyons... Votre pilote a une gueule à rançonner les gens. Il sera peut-être ravi de rester avec moi, plus tard...

Joop van Dreema revint à la charge, hargneusement.

— Vous n'allez pas laisser Winch vivant, Olenka. C'est de la folie. Il remuera ciel et terre pour nous retrouver. Et lui, il est capable d'y arriver.

— Je sais, murmura songeusement la grande femme. Je sais qu'il en est capable... Après tout, Winch, vous avez atteint votre but, non ? Vous nous avez forcés à fermer boutique et vous avez découvert l'homme que vous cherchiez...

— C'est une façon de voir, fit sèchement Largo. Vous, vous vous enfuyez avec de quoi empoisonner n'importe quel pays civilisé pendant un an et van Dreema pourra calmement finir ses jours dans une hacienda d'Amérique du Sud ou ailleurs...

— Lui ?... s'exclama la Cyclope, se tournant vers le Hollandais comme si elle découvrait sa présence. Mais pas du tout, mon cher... je vous le laisse !

— QUOI ?

Livide, le vieil homme se tourna vers elle, les yeux écarquillés de rage et d'horreur. Puis, d'un geste tremblant, il pointa son revolver vers la grande femme impassible.

— Salope ! Tu vas... Aaaah !

D'un mouvement d'une vitesse hallucinante, le gigantesque Malais avait abattu son poing sur le bras du Hollandais. L'arme fut projetée dans le sable tandis que van Dreema se pliait en deux sous le choc. Une seconde après, il se débattait vainement dans l'étau des énormes bras musclés qui l'immobilisaient.

Largo avait sursauté, mais ne fit pas un geste pour intervenir. D'ailleurs, le petit Mélanésien resté derrière lui, sa machette au poing, ne lui en aurait sans doute pas laissé l'occasion.

— Olenka ! hurla le Hollandais. Vous n'avez pas le droit ! Ses mots lui jaillissaient de la bouche comme des chicots crachés dans une rixe. La Cyclope le considéra en souriant méchamment.

— Pas le droit ? Dans votre bureau, à Luxembourg, vous étiez un grand patron, van Dreema. Un grand manitou qui, dans notre association, s'octroyait la part du lion. Mais ici vous n'êtes plus rien. Pour moi, vous n'existez même plus.

— Mais ces bénéfices... Je n'ai rien gardé. J'avais tout réinvesti dans cette dernière opération. Olenka... je ne prendrai que le quart... Non, le dixième, rien que le dixième...

— Vous ne prendrez plus rien du tout, van Dreema.

— D'accord, chuchota-t-il, d'accord. Rien du tout. Mais emmenez-moi ! Ne me laissez pas ici. Maintenant, ils savent... lui, il sait... Je ne veux pas... Nooon...

Sur un signe de la Cyclope, le Malais entraînait le vieil homme vers les autres prisonniers, l'empoignant avec l'indifférence qu'il aurait eue pour une vieille poubelle.

— Et voilà, Winch. Je vous l'offre. Salut !

Sur un dernier éclair de son oeil unique, elle se détourna et marcha vers l'appareil où ses hommes l'attendaient.

En suivant la chevelure rouge qui flottait dans le vent marin, Largo découvrit qu'en dépit de son aversion instinctive pour cette femme dure et sanguinaire, il éprouvait aussi une sorte d'admiration.

Cette Cyclope ne manquait pas de tripes !

Tandis que le Mélanésien achevait de ligoter Largo, allongé près des autres, à cent mètres de là, Kaplan se dirigea vers l'échelle d'embarquement, encadré par Kurt et le Malais.

— Freddy !

Au cri de Largo, le pilote se retourna, cherchant le visage de son ami parmi toutes ces têtes tournées vers lui.

Un minuscule instant, ils se fixèrent à travers la distance. Puis, bousculé par ses gardes, Kaplan fut contraint d'avancer. Au bout de l'échelle il se retourna une nouvelle fois et leva le pouce, un large sourire barrant son visage couturé.

Puis il disparut dans la carlingue.

Après tout, songea Largo, la Cyclope pouvait bien avoir raison. Peut-être Kaplan prendrait-il goût à la vie de pirate ?

Mais, en attendant, il risquait sa peau.

Et ça, le Suisse était un trop vieux baroudeur pour l'ignorer.

C'était Simon qui avait eu le mot juste : quelle merde !

*

Les trois hélicoptères avaient à peine touché le sol que les premiers gendarmes, en tenue de combat, se ruaient vers eux. Dans un grand brouhaha d'exclamations joyeuses, les prisonniers tendirent leurs liens.

Largo massa ses poignets endoloris par la corde. À côté de lui, Marjan et Simon, également délivrés, s'embrassaient fougueusement.

— Tu ne peux vraiment penser à rien d'autre, hein ? S'arrachant aux lèvres de la jeune Hollandaise, Simon grimaça un sourire.

— Rigole, tiens !... Elle vient de m'annoncer que nous étions tous les deux en état d'arrestation.

Largo sourit.

— Eh bien, toi, au moins, tu auras quelqu'un de bien placé pour t'apporter des oranges.

Autour d'eux, les gendarmes continuaient à se précipiter, de plus en plus nombreux. Du coin de l'oeil, Largo vit une autre escouade surgir de l'intérieur des terres.

Ces messieurs en grand nombre venaient un peu tard : l'adversaire s'était envolé.

Soudain, son sourire s'effaça.

Stephanie !

Libérée, la jeune femme courait follement vers la villa, sous le regard indécis des policiers perplexes. Alors, alors seulement, Largo se souvint du sourire qu'avait eu la Cyclope, de l'éclair de haine dans son oeil...

Bousculant le gendarme. qui se tenait à côté de lui, il s'élança.

— Stephanie !

Elle ne se retourna même pas. Cent mètres devant lui, elle courait difficilement, s'enfonçant jusqu'aux chevilles dans le sable.

— Stephanie ! Revenez ! C'est un piège !

Mais Largo aurait pu crier n'importe quoi. Rien ne semblait pouvoir détourner la belle Anglaise de son but éperdu.

Il tenta d'accélérer l'allure, mais ce sable sec était une véritable calamité.

— Winch ! Arrêtez-vous !

Jetant un coup d'oeil par-dessus son épaule, Largo reconnut sans surprise la haute silhouette de James Donahue parmi les derniers gendarmes débarquant des hélicoptères. Sur l'injonction de l'Américain, plusieurs policiers s'élancèrent à sa poursuite.

Haletant, il se jeta en avant, hurlant pour tenter d'arrêter la course folle de la silhouette devant lui.

— Stephanie ! Benedict est mort ! C'est un piège ! Revenez... La villa apparut tout entière, masse laide et baroque de ciment gris. Il sembla à Largo que Stephanie avait encore pris de l'avance sur lui. Quelle connerie !...

— Winch ! Au nom de la loi !...

Largo sentit la brûlure une seconde avant que le bruit de la détonation ne résonne à son oreille.

La cuisse transpercée, il s'effondra sur le sable.

Hors de lui, le commissaire Karel se rua vers le gendarme qui abaissait son fusil.

— Espèce d'idiot ! Vous êtes fou ? Qu'est-ce qui vous a pris ?

— Mais commissaire... je croyais...

Karel lui arracha violemment le fusil. Le canon fumait encore.

— Sombre crétin ! Si vous avez...

Mais il ne termina jamais sa phrase.

Hors d'haleine, Stephanie atteignit le seuil de la grande

maison. Aucun signe de vie ne transparaissait à travers les carreaux morts.

— Benedict..., gémit-elle.

Et elle poussa la porte.

Dans un voile de souffrance, Largo vit le toit de la maison s'envoler vers le ciel, les châssis éclater, les murs se fendre, les briques incandescentes partir en tous sens comme des obus. Moins d'une seconde plus tard, le souffle de l'explosion, effroyable, le souleva dans un nuage de sable tandis que tous les tonnerres du monde lançaient leur foudre dans ses tympans.

Quand il parvint à rouvrir les yeux, les deux étages de la maison brûlaient déjà avec une rare intensité, orchestrant d'un ronflement terrifiant le cadeau d'adieu de la Cyclope.

La pirate aux cheveux rouges avait tenu parole à sa manière : lady Stephanie était auprès de son mari.

Pour l'éternité.

Les yeux brouillés de larmes, Largo entendait derrière lui les cris de ceux qui accouraient. Sa jambe disparaissait sous un amas de sable ensanglanté. Il tenta de la bouger, mais la douleur fut si grande qu'il ouvrit la bouche pour crier.

Et il s'évanouit.

ÉPILOGUE
Choctaw Valley

CHOCTAW VALLEY
(VERMONT U.S.A.)

Vendredi 24 décembre, 23 h 15
(heure locale)

Les yeux rougis de fatigue mais brillants d'excitation, les trois enfants avaient quitté la table comme autant de moineaux pour se ruer vers l'arbre de Noël dont le pied disparaissait sous un amoncellement de paquets multicolores. Le plus jeune, qui ne devait pas avoir quatre ans, jugeait sans doute que le seul moyen de ne pas tomber endormi sur-le-champ consistait à crier encore plus fort que ses deux aînés. Il ne s'en privait pas et la grande salle à manger boisée du chalet résonnait de hurlements joyeux qui eussent fait pâlir de jalousie les Apaches de Geronimo sur le sentier de la guerre. Les jeunes parents des petits monstres contemplaient leur progéniture avec attendrissement.

Le directeur de la Drug Enforcement Administration repoussa son assiette et adressa un large sourire à son épouse, assise à l'autre bout de la table.

— Mes compliments, chérie. C'était délicieux, tu t'es surpassée.

Il devait presque hurler pour se faire entendre. Sa femme adressa un clin d'oeil railleur au troisième couple d'adultes qui complétait la grande table ornée de bougeoirs et de cristaux.

— Ne vous laissez pas prendre à ce baratin... Il me dit ça chaque Noël !

Si l'ambassadeur des États-Unis à Londres était effaré par la puissance vocale de la descendance de ses hôtes, il n'en laissa rien paraître.

— C'est sûrement mérité, Kate. J'ai rarement dégusté un repas de réveillon aussi réussi.

— Oh, Kate, renchérit l'ambassadrice, c'était tellement gentil à vous deux de nous avoir invités dans votre chalet pour le réveillon. New York devient à ce point sinistre que je commence à prendre en horreur les congés de Larry que nous sommes obligés d'y passer.

Le maître de maison se boucha ostensiblement les oreilles et se tourna vers sa fille.

— On aurait dû leur faire passer un contrôle antidoping, à tes mômes, grommela-t-il. Qu'est-ce que tu leur as fait, Peggy, pour qu'ils soient excités comme ça ?

— Moi ? sourit la jeune femme. Rien du tout, voyons. Les vrais responsables, à mon sens, sont un certain couple de grands-parents gâteaux qui ont cru bon de dévaliser la moitié des magasins de jouets de l'État. Qu'en penses-tu, papa ?

— Mouais, mouais, mouais... Dis donc, Kate, ça t'ennuierait beaucoup si Larry et moi allions fumer un petit cigare dans le bureau ?

— M'ennuyer, mon chéri ? Disons que ça me donnerait envie de hurler aussi... Mais je suppose que ce n'est pas après trente ans de mariage que je réussirai à t'empêcher de n'en faire qu'à ta tête...

Les deux hommes se levèrent. Le directeur de la D.E.A. contourna la table et alla donner un petit baiser dans le cou de son épouse. Celle-ci sourit.

— Tous les trucs, hein ? Mais je te préviens loyalement, Jay : si vous n 'êtes pas de retour pour la bûche, je divorce.

Le maître de maison se renversa contre le dossier de son fauteuil en exhalant une bouffée de fumée bleue.

— Aaah... le calme après la tempête. La joie des mouflets, c'est comme les coups de marteau sur la tête : qu'est-ce que ça fait du bien quand ça s'arrête !

Son vis-à-vis eut un petit sourire amer.

— Tais-toi, Jay. Tu sais combien je vous envie, toi et Kate. De tels instants sont si chaleureux...

— Oui, tu as raison. Excuse-moi, Larry.

— J'ai appris que le vieux van Dreema s'était suicidé dans sa cellule à Amsterdam, lança abruptement le diplomate.

Le directeur de la D.E.A. lui lança un coup d'oeil railleur.

— On a ses informations, dis donc, au State Department... C'est exact : van Dreema s'est pendu il y a quatre jours.

— Ça tombe bien, non ? ricana Larry. Il s'est tué juste après l'enregistrement à huis clos de ses aveux et avant son procès qui, lui, aurait bien dû être public.

— Voyons, Larry... Un diplomate ne devrait pas se permettre de penser tout haut de cette manière. Même en présence d'un vieux camarade de collège.

— Il n'empêche que ça doit bien l'arranger, le vieux

camarade de collège. La puissante D.E.A. se faisant coiffer au poteau par un jeune milliardaire romantique et obstiné... En première page, il y aurait de quoi faire rigoler la foule et battre plus d'un coeur dans les chaumières, non ?

— Coiffer au poteau, maugréa Jay, c'est vite dit. Si Winch avait joué le jeu...

— Ouais... En tout cas, mes compliments, Jay. Van Dreema, citoyen néerlandais arrêté officiellement dans son pays pour un délit commis aux Pays-Bas.. Je n'aurais jamais pensé que vous puissiez réussir ce coup-là.

— Parce que tu crois que les Hollandais, eux, tenaient à claironner que le coeur d'un trafic d'héroïne fonctionnait impunément sur leur territoire depuis plus de trois ans ? Et tu crois que les Anglais auraient été ravis que le public sache qu'ils avaient anobli et fait conseiller au Foreign Office un ancien criminel de guerre nazi ? Crois-moi, Larry, ils avaient encore bien plus à perdre que nous...

— J'admets que toute cette affaire est proprement ahurissante, murmura l'ambassadeur. Et encore, je suis certain de ne même pas en connaître la moitié...

Le maître de maison haussa les épaules.

— Ce n'est pas moi qui pourrai étancher ta curiosité, Larry. Même moi, je n'ai eu accès qu'à une partie du dossier...

— Bref, il n'y a plus d'affaire Winch.

Son ami le regarda droit dans les yeux.

— Il n'y a jamais eu d'affaire Winch.

— A ce point-là ! siffla doucement le diplomate. Ça vient d'en haut ?

— Du sommet. Le nouveau patron n'entre en fonctions que dans un mois, mais c'est déjà lui qui décide, et il ne veut pas démarrer son mandat avec un scandale sur les bras. Il estime que Watergate et Lockheed, ça suffit largement pour apaiser les maniaques du mea culpa national. Et c'est aussi mon avis, Larry.

— Et le mien donc... Somme toute, ce gamin a une sacrée chance.

— Ouais, il a froidement déclenché sa petite guerre privée, ça ne s'est pas tout à fait déroulé comme il l'avait prévu, et il s'en tire plus vierge qu'une rosière. Le gouvernement britannique lui a adressé des excuses officielles pour l'histoire des policiers tués, les Hollandais l'ont relâché avec des fleurs plein la bouche et moi, je n'ai même pas été autorisé à m'offrir le savon que j'aurais bien aimé lui passer entre quatre yeux. Une sacrée chance, oui...

— Il est guéri, maintenant ?

— Guéri ?... Ah oui, sa blessure à la cuisse... Tout ce qu'il y a de plus guéri. Aux dernières nouvelles, il est parti passer la Noël à Istanbul.

— Noël à Istanbul ? Quelle drôle d'idée.

— Paraît qu'il y a gardé des souvenirs...

— Et son copain, Ben machin ?

— L'Israélien ? sourit Jay. Encore un verni, celui-là. Il a disparu quelque part sous les cocotiers filer le parfait amour avec la petite flic hollandaise, Texel. On leur a fait jurer le silence intégral et Texel a reçu de l'avancement plus quatre mois de congés payés.

— Comme quoi, être flic, ça peut avoir de bons côtés, railla le diplomate.

— Si tu veux...

— À part ça, grâce à Winch, ou plus exactement à van

Dreema, tu as pu coiffer tout le réseau ?

— Jusqu'au plus petit revendeur. Des deux côtés de l'eau. Un fameux coup de filet, admit le patron de la D.E.A.

— Sauf la Cyclope ?

— Sauf la Cyclope.

— Toujours aucune trace ?

— Rien. Je ne comprends pas comment elle s'y est prise d'ailleurs. Elle a quitté Vlieland avec ses moricauds dans le Boeing de Winch, tous les postes d'alerte du secteur étaient sur les dents et, pfuit, disparition complète. Mystère total : Évanouissement pur et simple.

— Ils se sont peut-être écrasés dans la mer ?

Jay grimaça.

— Possible, mais j'en doute. Elle a réussi à déjouer la surveillance aérienne d'une manière ou d'une autre et a dû rejoindre l'un de ses anciens repaires des mers de Chine. Autant dire que dans la jungle de cette poussière d'îles elle sera aussi facile à dénicher qu'un point noir sur la peau d'un Sénégalais.

— Et le pilote, l'autre ami de Winch ?

— Kaplan ? Disparu avec la Cyclope. Plus le moindre signe de vie. Je sais que Winch a mis une armée d'enquêteurs privés là-dessus, mais sans résultat jusqu'à présent.

— Il n'a pas dû aimer ça, notre petit milliardaire...

— Mets-toi à sa place, Larry. Larsen d'abord, Kaplan ensuite... Winch a atteint son but, mais c'est une victoire qui doit lui laisser un goût amer dans la bouche. On peut dire ce qu'on veut de ce gars-là, mais il a fichtrement le sens de l'amitié.

L'ambassadeur écrasa le mégot de son cigare dans le cendrier.

— Donc, affaire classée.

— Je te l'ai déjà dit : il n'y a jamais eu d'affaire.

— Et tu t'en réjouis. Ton cynisme m'effare un peu, Jay.

— C'est toi, diplomate, qui me dis ça ?

— Parfaitement. Voilà un jeune aventurier qui s'offre froidement sa petite justice personnelle, pas mal de gens y laissent leur peau et, parce qu'il est milliardaire, tout le monde écrase le coup en disant merci. Un joli conte de fées moderne pour la nouvelle génération, tu ne trouves pas ?

Le directeur de la D.E.A. eut un sourire las.

— Ne sois pas injuste, mon vieux. Winch nous a permis, tu l'as dit toi-même, de coiffer un énorme réseau. Et il y a laissé des plumes, lui aussi...

— Tout de même... je croyais des services comme le tien un peu plus stricts vis-à-vis de ce genre de... d'arrangement.

— Les ordres, Larry. Tu connais ça comme moi. Ça me rappelle un film que j'ai vu à Paris, il y a quelques années. Un film de Boisset, si je me souviens bien. On y voit un commissaire principal expliquer à un subordonné trop intransigeant que la police est faite pour servir la société telle qu'elle est, pas pour la réformer. J'ai assez d'années de flicaillerie derrière moi pour savoir que c'est ainsi que ça doit se passer.

— Mais bon sang, Jay, s'emporta soudain le diplomate, par la faute de Winch, il y a tout de même à peu près une tonne d'héroïne pure qui se balade dans la nature. Assez pour alimenter tous les camés des States pendant six mois. Et ça te laisse froid, ça ?

Ébahi, le directeur de la D.E.A. dévisagea son ami. Puis il se reprit et sourit.

— Je constate, en effet, que tu es loin d'être au courant de toute l'affaire, mon pauvre vieux.

— Que veux-tu dire ?

— Tout simplement qu'après son arrestation Winch a remis aux Hollandais l'intégralité de la production du laboratoire de Vlieland, soit exactement 813 kilos d'héroïne à 92 %. La plus gigantesque saisie de drogue jamais réalisée par un service de lutte contre les stupéfiants.

Ce fut au tour de Larry de fixer le maître de maison avec un ahurissement presque comique.

— Qu'est-ce que tu racontes ?... Je croyais que cette drogue avait été chargée dans le Boeing Même que Winch voulait détourner l'appareil pour mettre la main dessus.

— Attends... Le plan de Winch était, en effet, de s'emparer ostensiblement du chargement. Pour casser les nerfs de celui de ses présidents qui dirigeait le réseau et le pousser à se révéler aux yeux de tous.

— Oui, ça je l'avais compris. J'ai trouvé que c'était une idée plutôt dingue, d'ailleurs.

Le sourire de Jay s'élargit.

— L'idée était peut-être dingue, mais Winch, lui, ne l'est pas tellement. Il savait que son plan pouvait rater, ce qui a d'ailleurs été le cas.

— Bon, d'accord. Et ensuite ?

— Ensuite ? Il savait que seul le mécanicien d'escale de la Winchair à Schiphol pouvait opérer ce chargement. Winch s'est débrouillé pour lui adjoindre un homme à lui, qui a réussi à repérer l'endroit où Morganson planquait la drogue. Et pendant la nuit précédant le vol, avec l'aide de Kaplan, cet homme a échangé le contenu du faux compresseur, laissant tout simplement l'héroïne dans quelques sacs qui traînaient en vrac au fond du hangar de la Winchair. Ha ! Ha ! Ha !...

Pris d'une brusque quinte de rire, le maître de maison s'interrompit. L'ambassadeur le dévisagea, les sourcils au plafond.

— Quoi ?! Tu veux dire ?...

— Oui, hoqueta Jay, les larmes aux yeux. Oui, Larry Tu... tu comprends maintenant pourquoi ce gamin mérite un coup de chapeau, en dépit du rodéo qu'il nous a fait courir ? La seule chose que je regrette, dans le fond, c'est de ne pas avoir vu la tête de la Cyclope quand elle a découvert qu'elle avait déployé tant d'efforts pour faire traverser la moitié du monde à 800 kilos de bonne farine hollandaise...

D'un seul coup toutes les lumières s'éteignirent, tandis qu'un concert d'exclamations enfantines jaillissait du côté de la salle à manger. Le directeur de la D.E.A. sursauta et se leva d'un bond.

— Sapristi ! Minuit... Allons-y, Larry, sinon Kate va me taper sur les doigts. À propos, joyeux Noël, mon vieux !

Dans l'obscurité totale, le diplomate chercha de la main l'épaule de son vieux camarade d'école.

— Joyeux Noël, Jay !

TABLE DES MATIÈRES

INTERMÈDE
New York

DEUXIÈME ACTE
Amsterdam

TROISIÈME ACTE

Dimanche

ÉPILOGUE

Choctaw Valley

CHEZ LE MÊME ÉDITEUR

Collection «Attitudes - Best-sellers»

Mayday
de Clive Cussler

Iceberg
de Clive Cussler

Vortex
de Clive Cussler

Renflouez le Titanic!
de Clive Cussler

Batman : Crépuscule
de Dennis O'Neil

Mort et vie de Superman
de Roger Stern

Lightning, navette en péril
de R.J. Pineiro

Les Outlaws
de Tim Green

Question d'honneur
(James Bond)
de John Gardner

Nécroscope
de Brian Lumley

Les agneaux de Satan
de Lynn S. Hightower

L'enfant de Saturne
de Nichelle Nichols

À paraître

Vixen 03
de Clive Cussler

Prions!
de Bill Branon

Stephen King Compagnon
Collectif

Le serment
de Frank Peretti

Scorpius (James Bond)
de John Gardner

L'icône sans nom
de Gordon Thomas

Le loup des glaces
de Richard P. Henrick

Disparue!
de Kit Craig

L'ennemi intérieur
de Larry Bond

Le treizième juré
de John T. Lescroart

Ultimatum
de R.J. Pineiro

Enfer cathodique
de Ray Garton

Chasseur fantôme
de Timothy Rizzi

Les Ruffians
de Tim Green

Star Trek memories
de William Shatner

The homing
de John Saul

Cyber-Virus
de Graham Watkins